U0576702

# 《朱光潜全集》(新编增订本)顾问、编委

（标＊号者为新增顾问、编委，按姓氏笔画排序）

# 欣慨室随笔集

朱光潜全集（新编增订本）

中华书局

**图书在版编目（CIP）数据**

欣慨室随笔集/朱光潜著．—增订本．—北京：中华书局，2012.9（2013.6 重印）

（朱光潜全集新编增订本）

ISBN 978 − 7 − 101 − 08725 − 3

Ⅰ．欣…　Ⅱ．朱…　Ⅲ．①散文集 − 中国 − 当代②随笔 − 作品集 − 中国 − 当代　Ⅳ．I267

中国版本图书馆 CIP 数据核字（2012）第 122933 号

| | | |
|---|---|---|
| 书　　名 | 欣慨室随笔集 |
| 著　　者 | 朱光潜 |
| 丛 书 名 | 朱光潜全集（新编增订本） |
| 责任编辑 | 刘树林 |
| 出版发行 | 中华书局 |
| | （北京市丰台区太平桥西里 38 号　100073） |
| | http://www.zhbc.com.cn |
| | E-mail：zhbc@zhbc.com.cn |
| 印　　刷 | 北京市白帆印务有限公司 |
| 版　　次 | 2012 年 9 月北京第 1 版 |
| | 2013 年 6 月北京第 2 次印刷 |
| 规　　格 | 开本/880×1230 毫米　1/32 |
| | 印张 10⅜　插页 3　字数 200 千字 |
| 印　　数 | 3001 − 6000 册 |
| 国际书号 | ISBN 978 − 7 − 101 − 08725 − 3 |
| 定　　价 | 37.00 元 |

文革中朱光潜和长子朱陈在自己的住所前合影

　　1983 年 3 月朱光潜教授（左）在香港中文大学新亚书院讲学时，同钱穆（中）、金耀基合影

# 《朱光潜全集》（新编增订本）出版说明

朱光潜（1897－1986），安徽桐城人，著名的美学家、文艺理论家、教育家、翻译家，中国现代美学的奠基人和开拓者之一。

朱光潜先生幼年饱读诗书，青年时期在桐城中学、武昌高等师范学校学习；1922年香港大学文学院肄业后，任教于上海吴淞中国公学中学部、浙江上虞白马湖春晖中学。曾与叶圣陶、胡愈之、夏衍、夏丏尊、丰子恺等成立立达学会，创办立达学园，进行新型教育的改革试验。1925年考取官费留学，先后肄业于英国爱丁堡大学、伦敦大学，法国巴黎大学、斯特拉斯堡大学，获文学硕士、博士学位。1933年回国，先后在北京大学、四川大学、武汉大学、安徽大学任教。解放后历任全国政协委员、常委，民盟中央委员，中国美学学会会长、名誉会长，中国作协顾问，中国社科院学部委员等。

朱光潜先生学贯中西，博通古今，对中西方文化都有很高的造诣，在文学、哲学、心理学、美学诸领域，取得了卓越的成就，是我国现当代最负盛名并赢得崇高国际声誉的美学大师。

朱光潜先生将自己的美学思想分为解放前和解放后两个阶段。他的很多著作是在解放前完成并出版的，如《给青年的十二封信》（1929）、《变态心理学派别》（1930）、《谈美》（1932）、《变态心理学》（1933）、《悲剧心理学》（1933）、《文艺心理学》（1936）、《诗论》（1943）、《谈修养》（1943）、《谈文学》（1946）、《克罗齐哲学述评》（1948），同时翻译出版了［法］柏地耶《愁思丹和绮瑟》（1930）、［意］克罗齐《美学原理》（1947）等。解放后，朱光潜先生开始钻研马列主义，试图以历史唯物主义和辩证唯物主义来探讨一些关键性的美学问题,出版的著作有《西方美学史》上卷(1963)、《西方美学史》下卷(1964)、《谈美书简》(1980)等,并将大量精力放在翻译西方美学论著上,先后将[美]哈拉普《艺术的社会根源》(1951)、[希腊]柏拉图《文艺对话集》(1954)、[英]萧伯纳《英国佬的另一个岛》(1956)、[德]黑格尔《美学》第一卷(1958)第二卷(1979)第三卷(1981)、[德]爱克曼(辑录)《歌德谈话录》(1978)、[德]莱辛《拉奥孔》(1979)、[意]维柯《新科学》(1986)等著作介绍到中国,为推动我国美学事业的发展做出了重要的贡献。

朱光潜先生一生著述和译著丰赡。先生去世后,安徽教育出版社自1987年至1993年陆续出齐了《朱光潜全集》(二十卷)。由于种种原因,有些材料当时未能收入,加之近二十年来,又陆续发现了相当数量的文章,所以,出版《朱光潜全集》增订本已是学术界、读书界的一致希望。为此,中华书局聘请专家组成了新的编委会,在保留原来编委的基础上,根据需要新增了编委,召开了编委会,充分听取编委的意见和建议。此次出版,除了对《全集》内容的增补和修订,重新编排是另一项重要工作,目的是更加清晰地体现朱光潜先生各类著述的情况。兹将新编增订的情况介绍如下:

一、新编。《全集》编为三十册,将朱光潜先生的全部著作按专题重新分卷,各卷均按内容进行归类。每卷内大致按照创作时间的先后为序,个别篇章兼顾相关篇目的内容,前后略有参差。

二、增补。新增文章近百篇,有些是原版《全集》失收的,有些则是从未公开发表过的。新增文章均依内容归入相关各卷。

三、新拟集名。将单篇文章按内容分类,分别编为《欣慨室逻辑学哲学散论》、《欣慨室中国文学论集》、《欣慨室西方文艺论集》、《欣慨室美学散论》、《欣慨室随笔集》、《维科研究》、《欣慨室教育散论》、《欣慨室杂著》、《欣慨室短篇译文集》等。

四、编制索引。各卷均编制人名及书篇名索引。第三十册为总索引,囊括了各卷的人名和书篇名索引。

五、尊重原貌。为保持著作的历史原貌,对文字内容尽量不作改动。原书的译名不做统一处理,将在总索引中对不同译法的译名进行归并,以便查阅。

《朱光潜全集》(新编增订本)的收集、整理、出版工作,得到了学术界、读书界、出版界的支持与关注,在此,谨表示衷心的感谢!由于《全集》卷帙浩繁,内容广泛,写作时间前后跨度逾六十年,且很多著作都有若干版本,所以底本的选择、整理的方式不求统一,可参看各书卷末的《编校后记》。书中编校错误或在所难免,敬请读者批评指正。

中华书局编辑部

2012 年 8 月

# 目　录

# 欣慨室随笔集

# 作者自传

　　我笔名孟实，一八九七年九月十九日出生于安徽桐城乡下一个破落的地主家庭。父亲是个乡村私塾教师。我从六岁到十四岁，在父亲鞭挞之下受了封建私塾教育，读过而且大半背诵过四书五经、《古文观止》和《唐诗三百首》，看过《史记》和《通鉴辑览》，偷看过《西厢记》和《水浒》之类旧小说，学过写科举时代的策论时文。到十五岁才入"洋学堂"（高小），当时已能写出大致通顺的文章。在小学只待半年，就升入桐城中学。这是桐城派古文家吴汝纶创办的，所以特重桐城派古文，主要课本是姚惜抱的《古文辞类纂》，按教师的传授，读时一定要朗诵和背诵，据说这样才能抓住文章的气势和神韵，便于自己学习作文。我从此就放弃时文，转而摸索古文。我得益最多的国文教师是潘季野，他是一个宋诗派的诗人，在他的熏陶之下，我对中国旧诗养成了浓厚的兴趣。一九一六年中学毕业，在家乡当了半年小学教员。本想考北京大学，慕的是它的"国故"，但家贫拿不起路费和学费，只好就近考进了不收费的武昌高等师范学校中文系。我很失望，教师还不如桐城中学的。除了圈点一部段玉裁的《说文解字注》，略窥中国文字学门径之外，一无所获。读了一年之后，就碰上北洋军阀的教育部从全国几所高等师范学校里考选一批学生到香港大学去学教育。我考取了。从一九一八年到一九二二年，我就在这所英国人办的大学里学了一点教育学，但主要地还是学了英国语言和文学，以及生物学和心理学这两门自然科学的一点常识。这就奠定了我这一生教育活动和学术活动的方向。

　　我到香港大学后不久，就发生了五四运动，洋学堂和五四运动当然漠不相干。不过我在私塾里就酷爱梁启超的《饮冰室文集》，颇有认识新鲜事物的热望。在香港还接触到《新青年》。我看到胡适提倡白话文的文章，心里发生过很大的动荡。我始而反对，因为自己也在"桐城谬种"之列，可是不久也就转过弯来了，毅然决然地放弃了古文和文言，自己也学着写起白话来了。我在美学方面的第一篇处女作《无言之美》就是用白话文写的。写白话文时，我发现文言的修养也还有些用处，就连桐城派古文所要求的纯正简洁也还未可厚非。

香港毕业后，通过同班友好高觉敷的介绍，我结识了吴淞中国公学校长张东荪。应他的邀约，我于一九二二年夏，到吴淞中国公学中学部教英文，兼校刊《旬刊》的主编。当我的编辑助手的学生是当时还以进步面貌出现的姚梦生，即后来的姚蓬子。在吴淞时代我开始尝到复杂的阶级斗争的滋味。我听过李大钊和恽代英两先烈的讲话。由于我受到长期的封建教育和英帝国主义教育，同左派郑振铎和杨贤江，以及右派中国青年党陈启天、李璜等人都有些往来，我虽是心向进步青年却不热心于党派斗争，以为不问政治，就高人一等。江浙战争中吴淞中国公学被打垮了，我就由上海文艺界朋友夏丏尊介绍，到浙江上虞白马湖春晖中学教英文，在短短的几个月之中我结识了后来对我影响颇深的匡互生、朱自清和丰子恺几位好友。匡互生当时和无政府主义者有些往来，还和毛泽东同志同过学，因不满意春晖中学校长的专制作风，建议改革而没有被采纳，就愤而辞去教务主任职，掀起一场风潮。我同情他，跟他一起采取断然态度，离开春晖中学跑到上海去另谋生路。我和他到了上海之后，夏丏尊、章锡琛、丰子恺、周为群等，也陆续离开春晖中学赶到上海。上海方面又陆续加上叶圣陶、胡愈之、周予同、陈之佛、刘大白、夏衍几位朋友。我们成立了一个立达学会，在江湾筹办了一所立达学园。开办的宗旨是在匡互生的授意之下由我草拟后正式公布的。这个宣言提出了教育独立自由的口号,矛头直接针对着北洋军阀的专制教育。与立达学园紧密联系在一起的还有由我们筹办的开明书店和一种刊物(先叫《一般》,后改名《中学生》)。"开明"是"启蒙"的意思,争取的对象是以中学生为主的青年一代。这家书店就是解放后由叶圣陶在北京主持的青年书店,即中国青年出版社的前身。我把上海的这段经历说详细一点,因为这是我一生的一个主要转折点和后来一些活动的起点。我的大部分著述都是为青年写的,而且是由开明书店出版的。

立达学园办起来之后,我就考取安徽官费留英。一九二五年夏,我取道苏联赴英,正值苏联执行新经济政策时代,在火车上和苏联人攀谈过,在莫斯科住过豪华的欧罗巴饭店,也在烟雾弥漫、肮脏嘈杂的小酒店里喝过伏特加,啃过黑面包,留下了一些既兴奋而又不很愉快的印象。到了英国,我就进了由香港大学的苏格兰教师沈顺教授所介绍的爱丁堡大学。我选修的课程有英国文学、哲学、心理学、欧洲古代史和艺术史。令我至今怀念的导师有英国文学方面的谷里尔生教授,他是荡恩派"哲理诗"的宣扬者,对英国艾略特"近代诗派"和对理查兹派文学批评都起过显著的影响。哲学导师是侃普·斯密斯教授,研究康德哲学的权威,而教给我的却是怀疑派休谟的《自然宗教的对话》。列宁在《唯物主义和经验批判主义》里还赞许过他。美术史导师布朗老教授用幻灯来就具体艺术杰作说明艺术发展史,课程结束那一天早晨照例请全班学生们吃一餐早点。一九二九年在爱丁堡毕业后,我就转入伦敦大学的大学学院,听浅保斯教授讲莎士比亚,对他的繁琐考证和所谓"版本批评"我感到厌烦,于是把大部分功夫花在大英博物馆的阅览室里。伦敦和巴黎只隔一个海峡,所以我同时在巴黎大学注册,偶尔过海去听课,听到该校文学院长德拉库瓦教授讲《艺术心理学》,甚感兴趣,他的启发使我起念写《文艺心理学》。前此在爱丁堡大学时我在心理学研究班里宣读过一篇《悲剧的喜感》论文，颇受心理学导师竺来佛博士的嘉许，劝我以此为基础去进行较深入的研究，于是我起念要写一部《悲剧心理学》，作为博士论文。后来就离开了英国，转到莱茵河畔斯特拉斯堡大学。一则因为那是德国大诗人歌德的母校，地方比较僻静，生活较便宜；二则那地方法语和德语通用，可趁机学习对我的专科极为重要的德语。我的论文《悲剧心理学》是在该校心理学教授夏尔·布朗达尔指导之下写成和通过的。

在英法留学八年之中，听课、预备考试只是我的一小部分的工作，大部分的时间都花在大英博物馆和学校的图书馆里，一边阅读，一边写作。原因是我一直在闹穷，官费经常不发，不得不靠写作来挣稿费吃饭。同时，我也发现边阅读、边写作是一个很好的学习方法。这样学习比较容易消化，容易深入些。我的大部分解放前的主要著作都是在学生时代写出的。一到英国，我就替开明书店的刊物《一般》和后来的《中学生》写稿，曾搜辑成《给青年的十二封信》出版。这部处女作现在看来不免有些幼稚可笑，但当时却成了一种最畅销的书，原因在我反映了当时一般青年小知识分子的心理状况。我和广大青年建立了友好关系，就从这本小册子开始。此后我写出文章不愁找不到出版处。接着我就写出了《文艺心理学》和它的缩写本《谈美》；一直是我心中主题的《诗论》，也写出初稿；并译出了我的美学思想的最初来源——克罗齐的《美学原理》。此外，我还写了一部《变态心理学派别》（开明书店）和一部《变态心理学》（商务印书馆），总结了我对变态心理学的认识。在罗素的影响之下，我还写过一部叙述符号逻辑派别的书（稿交商务印书馆，抗日战争中遭火焚掉）。这些科目在现代美学中都还在产生影响。

回国前，由旧中央研究院历史所我的一位高师同班友好徐中舒把我介绍给北京大学文学院长胡适，并且把我的《诗论》初稿交给胡适作为资历的证件。于是胡适就聘我任北大西语系教授。我除在北大西语系讲授西方名著选读和文学批评史之外，还拿《文艺心理学》和《诗论》在北大中文系和由朱自清任主任的清华大学中文系研究班开过课。后来我的留法老友徐悲鸿又约我到中央艺术学院讲了一年《文艺心理学》。

当时正逢"京派"和"海派"对垒。京派大半是文艺界旧知识分子，海派主要指左联。我由胡适约到北大，自然就成了京派人物，京派在"新月"时期最盛，自从诗人徐志摩死于飞机失事之后，就日渐衰落。胡适和杨振声等人想使京派再振作一下，就组织一个八人编委会，筹办一种《文学杂志》。编委会之中有杨振声、沈从文、周作人、俞平伯、朱自清、林徽音等人和我。他们看到我初出茅庐，不大为人所注目或容易成为靶子，就推我当主编。由胡适和王云五接洽，把新诞生的《文学杂志》交商务印书馆出版。在第一期我写了一篇发刊词，大意说在诞生中的中国新文化要走的路宜于广阔些，丰富多彩些，不宜过早地窄狭化到只准走一条路。这是我的文艺独立自由的老调。《文学杂志》尽管是京派刊物，发表的稿件并不限于京派，有不同程度左派色彩的作家们如朱自清、闻一多、冯至、李广田、何其芳、卞之琳等人，也经常出现在《文学杂志》上。杂志一出世，就成为最畅销的一种文艺刊物。尽管它只出了两期就因抗日战争爆发而停刊，至今文艺界还有不少的人记得它（不过抗战胜利后复刊，出了几期就日渐衰落了）。

抗日战争爆发后，我就应新任代理四川大学校长的张颐之约，到川大去当文学院长。刚满一年，国民党二陈派就要撤换张颐而任用他们自己的"四大金刚"之一程天放。我立即挥动"教育自由"的旗帜，掀起轰动一时的"易长风潮"。在这场斗争中我得到了中国共产党的支持，沙汀和周文对我很关心，把消息传到延安，周扬立即通过他们两人交给我一封信，约我去延安参观，我也立即回信给周扬同志说我要去。但是当时我根本没有革命的意志，国民党通过我的一些留欧好友力加劝阻，又通过现代评论派王星拱和陈西滢几位旧友把我拉到武汉大学外文系去任教授。这对我是一次惨痛的教训。意志不坚定，不但谈不上革命，就连争学术自由或文艺自由，也还是空话。到了一九四二年，由于校内有湘皖两派之争，我是皖人而和湘派较友好，王星拱就拉我当教务长来调和内讧。国民党有个老规矩，学校"长字号"人物都必须参加国民党，因此我就由反对国民党转而靠拢了国民党，成了蒋介石的"御用文人"，曾为国民党的《中央周刊》写了两年稿子，后来集成两本册子，一是《谈文学》，一是《谈修养》。

一九四九年初，我拒绝乘蒋介石派到北京的飞机去台湾，仍留在北大。在建国初思想改造阶段，我是重点对象。我受到很多教育，特别是在参加了文联和全国政协之后，经常得到机会到全国各地参观访问，拿新中国和旧中国对比，我心悦诚服地认识到社会主义是中国所能走的唯一道路。这就决定了我对一九五七年到一九六二年的全国性的美学问题讨论的态度。

我在四川时期，以重庆为抗战中基地的全国文联曾选举我为理事。解放后不久我在北京恢复了文联理事的身份。在美学讨论开始前，胡乔木、邓拓、周扬和邵荃麟等同志就已分别向我打过招呼，说这次美学讨论是为澄清思想，不是要整人。我积极地投入了这场论争，不隐瞒或回避我过去的美学观点，也不轻易地接纳我认为并不正确的批判。这次美学大辩论是新中国文艺界的一件大事，就全国来说，它大大提高了文艺工作者和一般青年研究美学的兴趣和热情；就我个人来说，它帮助我认识自己过去宣扬的美学观点大半是片面唯心的。从此我开始认真钻研辩证唯物主义和历史唯物主义。为此，我在年近六十时，还抽暇把俄文学到能勉强阅读和翻译的程度。我曾精选几本马克思主义经典著作来摸索，译文看不懂的就对照四种文字的版本去琢磨原文的准确含义,对中译文的错误或欠妥处作了笔记。同时我也逐渐看到美学在我国的落后状况,参加美学论争的人往往并没有弄通马克思主义,至于资料的贫乏,对哲学史、心理学、人类学和社会学之类与美学密切相关的科学,有时甚至缺乏常识,尤其令人惊异。因此我立志要多做一些翻译重要资料的工作。原已译过克罗齐的《美学原理》,解放后又陆续译出柏拉图的《文艺对话集》、莱辛的《拉奥孔》、爱克曼辑的《歌德谈话录》以及黑格尔的《美学》三卷。此外还有些译稿或在《文艺理论译丛》中发表过,或已在"四人帮"时代丧失了。

美学讨论从一九五七年进行到一九六二年,全部发表过的文章搜集成六册《美学问题讨论集》;我自己发表的文章还另搜集成一个选本,都由作家出版社出版。大约在一九六二年夏天,党中央一些领导同志在高级党校召集过一次会议,胡乔木同志就这次美学讨论作了总结性的发言,肯定了成绩,也指出了今后努力方向。会议还决定派我在高级党校讲了三个月的美学史。前此北大哲学系已成立了美学组,把我从西语系调到哲学系,替美学组训练一批美学教师,我讲的也是西方美学史。一九六二年召开的文科教材会议,决定大专院校文科逐步开设美学课,并指定我编一部《西方美学史》。于是我就在前此讲过的粗略讲义和资料译稿的基础上编出两卷《西方美学史》,一九六三年由人民文学出版社印行。"四人帮"把这部美学史打入冷宫十余年,直到一九七九年再版。在再版时,我曾把序论和结论部分作了一些修改。这就是解放后我在美学方面的主要著作,缺点仍甚多,特别是我当时思想还未解放,不敢评介我过去颇下过一些功夫的尼采和叔本华以及弗洛伊德派变态心理学,因为这几位在近代发生巨大影响的思想家在我国都戴过"反动"的帽子。"前修未密,后起转精",这些遗漏只有待后起者来填补了。

最近几年我参加了关于形象思维的辩论,还应上海文艺出版社之约,写了一本《谈美书简》通俗小册子。不过我的中心工作还是对马克思主义经典著作的摸索。我重新试译了《费尔巴哈论纲》和《经济学—哲学手稿》中一些关键性的章节,并作了注释和评介,想借此澄清一下"异化"、实践观点、人性论和人道主义、美和美感、唯心与唯物的分别和关系等这些全世界学术界都在关心和热烈争论的问题。这些八十岁以后的译文、札记和论文都搜集在百花文艺出版社出版的《美学拾穗集》里。

　　今年我已开始抽暇试译维柯的《新科学》。这部著作讨论的是人类怎样从野蛮动物逐渐演变成为文明社会的人,涉及神话和宗教、家族和社会、阶级斗争观点、历史发展观点、美学与语言学的一致性以及形象思维先于抽象思维之类重要问题。全书约四十万字,希望明年内可以译完。再下一步就走着看了。需要做的工作总是做不完的。

1980 年 9 月

# 进化论证

　　达尔文以前，自然学者讨论问题之焦点在生物是否进化；达尔文以后，自然学者讨论问题之焦点在生物如何进化。进化观念虽极古，然以宗教迷信太深，一班人总难脱神灵创造说之羁罥，虽至十八世纪科学颇盛之时代，以渊博睿智之林耐，犹为创造说捍卫，下此更无论矣。达尔文曾言彼所曾接谈之自然学者无一不信神造一切生物。当时情形，可以想见。达尔文之功绩，与其谓为倡自然选择说，不如谓为收集极丰富之事例，使学者对于生物是否进化一问题敢予以肯定答复。至于近六十年来，学者对于生物如何进化一问题多集中于遗传变异。而遗传变异问题之焦点又在习得性（acquired characters）能否遗传。主张习得性能遗传者为斯宾塞

(Spencer)及"新拉马克派"学者。主张习得性不能遗传者为魏斯曼（Weismann）及"新达尔文派"学者。双方皆各有其证据以持其说，而双方证据均尚不能担保其结论为最终，为一成不变。但德佛里斯（De Vries）之观察，与孟德尔（Mendel）之实验，似皆极有可恃之价值。兹篇将先集各方面证据以证明生物进化为可信之事实；次集关于遗传变异上之事例，以示研究生物如何进化一问题之途径。此种事例往往根本冲突。兹篇不存党见，择其要者并举之，以参观互较焉。

## 甲　关于生物进化之证据

生物进化之证据，最要者有七种。此七种中除血液试验及其他数种实验以外，达尔文在其《物种源始》中皆已发其端倪。然自达尔文以后，古生物学者发现极有价值之化石颇多。而解剖学与胚胎学亦大有进步。故今日进化论证较达尔文时更丰富矣。兹依次述其要略。

## 一　分类学上之证据

自然学者考查生物种类之总数，多至百万。此百万种类之生物虽各有其特点，然参互比较之，其构造形状，往往彼此类似。人猿牛马鱼鸟龟蛇八者相差虽甚远，然同具脊椎，此浅而易见者也。更进一步，诸种类不惟有类似之点，而类似又有程度上之差别焉。以具脊椎言，人似鱼。以具脊椎而又具温血言，谓人似鱼，不如谓人似鸟。以温血而又胎生言，谓人似鸟，又不如谓人似牛。此种类似程度之差异在生物界中随地皆可指例。今若以类似程度为标准而部署各种生物之班次，使最类似者集于同一区域，余各以伦次之亲疏,定邻比之远近,则一切生物皆将纳于一大自然系统(natural system)焉。此种系统,以亲疏为标准言之,极似氏姓谱牒。在此系统中之一切生物彼此皆似有关系。以繁简为标准言之,则自然系统又似一种梯形物,在此系统中各生物所占之位置有高低等差焉。

自然界中一切现象皆必有原因,有意义。蕃衍分殊之生物何以能纳于自然系统而且有亲疏有等差乎?分类学鼻祖林耐以为一切生物皆神造,各种类之类似点亦不过出诸神意耳。此说在十八世纪中虽尝占优胜势力,然以科学规律绳之,实无存在价值,科学之职责不仅在求因果关系,且须求可证明此种因果关系之事例。谓生物出于神造与谓地球为神力所转运,皆不过臆造一种因果关系,谁能指出事例以证其实?如神造说不可凭,则生物之自然系统,非进化论不可解。进化论何以解之?达尔文在《物种源始》第十四章答之曰:"设予不甚自误,则分类学之困难与解决方法可以一言蔽之曰,自然系统根于遗传与变异。一切分类皆必为谱系的;故凡两种或两种以上物种中有类似性质者,以其自一共同祖先传来也。"易言之,各种生物最初有一共同祖先,此共同祖先之子孙一方面由遗传得祖先之特性;一方面又受新影响,将祖先特性稍加变化而另生新特性。两种同祖先之生物得诸遗传之祖先特性虽大体相同,而新特性则不免因环境影响而异。历年既久,异者日益异,而同者亦不至完全泯灭。譬如树之生枝,枝又生枝,展转分歧,日趋繁复。今日百万种类之生物皆不过共同祖先之枝枝节节,故彼此有相同之点亦有相异之点也。


## 二　比较解剖学上之证据

诸物种之类似点乃由共同祖先所遗传之特性而参以新变异得来者,既如上述,今若取相邻近数动物解剖而比较之,则此遗传变异之理将益明显。如人之手膀,马之前腿,飞鸟之翼,蝙蝠之翅,鲸鱼之前鳍,自表面视之,相差颇远;然解剖而比较之,其构造大体皆如出一模型。神经血管之分布,既遵类似之轨迹,即筋肉布置,亦复铢两悉称。其更彰彰较著者则为骨骼。人之手膀有上臂骨一,尺骨桡骨各一,相交叉,掌骨八,指五。马之前腿亦有上臂骨尺骨桡骨各一,惟桡骨甚小,掌骨数为七,布置与人掌略异。一指变为蹄,与人之中指相当。食指与无名指仅存痕迹。飞鸟之翼亦有上臂骨一。尺骨桡骨平行。掌骨之数随种类而异。指数三,与巨食中三指相当。蝙蝠之翅,骨骼之数与人所有者无异。惟除巨指外,皆细而长。鲸鱼之前鳍各骨具备,惟皆粗短,且指骨节略有增加。此数者功用虽殊而构造则类似。生物学者其将何以解之乎? 依进化论,则此数物皆根据共同祖先之模型而稍变异之以各适应其特殊之环境。如蝙蝠须飞行,故其指骨变为极细且长,使体重减小,翼面扩大。马须疾走,故指变为蹄,使接触面变小。观此则解剖学上一切疑难皆可涣然冰释矣。

　　生物构造方面尚别有一点可证进化论者,为失用器官(vestigial structures)。人眼近鼻处之肉瘤,通耳与口腔之犹斯特青管,鸵鸟之翼,鲸鱼之后肢,哺乳类雄者之乳,某种菊科植物雄花之花柱,人之盲肠,在生理上皆毫无实用,有时且滋害。如一切器官皆神所造,神何以造此无用之物耶? 以进化论解之,则其原委可穷。盖此种失用器官在祖先皆曾有特用。如目角之肉瘤昔为第三眼睑,鸵鸟之祖先须飞行,故其翼尚未消灭。今则环境已变迁,此等器官乃失其作用。然犹能传之子孙世守弗替者,以器官之自然淘汰,非一朝一夕之事也。达尔文以英文中无音字母(如 b 之在 doubt)喻失用器官,实至恰当。盖无音字母现在虽毫无用处,然字源学者则可据此以考其所在之字之历史也。

# 三　胚胎学上之证据

失用器官在发达成熟之生物体固甚普通,若取生物之胚胎考之,则失用器官尤数见不鲜。鲸鱼在胚胎期全体被毛甚稠密且颚上有齿痕。此种毛与齿至发生完备时则尽无形消失。其他生物胚胎,此种先生后灭之失用器官亦为常事。据达尔文研究,失用器官在胚胎期不惟多于成熟期,且体积比例亦较大焉。然此犹不足为奇,其最可注意者则同种异属诸动物之胚胎在最初数期尝无可区别。最初发见此情形者为大胚胎学者冯·贝尔(Von Baer)。冯·贝尔尝取哺乳类鸟类爬虫类诸动物之胚胎比较之,见其在最初数发生阶级中只体积有大小,至如形状轮廓则如出自同一模型焉。近数十年中胚胎学者又已进一步,发见不惟同种异属诸生物之胚胎在初数期极类似;即就同一生物言,其胚胎之发生,在此阶级中似一异属生物者,在彼阶级中又似一较前稍高之生物者。如是递进,数期后然后始变为本物之完备形状焉。今以例说明之。鱼类动物有二心室,一为心房,一为心耳。两栖类动物心耳分为二,一左一右。心房仍为一。爬虫类动物有左右心耳各一,心房中亦微有隔膜。鸟类哺乳类动物皆有四心室,心耳心房各为纵膜分裂为二。此生长完成时之情形也。今若取鸟类或哺乳类之胎儿研究之,则心室之数初为二,继而心耳分左右,于是有三心室,继又有微膜纵分心房为二,于是有四心室。变迁次第,恍若由鱼类而至两栖类,由两栖类而至爬虫类,由爬虫类而至鸟类或哺乳类焉。不惟心之发达如是,即脑筋,头盖及其他器官亦皆如此纡回前进。如心有二室时则鳃旁有数微孔,宛如鱼之鳃孔。此种鳃孔痕迹至发生完成时,除第一孔变成耳口间之犹斯特青管外,皆自然消灭于无形。前所云鲸鱼之毛与齿亦与此同。然此不过著例之一,动物之胎为人所曾研究者大率如是变化也。

如信生物出于神造且一成不变,则胚胎发生之路径何以如是纡回曲折! 如信进化论,则索解不难矣。冯•贝尔非进化论之倡导者,故引胚胎学上之事例以言进化尚待达尔文,马歇尔(M. Marshall)与海克尔(Haeckel)。三人之中尤以海克尔为健将。其言曰,"个体发生史择种族进化之要而重演之"。以个体言之,个体之胎儿始于一单独细胞,浸假而生长为鱼形,为两栖动物形,为爬虫形。辗转变化,乃至成人。以种族言之,全人类亦固由单独细胞而逐渐进化以至为鱼类,为两栖类,为爬虫类。至于结局,乃有今日之圆颅方趾者。由是观之,胚胎之发生可以重演二字蔽之。此种重演说(recaptulation theory)在海克尔生物哲学中极重要。海氏至称之为"生物发生之根本律"(fundamental biogenetic law)。其名著《创造史》(*History of Creation*)即完全根于此定律焉。

近三十年来多数生物学者颇疑海克尔对于重演说之言过其实。盖种族进化史与个体发生史所历时期之差不可以道里计。以数月或数日之工夫,重演数万万年之种族经验,藉曰摘要,亦仅轻描淡写,杳茫隐约耳。然无论如何,胚胎发生之事实,足以固进化论之壁垒,则是海克尔者,非海克尔者,皆同声一辞也。

## 四　古之生物学上证据

生物各得同一祖先之形性而逐代加以变异,既证以构造与胚胎矣。难之者曰,设进化论孚于事实,则自单细胞动物以至于人类,其间高低繁简之阶级当连续不绝,而彼此距离度数亦不宜有参差,然征之事实,乃大谬不然。动植物固为鸿沟隔绝,即植物中隐花类之于显花类,动物中鱼之于虾,海燕之于介蛤,鸟之于爬虫,亦复霄壤悬殊。今乃谓此数者血统相近,宁非孟浪耶?

进化线索（connecting link）一问题持有进化论者固尝为之所困。然吾人须知自有生以来，年代环境已不知经几许变迁，以理言之，物种当然有如人类子姓绝嗣而无传者。譬如虾经若干阶级进化而为鱼，今日鱼虾虽皆存在，而鱼虾中间之媒介生物则以环境变迁而绝种，固亦意中事也。此为倡进化论者之假想，而今日古生物学者已能证其实矣。盖古代生物遗骸若幸而成化石，则至今犹可不朽。于此侥幸脱险者中古生物学者已寻得可为进化线索者数事。兹择其著者言之。（一）人猿同祖之说虽倡之已久，然现存人猿不惟智力悬殊甚远，即以构造论，亦多不类之点。杜鲍博士（Dubois）现于爪哇发见一 pithecanthropus（意译猿人）之头盖骨。以构造考之适为人与猿中间之媒介物。由是昔日之疑团可破矣。（二）鸟与爬虫之差较人与猿更远。古生物学者近在德之巴发尼亚州发见 archoeopteryx（意译古翼）化石二，其身体，骨骼半类飞鸟，半类爬虫。此二化石现一存柏林博物院，一存伦敦博物院。学者由是知鸟由爬虫进化而来者矣。（三）奇蹄类与偶蹄类之关系昔莫能明。自哥普（Cope）及其他古生物学者在北美掘得马之骨骼甚多，而马由五指变为一蹄之踪迹可寻。最初马长仅十一英寸，足皆有五指。年代渐近，体积日益增加，指数日益减少，于是乃成今日之奇蹄庞然大物者，此种骨骼现存纽约耶鲁两博物院，可参证也。（四）隐花植物与显花植物中亦有不易逾越之天堑。古生物学者发见石炭纪中之 cycadofilices 可以联络铁苏与羊齿，前者低等显花植物，后者高等隐花植物也。以上四例不过为已发现化石之一小部分，然已足证现存生物种类之鸿沟不能为进化论之障碍矣。

　　古生物学之贡献于进化论者尤不止此。地质学者以结构时代之先后，分世界岩石为太古古生中生新生四代。此四代岩石皆各含有其结构时代之生物化石。古生物学者取此四系中化石考之，发见岩石中诸化石生物阶级之高低与时代之近远成正比例。以动物言之,鱼之化石在古生代之中间已发见。两栖类在古生代之石炭期,爬虫类在古生代之最后一期,鸟类在中生代之中间,哺乳类在新生代之始,才逐渐露头角。以植物言之,各类化石发见之时代,被子门在新生代之前半期,裸子门在中生代,高等隐花植物在古生代之后半期,菌藻门在古生代之前半期。此种化石发见时代之先后,舍进化论将于何处索解耶?

总之,生物谱系如一大树然。其大部分已为土所埋没。现存生物不过露出土面之无数枝杪耳。如能将此树连根掘起,则进化次第当了如指掌。惟此在事实上实为难能,古生代化石固已寥寥有数,至于太古代之生物,则久为陈死,无复话当年故事者矣。达尔文在《物种源始》第十章曾言地质的记载为一部残缺断烂之世界史。吾人所见者仅最后数章。达尔文死后四十年来此部破书虽增加数页,然离完备尚远,但即以此残简考之,生物进化之迹亦可寻矣。

# 五  分布学上之证据

古生物学穷世界发生史,其重要标准为时间;至于以空间为启自然奥秘之钥者则有生物分布学。动植种类往往随地而异,故淮北无橘,衡南无雁,熊麝仅见于寒极,犀象尝产于热带,此尽人皆知者也。气候水土,固与物种差异有关。然非澳与南美三洲气候皆相似而物种则绝殊。澳洲原无兔,自欧人携兔至其地蕃育之速且过于其在欧洲时。以此二例观之,物种随地而异之因不能尽委之气候水土矣。然则真因果何在乎?欲明乎此,则有二事须先注意焉。(一)特别中心说(doctrine of specific centres)。生物分布乃用离心法由中央以散布四方。此说已为学者所公认。(二)地壳变迁之大概。自有生以来,沧海桑田之变,其次数已不可计量。两陆地今日相连属者昔日为水隔绝,印度之于亚陆,南美之于北美,是也。及之,今日为海水分开之两陆,昔日或相连属,日本之于中国,西伯利亚之于北美阿拉斯加州,是也。据此两事实与进化论言之,则本相连属而后分离之两陆地上,其生物种类差异之程度当与两陆地分离后所历之年代为正比例。征诸事实,则此比例确存在。澳洲脱离大陆最早,故在未发见之前,产物中以袋鼠与一穴动物为最蕃衍。除丁哥犬(dingo)以外(此犬如何至澳洲,今日尚为生物学界之疑团),别无哺乳动物之高等者。南美洲继澳洲而脱离大陆,故虽备具高等动物,然种类则与旧世界所产者迥异。观此可知进化论之孚于事实矣。

次就海洋岛(由海洋中喷出者)与大陆岛(由大陆脱离者)比较之,则进化论之迹亦可言者焉。大陆岛上之物种与大陆产极似,观日本中国产物可知。若海洋岛则理应无土产生物,即偶有生物,亦必为风吹来或水漂来者。观爪哇之喀拉喀托岛(Krakatao)与南美西赤道北之加拉巴哥群岛(Galapagos)之产物如鸟、蝙蝠、蜥蜴等皆确为飞来或漂来者。由此可知生物种类之非神造者矣。

# 六　血液试验之证据

近二十年来进化论得一确证为达尔文所未及见者为血液试验。各种动物血液之成分上差异,分析化学尚不能辨之。然异属动物血液有不同之点,则确为事实。如医贫血症之法为注射新鲜人血,若以动物血代人血,则病势且益重,即此两种血液有差异也。福来敦塞(Friedenthal)、腊特尔(Nuttall)诸人曾本此理发明血液试验数种。兹述其二最要者。

(一)注射法　凡两种动物阶级相近时,则以此动物之血注入彼动物之血管中,二种血液可以安然混合。例如马血可参驴血,人血可参猩猩血是也。但两动物如阶级不同时,如以此动物之血注入彼动物之血管,则必生急变,例如以人血注入鸟或马之血管,则被注射动物立即生病,以人血之血清可以破坏被注动物之赤血球也。观此可知人与猿关系较之其他动物为亲密矣。依同法可定各种高等动物间之血源关系焉。

(二)沉淀法　如以人血置之皿中任其凝结,则片时间血液之大部分皆凝结于中央,而四周则剩无色透明之水状液。此水状血即为血清。若以人之血清少许注射入家兔之血管中,间日一次,数次之后,则兔血中发生一种反抗体(以天花浆注入牛血中则生牛痘苗,类此),既生反抗体后,乃杀兔而凝结其血。所得之血清为"反人血清"(antihuman serum)。此种反人血清可用之辨人血之真伪。其法先以食盐少许溶解于被试之血中,次滤清污垢,次投以反人血清。如被试之血为人血,则反人血清投入后,立生反应,白色沉淀物立即发现。如被试之血非人血,则无此反应。依同法可制反牛血清反犬血清反鸟血清等等以试验某种血液之属于何种动物。此法在德奥各国初为法庭采用以为破案之助。生物学者研究结果,见此法不惟可以用之法庭,且可用之生物实验室,以测定各种动物血源之远近焉。盖迅速强烈之反应,虽仅见诸反 X 血清投 X 血盐溶液时,然与 X 动物种类相近之动物血液遇反 X 血清时亦生微缓反应。此反应之强度则与被试动物与 X 动物血源之远近为正比例。所需之时间亦然。例如以反马血清试驴血,亦可见少许白色沉淀物,不过需时略久耳。腊特尔曾用此法试验多种动物血液,所得结果与进化之说不谋而合。观此则进化论益有可信之价值矣。

# 七　实验观察之证据

华莱士(Wallace)在《达尔文主义》(*Darwinism*, P. 41)中曾言,

"达尔文学说之基础在生物有可变性"。惟生物有可变性,故旧种可发生新种,低级生物可进化而为高级生物。然物种变异所经过之时间往往甚长,非人目所能睹者。但听之自然,生物之进化,固不易察觉;若加以人力,则物种之变异,实不难指证。动植物之为人所饲畜或培植者较之野生动植物,变异之迹显然可见。即家鸠言之,以达尔文所考者已有一百五十余种,其祖先同为野生石鸠也,花卉之因人力而变异者更属常事。凡园丁类能言之。生物为人所养者既可变种,其在野外者当亦不能特异矣。

实验之要旨尝在考察某种事物在某种情形之时发生如何结果。此种情形尝以人力配置之。进化论谓生物变异以适应环境。则欲行进化实验当以人力变迁环境,视生物处此新环境是否变迁。如实变迁,则进化论所假设者乃无误谬。今实验结果如何乎?法国植物学者布维尔(Bouvier)氏尝取普通植物之幼芽若干植平原,若干植山巅。俟其长成后取而比较之,则在山巅者根甚深而干甚小,枝叶皆柔细;在平原者枝叶较繁而根则较短。又芝加哥大学教授陶瓦(Tower)取番薯甲虫(potato beetle)之幼虫而置之各种温度不同之环境。结果乃有数新种发生,其形状色彩均与亲体大异。此外如孟德尔实验,德佛里斯之观察(详见下文),均足证明物种之可变焉。

## 甲组各证总评

生物进化之证据既已略述如上矣。以论理学言之,此种证据之价值何如乎?自表面观之似无瑕疵可指。但仔细较量之,则七种证据中尚有一公同缺点,此吾人所不必讳言者也。分类、解剖、胚胎、血液、分布、古生物六证之根本理由有二。一为类似,一为差等。唯有类似,故谓物种同源;唯有差等,故谓物种进化。然类似与差等均为静的性质,由同源而分途进化,则为动的事变。以有类似证同源,以有差等证进化,皆为以静证动,以性质证事变,乃可然,非必然也。七种证据之中唯实验观察可以证变异。然进化恃变异,而变异则不必为进化。故只以实验观察之结果证进化,亦似未为完善。然则上列各据俱无足取乎?是又不然。合类似、差等、变异三者而观之,则进化论之假设不为无理。自希腊以降,解释物源之假设说仅二,一为神造说,一即进化论,神造说既无征不信,则意想所能及者惟物种进化。今日之最繁复者乃来自昔日之至简单者。惟此至简单者又来自何处?对此问题多数生物学者皆敬谢不敏焉。总之,科学上假说均不过用为研究之工具,譬之以钥,以能启锁为目的。一日可启锁,则一日可存在。设遇有新锁非此钥所能启,则当另求新钥。自拉马克以来,生物学者持进化论为钥以启自然之锁者已实繁有徒。大约皆迎刃而解。观此可知进化论之工具的价值实至广大。若生物界无事例以证其反,吾人固可信进化论不当被淘汰也。

## 乙 关于生物如何进化之证据

进化含义有二,一为变异,一为前进;合而言之,是为由旧种发生适应力较大之新种。故生物如何进化一问题可译之曰,新种如何发生?对此问题,拉马克派学者答之以习得性遗传说;魏斯曼及新达尔文派学者非之,以为当答以自然选择说;德佛里斯则答以突变说,孟德尔又答以纯生殖细胞分离说。此外学说尚多,四者其最重要者也。兹篇围范不在理论,惟若将学说完全抛弃,恐证据亦无意义,故先约述学说而附以实证焉。

# 一　拉马克习得性遗传说(inheritance of acquired characters)及其证据

拉马克习得性遗传说可以三语括之。(一)一切生物器官常用则发达(如驼豹之颈),不常用则衰灭(如鼢鼠之目)。(二)个体由用废(use and disuse)而生之习得性可以遗传。(三)如某种生物尝极力希求有此习得性以适应环境,则此习得性将逐代增加,结果遂生新种。拉马克以后持此说最力者在英为斯宾塞,在法为柏让塞夸(Brown-Sequard),在美为柏柔瓦(Brower),在德为海克尔与毕希纳(Büchner)。

用废影响遗传说斯宾塞持之最力。斯氏以为此说证据,随地可指。吾人之器官感觉锐钝尝与器官用废为正比例。舌能辨距离二十四分之一吋之两规脚,指则能辨距离十二分之一吋之两规脚。若以生存竞争之说解之,则舌实无灵敏于指之必要。若以用废遗传说解之,则舌之感物固倍于指也。又如兔之前腿甚短,后腿甚长,所以便跳跃,其祖先固无此特征,以后逐渐变异,前腿缩短,后腿则同时伸长。此种变迁,前后两两对称,决非如新达尔文派学者所云偶然的变异所可解者。又如工人子孙之手特大,亦以习得性能遗传之故。斯宾塞尝自谓其手极小者以其父祖皆为学校教师无须常用手也。此外如非澳土人之颚骨较欧人之颚骨重且大,今人之齿较古人之齿特小,岩洞中鱼虾多盲目,鸵鸟与栖于海洋岛之鸟其翼皆仅存痕迹,家禽之翼变小而腿骨则变粗,皆必待习得性遗传说而可解焉。

祖先身体若受损伤,则其子孙亦往往因之残缺。法国尝有一人自刑台上跌下伤其四肢。其后此人生一子一女。子每手只生一指,每足只生二趾。女则右手一指,左手二指,左右足各二趾。此女后适一健全男子,生子女四,长者指趾之数如常,余三者类其母。但此例仍仅限于五六人。柏让塞夸氏之实验则更足恃。柏氏曾以三十年精力试验比绍猪(Guinea-pigs)数千头。其法以刀割伤猪之脊髓或臀骨神经之一部分,于是被割伤者立患癫痫(患此者肢体麻木,常突然仆倒)。癫痫之猪所产之子孙亦多神经衰弱,立卧不宁者。有数猪因臀骨神经割伤而后肢失知觉,自嚼去其蹄而不知。其子孙亦因而缺其蹄之一部焉。不惟以人力伤害所生之影响如是。即通常疾病如神经病肺病风湿病亦往往有遗传于子孙者。由是观之,拉马克之说似非无据矣。

习得性有时生于环境影响者亦尝遗传。西曼克惟治(Schman-kewitsch)曾取咸水虾养之盐水中而试验之。先使盐量逐渐增加,则数代之后,诸虾皆变成一新种。尾端原有硬毛,亦逐代消灭。后又使盐量逐渐减少,则数代之后,复还原状。如盐量再减以至于无盐分,则数代之后诸虾又变成一新种,类淡水产。又 1870 年昆虫学者鲍尔(Boll)自美国得克萨斯州携得克萨斯产蛾蛹至瑞士。次年新蛾孵化,形状与得克萨斯者无异。惟次代新蛾之幼虫所食之叶与在美者大异,发达成熟后皆变成一新种,形状色彩与得克萨斯产者大异。由上二例观之,似非习得性遗传说不可解也。

## 二　习得性不能遗传说及其证据

达尔文遇自然选择说不可解之事例亦尝杂用拉马克学说。新达尔文派学者则完全抛弃习得性遗传说。上列诸例,彼辈或以为不足信,或以为可以他说解之。例如环境变迁,则物种随之而变。其原因与其谓为习得性遗传,不如谓为生殖质直接受影响。以生殖质连续驳拉马克者首为魏斯曼。其要旨在生殖细胞与身体细胞不相连属。子体乃由亲体之生殖细胞发达成者,非由亲体之身体细胞发达成者。亲体中生殖细胞之特质,乃又由亲体祖先之生殖细胞传来者,非身体细胞所能左右者。故生殖细胞自鼻祖以迄于玄孙,皆连续不断。由以上两前提以求结论,则身体细胞之习得性当然不能由生殖细胞以遗传诸子孙。此说在生物学界中现极占势力。

　　魏氏之理由强于其证据。盖此派学者多极力破坏拉马克派之证据,而对建设习得性不能遗传之证据则少注意,然固亦不乏可言者。魏斯曼曾割去鼠尾,视其子孙是否因之缺尾。割至十九代,而第二十代之鼠尾仍毫未缩短。身体细胞之变化不能影响遗传,此可见其一斑。英国戏曲学者萧伯纳以为鼠不欲无尾,故失尾鼠之子孙仍生尾。此亦带拉马克说意味。然柏让塞夸所割伤之比绍猪固尝欲癫痫耶?妇人之处女膜世世须损伤。而自有人类以至于今日,此膜仍未去也。埃及人自太古以降即屈其牲畜之角作螺旋状或其他形状,今日之埃及牛角仍如寻常牛角也。犹太人与回教人自有宗教以来即行割势皮礼,今日彼辈之势皮仍金瓯无缺也。拉马克之习得性遗传说对此似不攻自破矣。(述者按吾国妇女缠足之风已古。如习得性能遗传,则今日妇女之天足似当较男人之足略小。惜述者所知太少不能下断语。)

## 三　自然选择说(natural selection)及其证据

　　达尔文派学者既推倒拉马克主义矣,乃以进化之真因归之自然选择。自然选择说之含义有四:(一)生物之遗传尝附有一种连续的波动的变异(continuous or fluctuating variation),如父子兄弟之形性不能尽同,是也。(二)物产有限而生产率则以几何级数增加。供不敷求,其结果乃有生存竞争。(三)上述之波动的变异若偶然幸而可以帮助有此种变异之生物在生存竞争界得胜利,则有此变异之生物将较无此变异之生物占生存优先权较多,将为自然所选择。(四)依遗传律言之,子常类亲,故上述之有益的波动的变异有传诸子孙之机会。子孙得此变异较多者占生存优先权。准此类推,由波动的变异而生之有益的形性将逐代增加。此生物所以进化也。

魏斯曼尝言,"适者生存之说不能于自然界中索直证,以吾人不能先断何者为最适也"。其意盖谓吾人所待证者为最适者生存,不能先据此尚待证之假说为前提,谓生存者即为最适者也。此说以形式论理言之固未可厚非。以实际言之,吾人固可借观察实验以定生存者是否有特质。如此特质专属于生存者而不属于淘汰者,吾人即谓此特质为最适者之特质,于理固无不合也。以是为准,则自然选择,适者生存之说有证可征焉。

产于意大利之祈祷螳螂(常交趾如合掌祈祷状,故名)多为青色或褐色,青者尝伏于青草丛,褐者则见之褐菜中。捷斯儒腊(Cesnola)尝取青螳螂二十系之青草中,褐螳螂二十系之褐菜中,青螳螂二十五系之褐菜中,褐螳螂四十五系之青草中。十一日之后,褐菜中之青螳螂尽死。十七日之后,青草中之褐螳螂死者三十五,存者十。死者大半皆为鸟所杀。至于青草中之青螳螂,褐菜中之褐螳螂,则皆安然无恙焉。由此例观之,有保护色者为最适,故为自然所选择,自然选择说确乎其不可易矣。

然此螳螂一例尤杂有人力。下述之例则得之纯粹自然界焉。班朴司(Bumpus)曾于大雨雪后在北美洲收集自英伦传来之麻雀一百三十六尾,其中生存者七十二,死者六十四。以生者与死者较之,其平均异点如下表。①

---

① 此表本 Veron: *Variation in Animals and Plants*. Chapter XI.

| | 平均值 | | |
| --- | --- | --- | --- |
| | 生存者 | 淘汰者 | 百分差 |
| 体　　长 | 158 粍 | 160 粍 | ＋1.27 |
| 翼面积 | 245 粍 | 245 粍 | ±0.0 |
| 体　　重 | 25.2 格 | 25.8 格 | ＋2.38 |
| 头喙总长 | 31.6 粍 | 31.5 粍 | －.32 |
| 上臂骨长 | .736 吋 | .728 吋 | －1.09 |
| | 平均值 | | |
| | 生存者 | 淘汰者 | 百分差 |
| 股骨长 | .716 吋 | .709 吋 | －.98 |
| 腓跗骨长 | 1.138 吋 | 1.128 吋 | －.88 |
| 头盖宽 | .603 吋 | .601 吋 | －.33 |
| 胸骨长 | .845 吋 | .834 吋 | －1.30 |

观上表可知淘汰者较生存者虽长且重,而头盖之宽,胸骨上臂骨诸骨之长则反不及生存者。构造不坚实而又笨重,宜其死也。

此外威尔敦(Weldon)之螃蟹试验,庇尔生之人口死率统计,皆足以证自然选择适者生存之说,兹不能备载。然即以二例观之达尔文学说之实据已了如指掌矣。

## 四　德佛里斯突变说(mutation theory)及其证据

德佛里斯之突变说可以三语括之。(一)生物之遗传除波动的变异以外,尚有不连续的失常的变异(sports;discontinuous or abnormal variation)。如祖先皆五指而子孙忽生六指,是也。(二)新种即生于此失常的变异。(三)由失常的变异所生之形性若适于环境,则新种可绵延。此自然选择说之变形也。

德佛里斯于1886年周游阿姆斯特丹求突变证,收集植物百余种而植之园中,视其能否突变,皆无一种如德氏所期望者。其后德氏复四出搜求,乃忽于番薯田中得自美传来之莲馨花一种。遂仔细考察之,于是得突变之证焉。此花枝本为圆形,由突变乃有为扁形者;叶尖本平滑,由突变乃有生盘状物者;此花本为一年生植物,由突变乃有两年生或三年生者。德氏携归而植之,其经过突变者遂成新种,此新种后又突变生新种焉。除德佛里斯以外以研究突变著者尚有英人柏特生(Bateson)。柏氏搜集证据甚多。如普通水母皆为四均分整齐圆盘状,具生殖器四,口状孔二,辐射状管十六,边缘感觉器八。由突变而生者则成不整齐状,具生殖器、口状孔、边缘感觉器各二,辐射状管八。又英国维多利亚时有人以我国产莲馨花运至英伦。此花后忽由突变而生一种星状莲馨花,形色异常美丽。惜此种今不传。说者多归咎于维多利亚时代英人之恶娇艳焉。由此数例观之,已足见突变说之根据充足矣。

## 五　孟德尔纯生殖细胞分离说(theory of the segregation of pure gametes)及其证据

孟德尔遗传律为达尔文以后第一大发明。其证据既较他说为确实,而价值亦超过自然选择说与突变说。其精髓可分四项言之。(一)生物皆各有一团单位性质 unit-characters(如长短赤白等)。此种单位性质在生殖细胞中皆各有其代表。同一个体之各种单位性质遗传于子体时可以分离,例如长子得单位性质甲,次子得单位性质乙。(二)具有不同之单位性质之雌雄两体相配以后(例如雌长雄短),此两种不同之单位性质不能行化学的混合,甲不能灭乙,乙亦不能灭甲。但在第一代子体中不能并现,如甲现(dominant)则乙暂隐(recessive),乙现则甲暂隐(子体或长或短)。(三)第一代子体中之上述两不同的单位性质行分离作用(segregation),结果有一部分生殖细胞具纯单位性质甲，一部分生殖细胞具纯单位性质乙。具同样纯单位性质之雌雄两细胞，交合后则子体纯类其亲（一部分纯为长者，一部分纯为短者）。（四）因各单位性质可相分离而单独遗传，故一种生物可因遗传而失其单位性质之一部分，结果于是发生新种。此孟德尔遗传律之大略也。

孟德尔遗传律乃纯自实验结果得来者。孟氏尝取紫花豌豆与白花豌豆配合之。第一代所生之杂种尽为紫花豌豆。以紫花单位性质现而白花单位性质则暂隐也。后复取此杂种相配合之。第二代所生者四分之一为纯白，四分之一为纯紫。纯紫纯白者如自体受精将永远不变。此孟氏所称分离作用之结果也。余二分之一为不纯紫，若自体受精，则第三代结果，纯白纯紫不纯紫之比例仍如第二代。以下仿此。

有时两不同之单位性质可同时并现。考原司（Corrous）尝取红花"药喇叭"（jalap）与白花"药喇叭"配合之，第一代杂种皆开淡红花，第二代以后结果与前例同。即红者四分之一，白者四分之一，淡红者二分之一。

新种之发生常由于失去一单位性质（分离作用之结果）。此可以鼠证之：家鼠多为灰色，但鼠之变种有白者，有褐者，有黑者，有带斑纹者。此数变种据生物学者实验，多由于灰鼠由单位性质分离作用失去一单位性质之影响。例如黑鼠之色素性质若失去，则新种为褐鼠，是也。

孟德尔遗传律之应用甚广。生物学者依此法所已试验之动植物甚多。玉蜀黍、豌豆、麦、麻、比绍猪、鼠、兔、蚕、牛、马等其最著者也。但上述数例已足证纯生殖细胞分离说之可信矣。

# 乙组各证总评

理论非本篇范围所及，今只以数语约说述者衡较诸家学说及其证据所得之印象焉。拉马克说如足信，则生物向最经济的途径进化。然其实证多不充满，即使充满，而身体细胞所受之影响如何可以由生殖细胞遗传，尚为一大疑问。以孟德尔实验结果观之，魏斯曼之生殖连续说似近情理。今日生物学者信拉马克者较之信孟德尔、魏斯曼者实少。然必谓习得性不能遗传，则此种全称否定断语恐亦不妥当。故以当然言之，习得性遗传说较近于理想；以可然言之，习得性不遗传说较孚于事实；以必然言之，今日所有之证据尚不能产生论理的断语焉。达尔文派学者以适与不适之因属诸飘忽不定生于偶然之波动的变异，似亦不无可疑之点。德佛里斯谓自然选择说仅能解释最适者何以生存（the surviral of the fittest）不能解释最适者何以发生（the arrival of the fittest），诚为至论。德佛里斯发见最适者之发生由于突变，较达尔文进一步矣。然吾人若再进一步而问曰，生物何以有突变？此则德佛里斯所不能答矣。突变之因柏特生以孟德尔纯生殖细胞分离说解之，亦仅得其半；盖纯生殖细胞分离只能解释生物何以由突变而失去旧单位性质，不能解释生物何以由突变而另生新单位性质也。遗传学说中之最有价值者固当推孟德尔遗传律。然此律亦仅能应用于同种生物之经常遗传法。设环境变迁而新性质发生，则孟德尔之说穷，观上引陶瓦教授之番薯甲虫试验及得克萨斯产蛾至瑞士所生变化二例可知也。

总之，就甲组诸证观之，就神造说之无实证观之，就应用之广、无事例可证其反观之，进化论实有可信之价值。至于生物如何进化一问题，则吾人所待知者尚极多。"科学怀成见，等于自杀。"吾人对于任何学说不能妄为左右袒；将来生物学者对于遗传问题所当取之路径有二，一为衡较对勘现在已有学说及实证，一为努力实验观察以求新事例及其解说。若能进行不懈，庶乎宇宙之谜终有可解之一日也。

**本篇所根据书籍中之最重要者如下：**

1. Darwin：*Origin of Species*. Chapter IV，X，XI XII，XIII，XIV.

2. W. B. Scott：*The Theory of Evolution*. Chapter I—VI.

3. J. A. Thomson：*Heredity*. Chapter III，VII，X，XII.

4. Thomson and Geddes：*Evolution*. Chapter I，II，IV，V.

5. R. H. Lock：*Recent Progress in the Study of Variation*，*Heredity and Evolution*. Chapter I，III，V，VII.

（载《民铎》第 3 卷第 4 号，1922 年 4 月）

# 英国大罢工的经过①

在记者执笔草此通讯时,英国全国总罢工刚正式宣告终止。处局外人地位,冷眼观察此次风潮经过,颇得许多教训。因记其大略以为留心世界国情者之参考。

全国总罢工,不但在英国史上,就在世界史上,也还是破题儿第一遭。这个轩然大波起源于煤矿主与煤矿工之争执,而这个争执又由于欧战后商业之衰落。

---

① 《东方杂志》发表本文时,该刊记者加有按语,全文如下:此次英国煤矿罢工事件,本志前期已有详细明确之纪实。现在又接到朱孟实先生从英国寄来的通讯。其中所述煤矿问题发生原因,虽多与前期雷同,但煤矿问题关系英帝国命运非常重要,且朱君留学彼邦,闻见较为真切,故不嫌重复,将全文揭载,读者幸留意焉。——编者。

英国向来以商立国,其生命所寄托全在煤铁两种实业,就中尤以煤业为重要。第一,各种工业都赖煤为燃料,而商船也非煤不行。第二,煤为英国出品大宗。统计英国每年出煤价值在二万五千万镑左右。除销用于国内者不计外,销用于国外的煤所得代价占英国出口货价值十分之一。第三,依去年统计,煤矿雇用工人总数为一百一十五万人,占全英国人口十二分之一。每十二个人中就有一人以煤矿工为生活。

因此,英国煤业如果停滞,则全国经济状况就不免立刻发生危险。这一两年中恰是英国煤业停滞的时候。何以刚到这两年就忽然停滞呢?这有几种原因:(一)欧战后各国工业至今尚未完全恢复战前原状。加以失业者多,人民经济窘迫,所以出品销路小。百货滞销,工厂出品之量不得不因之而减,煤的需要也就低落下去了。煤业与工商业是唇齿相依的。(二)工商业停顿已久,何以英国煤业停滞不发生于前几年而发生于这两年呢?这是由于机会。1922年美国煤矿大罢工,出煤甚少,而英国煤得以畅销。在煤业方面,向来与英国争利的是德国。鲁尔一区每年所出煤额等于英国全国每年所出煤额三分之一。1923年法国占领鲁尔,鲁尔煤业于是停顿。英国煤遂享专利。矿主获利甚丰,而矿工的工资也因而增加百分之十一。但是1924年夏,鲁尔恢复原状,而英国煤的销路遂因而大减。(三)因为煤价高,而代煤之燃品日益增加。德国现在多用木煤,而轮船火车则渐以油代煤,法国和意大利等处近来工业渐多利用水力生电。煤的用场所以日渐狭小。(四)英国煤工出货量(output)年来逐渐减少。欧战前每人每年平均可掘煤257吨,1924年降为220吨,1925年降为217吨。这个原因很多:第一,煤矿渐挖渐深。(现在英国煤矿深度平均由三百码至五百码,而美国煤矿深度平均只在二百六十码左右。)煤矿渐深则工作渐难。第二,煤层(seam)逐渐薄狭,(英国煤层平均厚四呎,美国煤层厚六呎。）所以工作时间同而所出货量较少。第三，英国煤矿工近来有所谓"慢慢政策"（Ca´canny Policy），有许多工人故意慢掘，以保留工作机会。

因为这几种主要原因，英国煤业遂日益低落。要知道低落实况，只要把这两年出口煤量和战前出口煤量比较，就可以得其梗概。据去年英政府煤业调查委员会报告，1909 年至 1913 年英国出口煤每年平均八千八百万余吨，1924 年降至八千一百万余吨，1925 年又降至六千八百万余吨。以百分计算，1924 年英国出口煤量比战前降低百分之七有余，1925 年降落至百分之二十二。再就利息比较，也可见一斑。1923 年每吨煤可获净利 2.17 先令，1924 年每吨煤只获净利 1.17 先令，而 1925 年每吨煤须亏本 0.19 先令。

煤业既亏本，于是 1925 年夏间矿主乃有减少工资之动议。在矿主方面，自亦有不得已之苦衷，而减少工资之动议也未尝无理由。第一，法国侵占鲁尔时期，英国煤主因获利厚而将工资增加百分之十一。现在不但无专利可享，而且亏本甚钜。煤工在此时还享受煤业兴旺时所加之工资，在矿主眼光中，自不公平。第二，拿维持国家商业地位的大道理来说，英国工商业全以煤为命脉。此时渐有失去国外市场的危险。雇主和工人两方面都要牺牲一点，才能重整旗鼓去和德法诸国争市场。矿主以为这个道理十分充足，而且以前例推之，减资的动议也或不至失败。欧战中德国煤业停顿，而英国依旧进行。那时因获利甚丰，工资也曾加过。战后德国煤业恢复，英国煤业获利不复如战争时期获利之厚。1921 年矿主也曾有减少工资的举动，矿工也曾罢工过。但是那一次结果是矿工失败。此次矿主动议减少工资，大约也还有 1921 年的经验在心里。

在矿工方面更有难言之苦。不错，他们现在的工资比战前的工资超过百分之五十三。但是现在生活程度则超过战前的百分之七十三。所以实际上现在工资比战前工资已减少。本来调查英国矿工工资颇非易事，因为工资分配法，以煤量为准，不以工作时间为准。据去年调查煤业委员会报告，平均计算，每人每礼拜所得工资，由四十一先令六辨士至五十二先令九辨士，大约以中国钱计算，每人每礼拜可得工资二十元左右，这样工资在中国已经算很高，而在英国则实难敷衍生活。我们在英国当学生，居一间很平常的房子，每日吃三餐很简单的饭，每礼拜房饭费至少也须得用四十先令。假使一个矿工是独身人，生活还不成问题。倘若有妻子（他们大半有妻子），每礼拜四五十先令，吃饭便有些成问题了。何况还要穿衣，还要纳重税。本已难维持生活，而现在雇工还要减少工资，在矿工方面，这是残酷的行为了。

　　这两年煤业不旺，矿工也未尝不知道，他们以为这不是他们的过处，是由于煤业制度不良。譬如地主所抽的租税（royalty）就不公平。地主只应该有管理地皮权，地皮几千尺以下的煤田应该归国家所有（他们说），而现在地主于每吨煤抽出一先令的租税，不劳而获，未免太占便宜。像诺桑卜兰侯爵（The Duke of Northampland）每年只坐在家里便可以抽得八九百万镑的租税。现在不于此着眼，而着眼到穷工人每礼拜数十先令的工资，这是叫他们最不平的。而且煤业归私商经营，流弊甚多。比方在煤厂价目每吨煤只需十五六先令，而居民买煤则须出四十几先令才买得一吨。其间转售的经过太多，中饱太大。再就煤矿设备说，德美各国都利用新机器，所以工作甚易。而英国矿主则不肯改进，所以不能同他国煤业竞争。矿工的希望是把煤业收为国有，再极力加以整顿。

　　自从去年六月矿主和矿工发生争执以后，政府出来干涉，一方面指派专家组织委员会调查煤业，一方面由议会通过补助煤业津贴（subsidy）。津贴时期限自 1925 年 8 月 1 日至 1926 年 4 月 30日。津贴量平均每吨二先令六辨士。比方说，从煤矿掘起运到土面每吨须费十五先令六辨士，而土面市价只有十三先令一吨。所亏损的由政府津贴弥补。这九个月中英政府津贴煤业共费去二千三百万镑。津贴用意原在维持煤业，使在国外市场竞争不致完全失败，而同时给雇主与工人以商榷的余暇。不过论理这种津贴实不公平，因为国库的钱是由种种实业上抽税得来的。以国库的钱补助煤业，是使其他实业无辜受亏损。所以舆论极不以为然。政府津贴可暂不可常。津贴一停顿，而旧问题仍然存在。此次风潮即由于此。

煤业调查委员会（Royal Commission on the Coal Industry），是去年九月由政府任命的。主席为萨缪尔爵士（Sir H. L. Saumel）。调查费时六月才竣事。今年三月委员会的报告才呈到议会。委员会在这个报告里提出意见很多。下列几条是最重要的：

（一）煤矿由政府收买为国有，而经营则仍委诸私商。

（二）从前许多小煤矿公司应合并起来，以求管理之方便与消费之经济。

（三）煤业不应该孤立。此后政府应极力使煤业与其他工业合并。电业尤其应与煤业携手。

（四）政府应派专员研究煤矿实况，采用新方法，改良煤工生活，以求煤业日臻发达。

（五）从前转售手续太烦，致有中饱之弊。此后应组织联合公司配销。

（六）现在工资不应变动，每日在地下作工七时半，已不为短，不应再延长工作时间。工人应得分红，使互助精神提高。矿工居屋应改良。

调查委员会报告发表后，政府不加可否，只听雇主与工人自己去商议解决。于是矿主与矿工有联席会议。矿主所要求的有三要点：（一）解决争执不能以全国为标准，须酌量各区域情形分别商议。(二)减少工资。(三)延长工作时间。这几条矿工都反对。双方争持相不下,首相鲍尔特温乃出为调解。到最后一天(津贴终止的一天,4 月 30 日),矿主才把分区商议一条丢开而着重延长工作时间一点。矿工仍然反对。他们持这几种理由:(一)现在工作时间恰足以供可销售之煤量。(二)现在工作时间已颇长。在煤矿里操危险而且艰难之工作,每日不应该在七小时半以外。(三)延长工作时间,势须减少工人而增加失业者。(四)延长工作时间必引起外国竞争,结果使外国煤矿工工作时间也延长,适与现在目的相反。(五)增加时间与委员会报告不符。

因此,到最后一天,矿主与矿工的争执终于不得解决。政府津贴原定于今年 4 月 30 日截止。矿主既不能得政府津贴,而工人又不承认减少工资,于是以不能支持为借口,于 4 月 30 日夜出示令矿工全体离开煤厂。这种举动英国人叫做"Lock out",有含驱出的意味。

英国的工会(Trade Union)组织最完固。煤工会也是工会代表会的一份子,所以工会代表会多数通过总罢工案以援助煤矿工。除粮食邮电工人外,各项工人都以 5 月 3 日夜 12 时停止工作。本来在 5 月 1 日那一天,鲍尔特温还是设法调解,因为政府机关报《每日邮闻》(*Daily Mail*)主笔做一篇社论叫做《为国家与皇帝》(*For the Country and the King*)攻击工会首领,说提议总罢工是受外人(指苏俄)的影响。印刷工人拒绝排印,而 5 月 1 日的《每日邮闻》遂不能出版。鲍尔特温听见这个消息大怒,立刻宣告政府调解终止;并且声言以总罢工要挟,是破坏宪法,是对国家宣战。非先由工会代表会取消总罢工的训令,政府决不解决煤业争执。而工会领袖蒲亚德(Arthur Pugh,代表会主席)、柯克(Cook,煤矿工领袖)、汤姆斯(Thomas,铁路工人领袖),则以为工会代表会的训令只通告如煤业问题不解决,则工人以 5 月 3 日半夜罢工。每日邮闻社印刷者拒绝排印攻击工会文字在 5 月 1 日,未受工会训令,工会不能负责。

鲍尔特温借细故而断绝一线调和希望,是其居心叵测。

事已至此,自难收拾。于是5月3日晨,总罢工之声宣传英伦三岛矣。论工商业,钢铁工业受影响最大。论社会安宁,则交通断阻与报纸停顿为最关要害。我们处旁观地位观察民众如何应付紧急,实不能不暗地佩服英国人之冷静沉着。在全国总罢工时,除伦敦,爱丁堡,格来斯哥几个大城市中小有骚动外,其余城乡均极平静。此所谓骚动,多始自工人方面。他们最大目的在阻碍交通。自罢工以后,政府立即宣布临时紧急令(Emergency),招募义勇队,增加警察。维持重要路线之火车电车交通。应征义勇队最多的是大学学生。英国大学大概都有政党支部,如保守党,工党,自由党等等。英国大学生与中国大学生完全相反,中国大学生同情于平民,而英国大学生则多同情于政府。所以各大学中保守党占多数。此时政府招募义勇,大学保守党男女学生十九都应征去驾电车及作其他工作。此外居民应征的也很多。棒喝团(英国也有所谓棒喝团了)以全体名义应征,可是政府没有收容。应征的人踊跃,所以电车火车仍然可以开驶,不过比平时次数少些。工人看见这般情景,于是设法阻碍。电线有被砍断的。火车经过乡下,工人纷投瓦石,乘客有破头烂额的。工人群挤在电车道上,以阻止电车进行。其景状仿佛似五卅案中之上海南京路。可是在这里可以看出英国人待英国人与待中国人的分别。在这个紧急时,不特兵队没有移动,就是警察也没有武装。工警互殴时,警察至多以警棍射击,许多城市中,警察的马有被打死的,警察有被打伤的,工人也有被捕入狱的,可是没有听说打死一个人。

罢工期间印刷工人停业,各报纸均停顿。政府则大肆其技能,临时发行一种报,专为政府辩护,说工会之违法,而工人出报则被检查延搁或阻止。而此时最可利用的就是无线电话,英国中等以上家庭大概都置有无线电话机,鲍尔特温每日有一次演说。他只在伦敦,而他的演说辞可立刻由无线电话传达全国。同时各报纸也发单张攻击总罢工。所以从表面看,舆论是反对工会之总罢工举动。可是我们应知道,伦敦各家报纸除《每日晓闻》(Daily Herald)以外,如《泰晤士》,如《每日邮闻》,如《晨报》(Morning Post)通是政府机关报。从这里观察舆论,总要打几分折扣。就我所接谈的人,除工人以外,大半都说矿工争执,其咎在矿主;总罢工,其咎在工会。

各国报纸对于英国罢工评论多不一致。大约工党报替工会辩护,政府报则以总罢工无理由。美国报的论调尤其不利于工会。

可是各国工会(除美国)都一致援助英工会。4月中国际煤工会与运输工会在布鲁塞尔(Brussells)开会议决英国煤工如罢工,则欧洲各国不以一磅煤供给英国。英船抵岸,各国亦拒绝供煤。最活动的自然是俄国。总罢工通告发出之第五日,英工会即接俄国汇来巨款。可是在此时我们不能不佩服英工会之远见。他们在这个经济危迫时,居然把俄国汇来巨款退还了。

政府既固执,而工人又不肯让步,势不得不有第三者出为仲裁。而现在英国第三党为自由党,其领袖为路德·乔治(Lloyd George)。论理,乔治应为最适宜之和事老。不过矿工对他不甚信任,因为1921年矿工罢工时乔治适为首相。彼时调查委员桑凯(Sankey)之报告亦提议改组煤业,而乔治不能实行。此次风潮工人多归咎1921年乔治处理之不当。因此自由党不能为调停人。最后还是调查煤业委员会主席萨缪尔出来,才将此次风潮调解。他本属政府党。此次出为调解人,虽声言纯以私人名义,但背后未尝没有受政府党的授意。他提议两要点:(一)总罢工停止。(二)煤矿问题根据委员会报告解决。暂时矿工复业,仍支原有工资。矿主矿工合组一全国工资局,双方人数相等,以一第三者为主席。在煤业未改组以前,不得改变工资。

工会代表会认此议为满意,所以于5月12日宣告总罢工停止。

铁路雇主想乘此机会减裁工人，费过一番周折，现在也解决了。不过矿工还表示不满意，均未复业。政府现已提出方案，改组煤业。此外又提出三百万镑延长津贴。大约解决期或不远。预料煤业改组后矿工生活或稍好，但工资恐须略微减少。

矿工问题虽或可解决，而英国来日大难则尚未有艾。阶级中多经一次战争，即增加一层仇视。1921年煤工罢工失败，工人至今尚衔恨。此次解决，在工会方面，不能不谓为失败。工人之群的意识因此次总罢工而益显明，其仇视政府与资本阶级亦较前特甚。以旁观者眼光测之，此次英政府及矿主处理均不免有失当处。争执发生于九个月前。4月30日为津贴停止日，亦即为谈判终止日，而矿主乃于此最后一日才提出具体方案，而仍不外减少工资多增加时间。同时又以"驱出"（Lock out）恫吓工人。自工人视之，当然为不诚不公。至于政府方面，鲍尔特温为《每日邮闻》印刷工人事，而中途砍断调和机会，致有总罢工。非政府党亦至以为不满。

至于煤业的希望亦甚难言。钢铁业与造船业近均不旺，煤的销路很难推广。煤业不旺，于是煤价也逐渐加高，而钢铁业也因而受影响。二者互为因果。英国前途之危机即在于此。去年煤业调查委员会报告就有这样一段悲观的预言："煤价之增高将使现已衰落之钢铁业与造船业日形衰落，而其他实业亦将受重大影响。出口货销路（无论为煤为他项商品）亦将丧失，其结果又使钢铁业与造船业更衰落，而间接又影响到煤业。到了最后，或能达到平衡，然煤业则大减于现在的百分率，生活费则提高，而失业问题又为不可支之重负焉。"这是他们的实业专家所引以为危惧的。以商立国的不列颠现正如何与衰微的命运相搏斗，也不难于此窥见一斑了。

一九二六年五月十五日自爱丁堡发。

（载《东方杂志》第23卷第12号，1926年6月）

# 旅英杂谈

一

　　记得美人斯蒂芬教授在他的《英伦印象记》里仿佛说过，英国大学生的学问不是从教室，而是从烟雾沉沉的吃烟室里得来的，因为教授们在安安泰泰的衔着烟斗躺在沙发椅子上的时候，才打开话匣子，让他们的思想自然流露出来。这番话固然不是毫无根据，但是对于大多数大学校中之大多数学生，这还仅是一种理想。私课制（tuition system）固然是英国大学的一个优点，不过采行这种制度而名副其实的只有牛津剑桥一两处；就是这一两处也只有少数贵族学生能私聘教员，在课外特别指导。其余一般大学授课多只为一种有限制的公开演讲。每班学生数目常自数十人以至数百人，教员如何能把他们个个都引在吸烟室里从容讨论？好在英国几个第一流的大学所请的教授大半很有实学，平时担任钟点很少，他们的讲义确是自己研究的结果，不像一般大学教授的讲义只是一件东抄西袭的百衲衫。每科尝有所谓荣誉班（honours course），只有在普通班卒业而成绩最优的才得进去，所以学生人数少，和教员接洽的机会较多，荣誉班正式上课时也不似寻常班之听而弗问，往往取谈话的方式。荣誉班卒业并不背起什么博士头衔。所谓博士，其必要的条件只是在得过寻常班学位以后再住校两年，择一问题自己研究，然后做一篇勉强过得去的论文，缴若干考试费，就行了。固然也有些人真是"博"才得到这种头衔，可是不"博"而求这种头衔，似乎也并不要费什么九牛二虎之力。

## 二

年来国内学生入党问题，颇惹起教育界注意。我对此也曾略费思索，来英后所以特别注意他们学生和政党的关系。在中小学校，我还没有听见学生加入政党。可是在各大学里，各政党都有支部，多数学生都各有各的政党，各政党支部的名誉总理大半都是本党领袖。他们常定期举行辩论，或请本党名人演讲。有时工党与守旧党学生互举代表作联席辩论，仿佛和国会议事一般模样。英国本是一个党治的国家，党的教育所以较为重要。他们所谓党的教育不外含有两种任务：一，明了本党党纲与政策；二，练习辩论和充当领袖的能力。实际政治有他们的目前的首领去管，不用他们去参与。学校对于学生党的教育——对于一切信仰习惯——都不很干涉，因为有已成的风气在那里阴驱潜率，各政党支部都可以明张旗鼓，惟共产党还要严守秘密——英国大学校也有共产党的踪迹了。近来牛津大学有两个共产党学生暗地鼓动印度学生作独立运动，被学校知道了，校长就限他们自认以后在校内不再宣传共产，否则便请他们出校。学生会工党学生们会议请校长收回成命，只有一百几十人赞成，占少数，没有通过。那两个学生只好去向校长声明："我们以后三缄其口罢！"

三

　　初来此时，遇见东方人总觉亲热一点。有一天上文学班，去得很早，到的还寥寥，跨进门一看，就看见坐在最前排的是两个东方人。有一位是女子，向我略颔首致敬——因为知道我也是从东方来的。我就坐在她旁边那位男子的旁边。他戴了一副墨晶眼镜，仿佛在那儿有所思索，没有注意到我的样子。我就攀问道："先生，你是从日本来的，还是从中国来的？"他说是从日本来的。以后我们就常相往来，他们有时邀我去尝日本式的很简朴的茶点，从谈话中我才知道这两位朋友经过许多悲壮的历史。

　　那位戴墨晶眼镜子的原来是一个盲目者，而跟着他的女子就是他的妇人。她在英国是一个哑子——不能说英文。岩桥武夫君——这是他的姓名——从日本大阪跨过印度洋、地中海，穿过巴黎、伦敦，进了爱丁堡大学，每天由课堂跑回寓所，由寓所再跑到课堂，都是赖着他的不能说英文的妇人领着。

　　他生来本不盲目。到了二十岁左右时患了一种热病。病虽好而眼睛瞎了。从前他在学校里是以天才著名的，文学是他的凤好。失明以后，他就悲观厌世，有一年除夕，他在厨房里摸得一把刀子，就设法去自杀。他的母亲看见了——他是他慈母唯一的爱儿——用种种的话来劝慰他。由来世间母亲的恩爱与力量是不可抵御的，于是岩桥武夫君立刻转过念头，决计从那天起重新努力做人。

他进了盲哑学校,毕业后在母校里服务过,现在来英国研究文学。

他很有些著作,最近而且最精心结构的叫做《行动的坟墓》。这个名称是用密尔敦诗中 moving grave 的典故。这书仿佛是他的自传。我不能读日本文,不知道它的价值。

岩桥武夫君和爱罗先珂是很好的朋友。爱罗先珂到日本,就寓在他的家里。他们都是盲目的天才,而且都抱有一种世界同仁的理想,同声相应,所以吸引到一块。日本政府怕爱罗先珂是"危险思想"的宣传者,把他驱出日本,岩桥武夫君曾抗议过,但是无效。

他的妇人原来是一个神道教信徒。前半生都费在慈善事业方面。她嫁给岩桥武夫君帮助他求学著书,纯是出于弱者的同情。岩桥武夫做文章,都是由她执笔。她对于日本文学很有研究的。

岩桥武夫是一个寒士。卖尽家产做川资,学费是由大阪每日新闻社和朋友资助的。他的老母现在还在日本开一个小纸笔店过生活。

# 四

一般人想象里的英国大半是一个家给人足的乐土。实际上他们能够过舒服日子的恐怕不到五分之一。能够在矿坑里捉一把锄头,在工厂里掌一个纺织机,或者在旅馆商店里充一个使役,还是叨天之麻的。许多失业的人,其生活之苦,或较中国穷人更甚。因为中国最穷的有几个铜子,便可勉强敷衍一天的肚皮。在欧洲生活程度高,几个铜子是买水就不能买火,买火就不能买水的。向来中国人自己承认对于衣食住三件,最不讲究的是住。西洋房屋建筑比中国的确实强得几倍。但是以有限资本盖房子,要好就不能多。有一天我听一位工党议员演说,攻击守旧党政府对于住室问题漠不关心。他说只就苏格兰说，二十人住一间房子的达数千家，十人住一间房子的达数万家。我初听了颇骇异。后来到穷人居的部分去看看，才晓得那位工党议员不是言之过甚。我自然不能走进他们房子里去调查。不过在很冷的冬天，他们女子们小孩子们千百成群的靠着街墙或者没精打采的流荡，大概总是因为房子里太挤的原故。西洋人以洁净著名，可是那般穷人也是脏得不堪。

英国的乞丐比较的来得雅致。有些乞丐坐在行人拥挤的街口，旁边放一块纸板，上面大半写着，"退伍军士，无工可做，要养活妻子儿女，求仁人帮助！"一类的话。有些奄奄垂毙的老妇，沿街拉破烂的手琴，或者很年轻的少年手里托着帽子拖着破喉嗓子唱洋莲花落。还有一种乞丐坐在街头用五彩粉笔，在街道上画些山水人物，供行人观赏。这些人不叫乞丐，叫做"街头美术家"（pavement artists）。他们有些画得很好，我每每看见他们，就立刻联想到在上海看过的美术展览会。

# 五

要知道英国人情风俗，旁听法庭审判，可以得其大半。中国人所想得到的奸盗邪淫，他们也应有尽有。有时候法官于审问中插入几句诙谐话，很觉得逸趣横生。罪过原来是供人开玩笑的，何况文明的英国人是很欢喜开玩笑的呢？近来有一个人为着向他已离婚的妇人索还订婚戒指，打起官司来了，律师引经据典的辩论，说伊丽莎白后朝某一年有一个先例，法庭判定订婚戒指只是一种有条件的赠品。那一个法官就接着说："那一年莎士比亚已经有十岁了。"后来那个妇人说她已经把戒指当去了。法官含笑问道："当去了吗？好一篇浪漫史，让你糟蹋了！"英国向例，凡替罪犯向法庭取保的人应有一百镑的财产。去冬轰动一时的十二共产党审讯，其中有一个替人取保的就是鼎鼎大名的萧伯纳,法庭书记问萧氏道:"你值得一百镑么?"萧氏含笑答道:"我想我值得那么多哩。"两三个月以前,伦敦哈德公园发现一件风流案,他们也喧扰了许久。有一天哈德公园的巡警猛然地向园角绿树阴里用低微郑重的声调叫道:"你们犯了法律,到警厅去!"随着他就拘起两个人带到法庭去审问。那两个有一位是五十来岁光景的男子,他的名字叫 Sir Basil Tomson,他是一个有封爵的,他是一个著作者,他是伦敦警察总监!别的那一位是每天晚上在哈德公园闲逛的女子中之一。汤姆逊爵士说,他近来正著一本关于犯罪的书,那一晚不过是到哈德公园去搜材料,自己并没有犯罪。那位女子承认得了那位老人五个先令,法官转向汤姆逊爵士说:"你五个先令可以敷衍她,法庭可是非要五镑不可!"汤姆逊请了最著名的律师上诉,但是他终于出了五镑钱。

## 六

英国报纸不载中国事则已,载中国事则尽是些明讥暗讽,遇战争发生,即声声说中国已不能自己理会自己了,非得列强伸手帮助不行。遇群众运动,即指为苏俄共产党所唆使。提到冯玉祥,总暗敲几句,因为他反对外人侵略。提到香港罢工,总责备广东政府不顺他们的手。伦敦《每日电闻》驻北京的通讯员兰敦(Perceval Landon)尤其欢喜说中国坏话。英国一般民众的意见,都是在报纸上得来,所以他们头脑里的中国只是一锅糟。英国政府对待中国的政策,是外面讨好,骨子里援助军阀以延长内乱,抵制苏俄。他们现在不敢用高压手段激动中国民气,因为他们受罢工抵制的损失很不小。专就香港说,去年秋季入口货的价值由 11,674,720 镑减到 5,844,743 镑;出口货价值由 8,816,357 镑减到 4,705,176

镑。总计要比向来减少一大半。听说香港政府现在已经很难支持，专赖英国政府借款以苟延残喘。如果广东人能够照现在的毅力维持到三年，香港恐怕会还到它五十年前的面目罢！

《泰晤士报》有一天载惠灵敦在北京和各界讨论庚子赔款用途，中国人士都赞成用在建筑铁路方面，不很有人主张用于教育的。听来真有些奇怪！这还是北京军阀官僚作祟，还是英国人的新闻鼓惑？总而言之，中国自己在外国没有通讯社，中国的新闻全靠外国人传到外国去，外交永远难得顺手的。

# 七

欧战结局后，各国都把战争的罪过摆在德国人肩上，凡尔赛会议，列强居然以德国负战争之责，形诸条约明文。近来欧洲舆论逐渐变过方向。他们渐渐觉悟欧战的祸首，不能完全说是德国，而造成战前紧张空气的各国都要分担若干责任，战前欧洲形势好比箭在弦上不得不发。德国纵不开衅，战争也是必然的结局。去冬英国著名学者像罗素、萧伯纳、韦尔斯、麦克唐纳数十人共同发表了一封公开信，就是说德国不应该独负开衅的责任，而《凡尔赛条约》不公平。同时法国学者也有类似的举动。至于欧洲政治家有没有这种觉悟，我们却不敢断定。不过德国现在逐渐恢复起来了，她不受国际联盟限制军备的约束，英法各国总有些不放心，所以去冬德法英比意各国订了《洛卡罗条约》（Locarno Protocol），主旨就在法撤鲁尔住兵，德承认《凡尔赛条约》所划界线，以后大家互相保障不打仗，都受国际联盟的仲裁。要实行这个条约，德国自然不能不加入国际联盟，她也是一个大国，加入国际联盟，当然要和英法日意占同等位置，要在委员会里占一永久席。

可是这里狡猾的外交手段就来了。斡旋《洛卡罗条约》的人是英国外交总理张伯伦。《洛卡罗条约》成功,英国人自以为这一次在欧洲外交上做了领袖,欢喜得了不得,于是张伯伦君一跃而为张伯伦爵士。哪一家报纸不拍张伯伦爵士(Sir Chamberlain)的马屁!

谁知道张伯伦爵士落到法国白利安(Briand)的灵滑的手腕里去了!法国很欢喜德国承认《凡尔赛条约》割地,可是不欢喜德国在国际联盟委员会里占重要位置,所以暗地设法拉波兰、西班牙要求和德国同时得委员会永久席。白利安于是把张伯伦君——那时还是张伯伦君——请到巴黎去,七吹八弄的把张伯伦迷倒了,叫他立约援助波兰、西班牙的要求。双方都严守秘密。到了国际联盟开特别会,筹备盛典,欢迎德国加入的时候,于是波兰的要求提出来了,法国报纸众口一词的赞成波兰的要求。大家都晓得英国外交向来是取联甲抵乙的手段。波兰、西班牙以法国援助而得永久席,当然以后要处处和法国一鼻孔出气,英国势力当然要减弱。况且德国看法国拉小国来抵制她,也宁愿不加入国际联盟,不愿做人家的傀儡。英国民众报纸家家都说"让德国进来以后,再商议波兰的要求罢!"可是张伯伦已经私同白利安约好了,哑子吃黄连,如何能叫苦?他们无处发气,只在报纸上埋怨白利安是滑头,张伯伦是笨伯。于是张伯伦爵士又一变而为麦息尔张伯伦(Mousieur Chamberlain,依法国人的称呼称他)。

英姿飒爽的张伯伦爵士那里能受人这样泼冷水?他于是自告奋勇去戴罪立功,到日内瓦再出一回风头。这一次日内瓦的把戏真玩足了。英德利用瑞典叫她反对波兰加入。法国嗾波兰、西班牙要求与德国同时得永久席。意大利嗾布鲁塞尔作同样要求,大家都不肯放松一点。于是德国被选为永久委员的提议就搁起到今年九月再议。最后开会,各国代表都说些维持和平,促进文化,国际亲善的话。法国白利安说得尤其漂亮——他是最会说漂亮话的——说法国人对德国人多么真心,德国多么伟大,将来谋国际和平，少不得德国鼎力帮助的，如此如彼的说了一大套。德国总理斯特来斯曼于是站起来感谢白利安说："法国总理向来没有对德国说得这样好呀！"

# 八

二十世纪之怪杰，首推列宁，其次就要推墨索里尼（Mussolini）。墨氏起家微贱，由无赖少年而变为小学教员，由小学教员而变为流荡者，由流荡者而变为新闻记者，由新闻记者而变为法西斯（Fascists，似乎有人译作烧炭党）领袖，由法西斯领袖而变为意大利的笛克推多，将来他再由意大利笛克推多而变为全欧之执牛耳者，也很是意中事。

他是法西斯的创造者。法西斯主义是苏俄共产主义的反动，是极狭义的国家主义，是极端专制主义，社会本来不平等，各人应该保持原有利益。无论如何，革命是要不得的。世界尽管讲大同，意大利可是要极力提倡爱国。遇着不赞成法西斯主义的人，要用"直接行动"，所谓直接行动，就不外驱逐、暗杀。

墨索里尼说太阳从西方起山，全意大利人就不得说是从东方。意大利国会之多数法西斯，不过由五个领袖指派的。少数反对党都让他们拳打脚踢，抛出窗子外面去了。意大利著名的报纸一齐封闭起来了。反对法西斯的人物有的放逐，有的遭暗杀了。墨索里尼虽如此专制，然而意大利多数人民都承认他是继马志尼而为意大利之救星。

墨索里尼不是专横以外，别无他长。他是最著名的演说者，最能干的行政者，最伶俐的外交家。意大利本来是国际联盟一份子，但是墨索里尼现在还暗中接合南欧诸拉丁民族另外订一个联盟，以抵制英德诸国。德国近来想再和奥国联邦，墨索里尼明目张胆的说，意大利的旗帜是很容易背到北方去的，如果德奥真要打伙。

大家还不明了墨索里尼的野心吗？我还忘记说，墨索里尼每次到国会演说所穿的魁梧奇伟的军装，不是他自己的，是用重金向骨董店买来的，是威廉第二的。

# 九

英国从小学到大学，都有不强迫的军事教育。中小学有学生军（cadet corps），大学有军官教练团（officers training corps）。这些团体都直接归陆军部管辖，一切费用都由政府供给。陆军部每年派员延阅一二次。各校常举行竞赛，得胜利者有重奖，大家都以为极荣耀。

这些组织与童子军完全不同。童子军的主旨在养成博爱耐苦诸精神，而学生军与军官教练团则专重军事上的知识与技能。其组织训练与军营无差别。炮、马、步、工、辎，色色俱全。他们除定期演讲军事学以外，常举行战事实习，如战斗、营造、救济等等。每年还打几次行营。欧战中，英国教员学生因为平时有这种军事训练，所以能直接赴前线应敌，可见得他们学校里的军事教育并非儿戏。

这种军事教育虽非强迫的，而政府则多方引诱学生入彀。第一层，想做军官的人要持有军官教练团的甲等证书。持有乙等证书的人投军觅官也比寻常士卒有六个月的优先权。第二，学生入学生军或军官教练团，不用花钱，可以穿漂亮的军服，骑高大的军马，每年在野外打几礼拜的行营，可白吃伙食。

凡是英国学生身体强壮而愿守规则的都可以加入。外国学生绝对不得进去。印度人本名隶英籍，与英、苏、爱同处不列颠帝国徽帜之下，可是许多印度学生向学校交涉，向英政府印度事务部交涉,请求进军官教练团学习,也都被拒绝。印度学生说:"在战争中,英国以不列颠帝国国民名义拉印度人去当冲,在和平时怎么要忘记印度人也应该受同等训练?"学校当局说:"这是陆军部的事,我们不便过问。"陆军部说:"这是印度事务部的事,你们不应该直接到此地请求。"印度事务部说:"关于军事,印度事务部管不到。"于是印度学生只好叹口气就默尔而息了。

## 十

西方人种族观念最深。在国际政治外交方面,拉丁民族国家与条顿民族国家之接合排挤的痕迹固甚显然;而只就英伦三岛说,爱尔兰固以种族宗教的关系而独立自由了,就是苏格兰与英格兰在政治上虽属一国,而地方风气与人民癖性都各各不同。苏格兰自有特别法律,自有特别宗教,自有特别教育系统。苏格兰人民没有自称为英国人的。假若遇见一个地方主义很深的苏格兰人,你问他是否英国人,他一定不欢喜地回答说:"不是,我生在苏格兰,我长在苏格兰,我是一个苏格兰人。"有一次我听一位阁员在爱丁堡演说,津津说明英苏之不宜分立。苏格兰与英格兰合并已三百多年了,现在还有把合并的理由向民众宣传之必要,可见得这两个地方的人民还是貌合神离了。

苏格兰人似我们的北方人,比较南方的英格兰人似乎诚实厚重些。相传爱尔兰人最滑稽。有一次一位英格兰人和一个苏格兰人在爱尔兰游历,看见路上有一个招牌说:"不识字者如果要问路,可到对面铁匠铺子里去。"那位英格兰人捧腹大笑,而苏格兰人则莫名其妙。他回到寓所想了一夜,第二天很高兴地向英格兰人说:"我现在知道昨天看的招牌实在是可笑。假如铁匠不在铺子里,还是没有地方可以问路呀!"这个故事自然未免言之过甚,但是苏格兰人之比较的老实，可见一斑了。

# 十一

　　一国的文化程度的高低，可以从民众娱乐品测量得出来。中国民众的趣味太低，烟酒牌骰娼妓皮黄戏以外别无娱乐，自是一件不体面的事，可是西方人虽素以善于娱乐著名，而考其实际，和中国人也不过是鲁卫之政，他们上等社会中固然不乏含有艺术意味的娱乐，但是这占极少数，而大多数民众也只求落得一个快乐，顾不到什么雅俗。在他们的街上走，五步就是一个纸烟店或糖果店，十步就是一个烧酒店或影戏院。糖果店是女子们小孩们最欢喜照顾的，每家糖果店门前，像装饰品店门前一样，总常有女子们小孩们看着奇形异彩的糖果发呆。他们的腰包也许不十分充裕，不过站着看看也了却不少心愿。烟酒是无分等级老幼，都是普通嗜好。就是女子们抽烟喝酒也并不稀奇。他们的酒店，只卖酒不卖下酒品。吃酒的人只站在柜台前，一灌而尽。在街上碰着醉汉是一件常事。影戏院的生意更好。失业者每礼拜只能向政府领五先令养活夫妻儿女，饭可以不吃，影戏却不能不看。影戏院所演的片子都不外恋爱侦探的故事，只能开一时之心火，决谈不上艺术价值。戏院是比较体面的人们所光顾的。可是所演戏剧大半是些诙谐作品，杂以半裸体的跳舞。像萧伯纳、高尔斯华绥的作品是不常扮演的。

　　礼拜六晚，大家刚卸下六天的苦工，准备明天安息，是最放肆的一晚。娱乐场的生意在这一晚特别发达。青年男女们大半都聚在汗气脂粉气混成一团的跳舞场里，从午后七八点跳到夜间一两点钟。夜深人静了，他们才东西分散，回去倒在床上略闭眼朦胧过，便到了礼拜上午，于是又起来打扮，到礼拜堂去听牧师演讲"礼拜日的道德(Sunday morality)"。

这便是英国民众的娱乐。说抽象一点,他们的低等欲望很强烈,寻不着正当刺激,于是不得不求之于烟,于酒,于影戏院,于跳舞场。你说这是他们善于娱乐的表现,自无不可。然而你说这是文化之病征,也不见得大背于真理。

# 十二

狄更生(Louis Dickinson)在他的《东方文化》里面仿佛说过,印度人受英国人统治是人类一个顶大的滑稽(irony),因为世界最没有能力了解印度文化的莫如英国人。狄更生自己也是一个英国人,能够有这种卓见,真是难能可贵。英国本也有她的特殊文化,可是从社会里没有看到这种文化所生的效果,我们不能不感叹三四千年佛化的领域逐渐为盎格鲁萨克逊颜色所污染,总是现代人类的一个奇耻大辱。

印度人在他们自己的国土以内受如何待遇,我是不知道的。印度学生在英国所受的待遇,我却见闻一二。他们本是英籍人民(British subjects),照理应与英国学生受同等待遇。不过我听见印度学生学医的说,他们简直没有机会在医院里临诊,学工的说,他们也难找得工场去实习。大学里军官教练团,绝对不允许他们进去的。最不公平的就是许多跳舞场都不卖票给印度学生。有一位印度女生住在大学女生宿舍里三四年之久,同住的人很少肯同她谈话。英国人心目中怎样看印度人,不难想见了。

印度学生自然也有许多败类。有许多学生因为受了英国教育的影响,其最大目的只在学一种技艺将来可以在英国人脚下寻一个饭碗。我曾经遇见一个学文学的印度学生,问他欢喜泰戈尔的诗不? 他答得很简单:"我没有读过。"有一次,一个印度学生在会场里问我："中国到底还有政府么？"我听见了，心里替他感伤比替自己感伤还要利害。

但是印度是一个伟大的民族，她的伟大在异族凌虐的轭下还没有完全沉没，许多印度学生天资都很聪明，他们的国家思想也很浓厚。红头巾下那一副黑大沉着的面孔含有无限伤感，也含有无限抵抗的毅力。

拜伦诗人因为景仰希腊文艺，在土尔其侵犯希腊时，他立刻抛开他的稿本，提刀帮助希腊人抵御土尔其。偶尔想到先贤的风徽，胸中填了满腔的惭愧！

# 十三

有许多名著，初读之往往大失所望。我读莎士比亚的《哈姆雷特》，曾经开卷数次，每次都是半途而废。最后，好容易把它读完了，可是所得的印象非常稀薄。莎翁号称近代第一大剧家，而《哈姆雷特》又是他的第一部杰作，可是一眼看去，除着几段独语以外，实无若何奇特。读莎翁著作的人们大概常有同样感想。

近来看过名角福兰般生（Sir Frank Benson）排演这本悲剧，我才逐渐领略它的好处。福兰般生自己扮鬼，而扮哈姆雷特的则为菲列浦。本来近日英国剧场最流行的是谐剧。表演莎士比亚的剧时，观者人数寥寥。在萧疏冷落的场中，剧中所呈现的种种人世悲欢，乃益如梦境。到兴酣局紧时，邻座女子至于歔欷呜咽，这本戏动人的力量可以想见了。

拿剧本当作一部书读，根本就大错特错。读莎氏剧本而不能领略其美的人，大半都误在专从文字着眼，而没有注意到言外之意。戏剧的优劣决不能专从文字方面判定。比方王尔德的剧本，把它当着书读，多么流利生动。可是在剧台表演起来，便成了一种谈话会,好像出了气的烧酒,索然无味。洪深君所改译扮演的《少奶奶的扇子》是一个难能可贵的成功,我看过原剧,还不如改译扮演的生动。

莎氏剧本不易领会,还另有一层原因。大半读文学作品的人常有一种怪脾气,总欢喜问:"这本作品主义在什么地方?"他们在莎氏剧本中寻不出主义,便以为这无异于寻不出价值。这是"法利赛人"的见解。艺术的使命在表现人生与自然,愈客观,则愈逼真。把作者自己的主义加入以渲染一切,总不免流于浅狭。我们绝对不可以拿易卜生做标准去测量莎士比亚。易卜生是一位天材,学他以戏剧宣传主义的人,总不免画虎类狗。

易卜生太注重主义,所以他的剧本太缺少动作。他不同于——我不敢一定说他比不上——莎士比亚的就在此。可是有一点易卜生与莎氏相同而为王尔德一般人所望尘莫及的。他们表现性格,都能藏锋潜转。什么叫做藏锋潜转呢?就是在规定时间以内,主要角色的性格常经过剧烈变动。这种变动含有内在的必然性(inner-necessity),在明文中只偶一露出线索。粗心地看去,常使人觉得剧中主角何以突然发生某种行动,与原委不相称。可是仔细看去,便能发见这种变动在事前处处都藏有线索的。看娜拉对她丈夫的态度变迁,哈姆雷特对他爱人莪菲丽雅的态度变迁,便会明白这个道理。

我们不能把《哈姆雷特》当作一本书读,也不能把它只当作一本戏看。《哈姆雷特》是一部悲剧,而上品的悲剧都是上品的诗。看《哈姆雷特》不能看出诗意来,便完全没有领会得这本悲剧的美。哈姆雷特的独语,都是好诗,自不消说。其他如鬼的现形,莪菲丽雅的病狂,掘圹者的谈话,哈姆雷特的死,那几段多么耐人寻味!

莎翁剧本里面无主义,无宗教。怪不得托尔斯泰研究了几十年,而最后评语只是莎翁徒虚誉,实无所有,我虽景仰托尔斯泰,然而说到莎士比亚,我比较的相信歌德。著《维特》的人自然比较任何人都更了解《哈姆雷特》,因为这两本书不都是替天下无数的少年说出了说不出的衷曲么?(我没有看过田汉君的译文,但是我以为形骸可译而精神是不可译的。)

# 十四

　　莎士比亚的故居在埃文河上之斯特拉特福镇(Stratfordon Avon)。这个镇上有一个很大的戏园,专是为纪念他而建筑的。今年这个戏园被火烧了。他们现在募金,预备建筑一个规模更大的戏园。

　　莎翁的生日为4月23日。每年逢到这天,英国人士在斯特拉特福镇举行庆祝盛典,凡在英国的外国公使及著名人物大概都来与会。今年是莎翁的第三百六十二周年纪念。因为筹备新戏园的缘故,特别热闹。向例,在这天行礼的时候,各国公使都把本国国旗张开以表敬意。这次当苏俄红旗张开时,群众中有许多叫"羞"的,从此可见得英人排俄的剧烈了。原来在未开会之前,就有许多人提议不准俄使列席,不准张俄国旗,这个消息早就登在伦敦各报上,俄使自然看过。可是俄使麦斯克置若罔闻,临时还是赴会。他所携的花圈上特别系一条很长的红绢,表示苏俄的颜色。这本是一件小事,但是可以见出英国人的气量。不知莎翁如果有灵,应该作何感想?在我看来英国人向来可以自豪的似乎都逐渐成为历史了。

　　(载《一般》第1卷第一期,1926年9月;第二期,1926年10月)

# 一九三四年我所爱读的书籍

一、*Greek Anthology*，希腊短诗选本。

二、阮籍《咏怀诗》，中国最沉痛的诗。

三、《菜根谈》，融会儒释道三家的哲学而成的处世法。

（载《人间世》第十九期"新年特大号"，

1935 年 1 月 5 日出版）

# 慈慧殿三号

## ——北平杂写之一

　　慈慧殿并没有殿，它只是后门里一个小胡同，因西口一座小庙得名。庙中供的是什么菩萨，我在此住了三年，始终没有去探头一看，虽然路过庙门时，心里总是要费一番揣测。慈慧殿三号和这座小庙隔着三四家居户，初次来访的朋友们都疑心它是庙，至少，它给他们的是一座古庙的印象，尤其是在树没有叶的时候；在北平，只有夏天才真是春天，所以慈慧殿三号像古庙的时候是很长的。它像庙，一则是因为它荒凉，二则是因为它冷清，但是最大的类似点恐怕在它的建筑，它孤零零地兀立在破墙荒园之中，显然与一般民房不同。这三年来，我做了它的临时"住持"，到现在仍没有请书家题一个某某斋或某某馆之类的扁额来点缀，始终很固执地叫它"慈慧殿三号"，这正如有庙无佛，多一事不如省一事。

慈慧殿三号的左右邻家都有崭新的朱漆大门，它的破烂污秽的门楼居在中间，越发显得它是一个破落户的样子。一进门，右手是一个煤栈，是今年新搬来的，天晴时天井里右方隙地总是晒着煤球，有时门口停着运煤的大车以及它所应有的附属品——黑麻布袋，黑牲口，满面涂着黑煤灰的车夫。在北方居过的人会立刻联想到一种类型的龌龊场所。一粘上煤没有不黑不脏的，你想想德胜门外，门头沟车站或是旧工厂的锅炉房，你对于慈慧殿三号的门面就可以想象得一个大概。

和煤栈对面的——仍然在慈慧殿三号疆域以内——是一个车房，所谓"车房"就是停人力车和人力车夫居住的地方。无论是停车的或是住车夫的房子照例是只有三面墙，一面露天。房子对于他们的用处只是遮风雨；至于防贼，掩盖秘密，都全是另一个阶级的需要。慈慧殿三号的门楼左手只有两间这样三面墙的房子，五六个车子占了一间；在其余的一间里，车夫，车夫的妻子和猫狗进行他们的一切活动：做饭，吃饭，睡觉，养儿子，会客谈天等等。晚上回来，你总可以看见车夫和他的大肚子的妻子"举案齐眉"式的蹲在地上用晚饭，房东的看门的老太婆捧着长烟杆，闭着眼睛，坐在旁边吸旱烟。有时他们围着那位精明强干的车夫听他演说时事或故事。虽无瓜架豆棚，却是乡村式的太平岁月。

这些都在二道门以外。进二道门一直望进去是一座高大而空阔的四合房子。里面整年地鸦雀无声，原因是唯一的男主人天天是夜出早归，白天里是他的高卧时间；其余尽是妇道之家，都挤在最后一进房子，让前面的房子空着。房子里面从"御赐"的屏风到四足不全的椅凳都已逐渐典卖干净，连这座空房子也已经抵押了超过卖价的债项。这里面七八口之家怎样撑持他们的槁木死灰的生命是谁也猜不出来的疑案。在三十年以前他们是声威煊赫的"黄带子"，杀人不用偿命的。我和他们整年无交涉，除非是他们的

"大爷"偶尔拿一部宋拓圣教序或是一块端砚来向我换一点烟资，他们的小姐们每年照例到我的园子里来两次，春天来摘一次丁香花，秋天来打一次枣子。

煤栈，车房，破落户的旗人，北平的本地风光算是应有尽有了。我所住持的"庙"原来和这几家共一个大门出入，和它们公用"慈慧殿三号"的门牌，不过在事实上是和他们隔开来的。进二道门之后向右转，当头就是一道隔墙。进这隔墙的门才是我所特指的"慈慧殿三号"。本来这园子的几十丈左右长的围墙随处可以打一个孔，开一个独立的门户。有些朋友们嫌大门口太不像样子，常劝我这样办，但是我始终没有听从，因为我舍不得煤栈车房所给我的那一点劳动生活的景象，舍不得进门时那一点曲折和跨进园子时那一点突然惊讶。如果自营一个独立门户，这几个美点就全毁了。

从煤栈车房转弯走进隔墙的门，你不能不感到一种突然惊讶。如果是早晨的话，你会立刻想到"清晨入古寺，初日照高林。曲径通幽处，禅房花木深"几句诗恰好配用在这里的。百年以上的老树到处都可爱，尤其是在城市里成林；什么种类都可爱，尤其是松柏和楸。这里没有一棵松树，我有时不免埋怨百年以前经营这个园子的主人太疏忽。柏树也只有一棵大的，但是它确实是大，而且一走进隔墙门就是它，它的浓阴布满了一个小院子，还分润到三间厢房。柏树以外，最多的是枣树，最稀奇的是楸树。北平城里人家有三棵两棵楸树的便视为珍宝。这里的楸树一数就可以数上十来棵，沿后院东墙脚的一排七棵俨然形成一段天然的墙。我到北平以后才见识楸树，一见就欢喜它。它在树木中间是神仙中间的铁拐李，《庄子》所说的："大本臃肿而不中绳墨，小枝卷曲而不中规矩"，拿来形容楸似乎比形容樗更恰当。最奇怪的是这臃肿卷曲的老树到春天来会开类似牵牛的白花，到夏天来会放类似桑榆的碧绿的嫩叶。这园子里树木本来很杂乱，大的小的，高的低的，不伦不类地混在一起；但是这十来棵楸树在杂乱中辟出一个头绪来，替园子注定一个很明显的个性。

我不是能雇用园丁的阶级中人，要说自己动手拿锄头喷壶吧，一时兴到，容或暂以此为消遣，但是"一日曝之，十日寒之"，究竟无济于事，所以园子终年是荒着的。一到夏天来，狗尾草，蒿子，前几年枣核落下地所长生的小树，以及许多只有植物学家才能辨别的草都长得有腰深。偶尔栽几棵丝瓜，玉蜀黍，以及西红柿之类的蔬菜，到后来都没在草里看不见。我自己特别挖过一片地，种了几棵芍药，两年没有开过一朵花。所以园子里所有的草木花都是自生自长用不着人经营的。秋天栽菊花比较成功，因为那时节没有多少乱草和它作剧烈的"生存竞争"。这一年以来，厨子稍分余暇来做"开荒"的工作，但是乱草总是比他勤快，随拔随长，日夜不息。如果任我自己的脾胃，我觉得对于园子还是取绝对的放任主义较好。我的理由并不像浪漫时代诗人们所怀想的，并不是要找一个荒凉凄惨的境界来配合一种可笑的伤感。我欢喜一切生物和无生物尽量地维持它们的本来面目，我欢喜自然的粗率和芜乱，所以我始终不能真正地欣赏一个很整齐有秩序，路像棋盘，常青树剪成几何形体的园子，这正如我不喜欢赵子昂的字，仇英的画，或是一个中年妇女的油头粉面。我不要求房东把后院三间有顶无墙的破屋拆去或修理好，也是因为这个缘故。它要倒塌，就随它自己倒塌去；它一日不倒塌，我一日尊重它的生存权。

园子里没有什么家畜动物。三年前宗岱和我合住的时节，他在北海里捉得一只刺猬回来放在园子里养着。后来它在夜里常作怪声气，惹得老妈见神见鬼。近来它穿墙迁到邻家去了，朋友送了一只小猫来，算是补了它的缺。鸟雀儿北方本来就不多，但是因为几十棵老树的招邀，北方所有的鸟雀儿这里也算应有尽有。长年的顾客要算老鸹。它大概是鸦的别名，不过我没有下过考证。在南方它是不祥之鸟，在北方听说它的什么神话传说保护它，所以它虽然那样地"语言无谓，面目可憎"，却没有人肯剿灭它。它在鸟类中大概是最爱叫苦爱吵嘴的。你整年都听它在叫，但是永远听不出一点叫声是表现它对于生命的欣悦。在天要亮未亮的时候，它叫得特别起劲，它仿佛拼命地不让你享受香甜的晨睡，你不醒，它也引你做惊惧梦。我初来时曾买了弓弹去射它，后来弓坏了，弹完了，也就只得向它投降。反正披衣冒冷风起来驱逐它，你也还是不能睡早觉。老鸹之外，麻雀甚多，无可记载。秋冬之季常有一种颜色极漂亮的鸟雀成群飞来，形状很类似画眉，不过不会歌唱。宗岱在此时硬说它来有喜兆，相信它和他请铁板神算家所批的八字都预兆他的婚姻恋爱的成功，但是他的讼事终于是败诉，他所追求的人终于是高飞远扬。他搬走以后，这奇怪的鸟雀到了节令仍旧成群飞来。鉴于往事，我也就不肯多存奢望了。

　　有一位朋友的太太说慈慧殿三号颇类似《聊斋志异》中所常见的故家第宅，"旷废无居人，久之蓬蒿渐满，双扉常闭，白昼亦无敢入者……"，但是如果有一位好奇的书生在月夜里探头进去一看，会瞟见一位散花天女，嫣然微笑，叫他"不觉神摇意夺"，如此等情……我本凡胎，无此缘分，但是有一件"异"事也颇堪一"志"。有一天晚上，我躺在沙发上看书，凌坐在对面的沙发上共着一盏灯做针线，一切都沉在寂静里，猛然间听见一位穿革履的女人滴滴答答地从外面走廊的砖地上一步一步地走进来。我听见了，她也听见了，都猜着这是沉樱来了——她有时踏这种步声走进来。我走到门前掀帘子去迎她，声音却没有了，什么也没有看见。后来再四推测所得的解释是街上行人的步声，因为夜静，虽然是很远，听起来就好像近在咫尺。这究竟很奇怪，因为我们坐的地方是在一个很空旷的园子里，离街很远，平时在房子里绝对听不见街上行人的步声，而且那次听见步声分明是在走廊的砖地上。这件事常存在我的心里,我仿佛得到一种启示,觉得我在这城市中所听到的一切声音都像那一夜所听到的步声,听起来那么近,而实在却又那么远。

（载《论语》第 94 期,1936 年 8 月）

# 后门大街

## ——北京杂写之二

  人生第一乐趣是朋友的契合。假如你有一个情趣相投的朋友居在邻近，风晨雨夕，彼此用不着走许多路就可以见面，一见面就可以毫无拘束地闲谈，而且一谈就可以谈出心事来，你不嫌他有一点怪脾气，他也不嫌你迟钝迂腐，像约翰逊和鲍斯韦尔在一块儿似的，那你就没有理由埋怨你的星宿。这种幸福永远使我可望而不可攀。第一，我生性不会谈话，和一个朋友在一块儿坐不到半点钟，就有些心虚胆怯，刻刻意识到我的呆板干枯叫对方感到乏味。谁高兴向一个只会说"是的"，"那也未见得"之类无谓语的人溜嗓子呢？其次，真正亲切的朋友都要结在幼年，人过三十，都不免不由自主地染上一些世故气，很难结交真正情趣相投的朋友。"相识满天下，知心能几人？"虽是两句平凡语，却是慨乎言之。因此，我唯一的解闷的方法就只有逛后门大街。

居过北平的人都知道北平的街道像棋盘线似的依照对称原则排列。有东四牌楼就有西四牌楼，有天安门大街就有地安门大街。北平的精华可以说全在天安门大街。它的宽大，整洁，辉煌，立刻就会使你觉到它象征一个古国古城的伟大雍容的气象。地安门（后门）大街恰好给它做一个强烈的反称。它偏僻，阴暗，湫隘，局促，没有一点可以叫一个初来的游人留恋。我住在地安门里的慈慧殿，要出去闲逛，就只有这条街最就便。我无论是阴晴冷热，无日不出门闲逛，一出门就很机械地走到后门大街。它对于我好比一个朋友，虽是平凡无奇，因为天天见面，很熟习，也就变成很亲切了。

从慈慧殿到北海后门比到后门大街也只远几百步路。出后门，一直向北走就是后门大街，向西转稍走几百步路就是北海。后门大街我无日不走，北海则从老友徐中舒随中央研究院南迁以后（他原先住在北海），我每周至多只去一次。这并非北海对于我没有意味，我相信北海比我所见过的一切园子都好，但是北海对于我终于是一种奢侈，好比乡下姑娘的唯一的一件漂亮衣，不轻易从箱底翻出来穿一穿的。有时我本预备去北海，但是一走到后门，就变了心眼，一直朝北去走大街，不向西转那一个弯。到北海要买门票，花二十枚铜子是小事，免不着那一层手续，究竟是一种麻烦；走后门大街可以长驱直入，没有站岗的向你伸手索票，打断你的幻想。这是第一个分别。在北海逛的是时髦人物，个个是衣裳楚楚，油头滑面的。你头发没有梳，胡子没有光，鞋子也没有换一双干净的，"囚首垢面而谈诗书"，已经是大不韪，何况逛公园？后门大街上走的尽是贩夫走卒，没有人嫌你怪相，你可以彻底地"随便"。这是第二个分别。逛北海，走到"仿膳"或是"漪澜堂"的门前，你不免想抬头看看那些喝茶的中间有你的熟人没有，但是你又怕打招呼，怕那里有你的熟人，故意地低着头匆匆地走过去，像做了什么坏事似的。在后门大街上你准碰不见一个熟人，虽然常见到彼此未通过姓名的熟面孔，也各行其便，用不着打无味的招呼。你可以尽量地饱尝着"匿名者"（incognito）的心中一点自由而诡秘的意味。这是第三个分别。因为这些缘故，我老是牺牲北海的朱梁画栋和香荷绿柳而独行踽踽于后门大街。

到后门大街我很少空手回来。它虽然是破烂，虽然没有半里路长，却有十几家古玩铺，一家旧书店。这一点点缀可以见出后门大街也曾经过一个繁华时代，阅历过一些沧桑岁月，后门旧为旗人区域，旗人破落了，后门也就随之破落。但是那些破落户的破铜破铁还不断地送到后门的古玩铺和荒货摊。这些东西本来没有多少值得收藏的，但是偶尔遇到一两件，实在比隆福寺和厂甸的便宜，我花过四块钱买了一部明初拓本《史晨碑》，六块钱买了二十几锭乾隆御墨，两块钱买了两把七星双刀，有时候花几毛钱买一个磁瓶，一张旧纸，或是一个香炉。这些小东西本无足贵，但是到手时那一阵高兴实在是很值得追求，我从前在乡下时学过钓鱼，常蹲半天看不见浮标幌影子，偶然钓起来一个寸长的小鱼，虽明知其不满一咽，心里却非常愉快，我究竟是钓得了，没有落空。我在后门大街逛古董铺和荒货摊，心情正如钓鱼，鱼是小事，钓着和期待着有趣，钓得到什么，自然更是有趣。许多古玩铺和旧书店的老板都和我由熟识而成好朋友。过他们的门前，我的脚不由自主地踏进去。进去了，看了半天，件件东西都还是昨天所见过的。我自己觉得翻了半天还是空手走，有些对不起主人；主人也觉得没有什么新东西可以卖给我，心里有些歉然。但是这一点不尴尬，并不能妨碍我和主人的好感，到明天，我的脚还是照旧地不由自主地踏进他的门，他也依旧打起那副笑面孔接待我。

后门大街龌龊，是无用讳言的。就目前说，它虽不是贫民窟，一切却是十足的平民化。平民的最基本的需要是吃，后门大街上许多活动都是根据这个基本需要而在那里川流不息地进行。假如你是一个外来人在后门大街走过一趟之后，坐下来搜求你的心影，除着破铜破铁破衣破鞋之外，就只有青葱大蒜，油条烧饼，和卤肉肥肠，一些油腻腻灰灰土土的七三八四和苍蝇骆驼混在一堆在你的昏眩的眼帘前幌影子。如果你回想你所见到的行人，他不是站在锅炉旁嚼烧饼的洋车夫，就是坐在扁担上看守大蒜咸鱼的小贩。那里所有的颜色和气味都是很强烈的。这些混乱而又秽浊的景象有如陈年牛酪和臭豆腐乳，在初次接触时自然不免惹起你的嫌恶；但是如果你尝惯了它的滋味，它对于你却有一种不可抵御的引诱。

别说后门大街平凡，它有的是生命和变化！只要你有好奇心，肯乱窜，在这不满半里路长的街上和附近，你准可以不断地发现新世界。我逛过一年以上，才发现路西一个夹道里有一家茶馆。花三大枚的水钱，你可以在那儿坐一晚，听一部《济公传》或是《长坂坡》。至于火神庙里那位老拳师变成我的师傅，还是最近的事。你如果有幽默的癖性，你随时可以在那里寻到有趣的消遣。有一天晚上我坐在一家旧书铺里，从外面进来一个跛子，向店主人说了关于他的生平一篇可怜的故事，讨了一个铜子出去。我觉得这人奇怪，就起来跟在他后面走，看他跛进了十几家店铺之后，腿子猛然直起来，踏着很平稳安闲的大步，唱"我好比南来雁"，沉没到一个阴暗的夹道里去了。在这个世界里的人们，无论他们的生活是复杂或简单，关于谁你能够说，"我真正明白他的底细"呢？

一到了上灯时候，尤其在夏天，后门大街就在它的古老躯干之上尽量地炫耀近代文明。理发馆和航空奖券经理所的门前悬着一排又一排的百支烛光的电灯，照像馆的玻璃窗里所陈设的时装少女和京戏名角的照片也越发显得光彩夺目。家家洋货铺门上都张着无线电的大口喇叭，放送京戏鼓书相声和说不尽的许多其它热闹玩意儿。这时候后门大街就变成人山人海，左也是人，右也是人，各种各样的人。少奶奶牵着她的花簇簇的小儿女，羊肉店的老板扑着他的芭蕉叶，白衫黑裙和翻领卷袖的学生们抱着膀子或是靠着电线杆，泥瓦匠坐在阶石上敲去旱烟筒里的灰，大家都一齐心领神会似的在听，在看，在发呆。在这种时会，后门大街上准有我；在这种时会，我丢开几十年教育和几千年文化在我身上所加的重压，自自在在地沉没在贤愚一体，皂白不分的人群中，尽量地满足牛要跟牛在一块，蚂蚁要跟蚂蚁在一块那一种原始的要求。我觉得自己是这一大群人中的一个人，我在我自己的心腔血管中感觉到这一大群人的脉搏的跳动。

后门大街，对于一个怕周旋而又不甘寂寞的人，你是多么亲切的一个朋友！

　　此文曾登过《武汉日报·现代文艺》，因该报阅者限于一个区域，原文刊的错字又太多，所以拿它来替《论语》填空白。

作者记

（载《论语》第 101 期，1936 年 12 月）

# 在四川大学总理纪念周上的讲演<sup>①</sup>

今天本大学本年度举行第一次总理纪念周，个人得与诸位见面，觉得非常高兴，不过刚才张校长介绍的时候所说的那些话，使我又很觉得有点惭愧。在现在因为时间的限制，只得把这次途中的经过和感想向诸位简单地说说。

张校长这次邀我来到四川大学任文学院长，初先我本不敢承认，因为自觉能力有限，并且不熟悉四川各方面的情形。其次北京大学也已经对我下聘了，所以初先本已决定不能来到这里。兼之，我还对上海商务印书馆负有《文学杂志》编辑的责任。

后来，因北平已被日本占领，北京大学不能开学及其他种种关

---

① 本文是作者为 1937 年 7 月 20 日上午在四川大学总理纪念周上的演讲，由薛星奎记录。——编者

系，又才决意来川。但是也只打算在这里外国文学系任几点钟的功课，并没有意思任川大文学院长。来了以后，张校长一定要我担任这个职务，我也不便过于推辞，只好暂时代理着，以后请校长另觅贤才来接替。因为我个人不但没有这样才能，这样经验，而且我很爱清静，对于行政事务没有浓厚的兴趣，所以我在北京大学的时候，当局屡次要我任西洋文学系主任，我都没有答应。本来在我们现在这样环境底下，应当牺牲个人兴趣来干公家的事的。我这次贸然答应担任文学院的事，也是因为这点责任心。

这次我来到四川，虽然还没有很久，但是我对于四川大学非常乐观。本校经任校长和张校长同各位教职员的努力以后，已有了很好的基础，应兴应革的事，也已经办到了许多。文学院的各位同事，许多都是旧日的同学或同事，即或也有初次见面的，但是也都早在著作方面或朋友关系中间接地知道了。至于诸位同学与我虽是初次见面，但是见面之先，也许在精神上早已有了默契，因过去我曾作过一些关于青年修养的短文章，听说在四川看的人也还不少。

至于说到关于川大文学院的大政方针，简直说不上我有什么意见，现在可以告诉诸位的，我只是脚踏实地地努力做去。现在我姑且把我由北平到四川的经过及感想先向诸位谈谈。

我是 8 月 13 号就离开北平的，那时天津已失守。平时由北平到天津只需两小时，这次因军事倥偬便已花了十六小时。火车上以平时能够容下八个人的地方，这次便挤了二三十人。到天津时，因为租界里戒严，深夜不能进去，便和几百位同行人在法租界外面万国桥街上露宿一夜。后来等了几天才上了船，到了烟台。船上拥挤困顿的情形更甚于火车。到了烟台以后，又转车到济南，再由济南乘津浦车到南京。这次所有离平的人们，都得经过这般周折。

我到南京后，总共住了四天。每天都有飞机来攻，弄到寝不安席。我所眼见的地方除了四川以外，所有教职员学生及一般人等，均在流离失所中。这次最大的损失，我认为是在文化方面。素负最大文化使命的北京大学，清华大学，师范大学，南开大学，中央大学，武汉大学，浙江大学等，或者已遭重大的损失，或者因已经酿成恐怖情势，也没有学生到校了。现在只有四川成都，俨然世外桃源。一般人虽然在报纸上见到前方战士的痛苦和敌人的残酷，究竟还没有亲自尝到战争的痛苦。他处的同学，不独无书可读，甚至无家可归，尤其是平津的同学，还正在被敌人残杀之中。那末，我们这个机会，实在很不容易得到。我们的机会愈难得，所负的责任也就愈重大。文化教育是国家的命脉。从前维持这一线命脉的有许多大学及其他文化机关，现在就单靠几个还能勉强开学的大学了。

校长刚才已经说过，我们当前的责任有两项，一是临时的，一是永久的；他所说的修养精神，提高人格，尤其是要紧莫过的事。

有的人以为这次便是最后的战争了，实则并不是这样。我们还是要作长久的计划，极力培养中国文化之生命与元气，只要文明生命尚在，我们中国还不会遽然灭亡。所以我们现在极当注意的，第一是物质方面，我们的体格；第二是精神方面，我们的人格。就是以这次平津失守来说，也并非兵不能打，也不仅是武器不能用，实在是因为汉奸太多。平津一带的汉奸，在过去一年就很活动，暗中与日本通消息，济南、徐州、首都等处，也都曾有泄露消息事件发生。这次中央专任秘书黄濬父子也都当汉奸，泄露重要消息，甚至晚上日本飞机来轰炸的时候，汉奸用手电指示轰炸的地点，所以结果竟使首都这次受了偌大的损失。据说当汉奸的人们，受过大学，中学，小学的教育的都有。这当然算是我们中国的教育，至少有一部分遭失败。由此可知救国之道，不只是在注意物质方面，就可以了事的，还要特别注意精神方面的修养。在战争中交战两国所互相抗衡的不仅是枪炮，尤其是民族文化与民族精神。

诸位肄业四川大学，当着这样国家危急的时候，还能安然上课，是非常难得的事，应当各尽自己的责任，方才不负国家培养人才的宗旨。

（载《国立四川大学周刊》第 6 卷第 2 期，1937 年 9 月）

# 国难期中我们应有的自信与自省[①]

从卢沟桥战事发生以来，我们的敌人倾国大举，用重兵利器来侵略我们，到现在为时不过四个月，我们的领土几乎被他们占领五分之一了。这五分之一的领土，都是我们国防的重镇。河北、察哈尔、绥远、山西是我们的西北两方的腹背，是我们和俄国交通的大道。天津、上海是我们北部和中部的重要海口，是我们与欧美交通的要道。我们的长江咽喉，是紧固的江阴炮台，也只守了四天就陷落敌人的手里了。现在敌人还要从捷道包抄我们的首都南京。他们的用意是破坏我们的长江封锁线，一方面侵占南京，控制津浦路线，一方面用重兵直扑汉口，控制我们的平汉路线与粤汉路线。如

---

① 本文是作者 1987 年在四川大学的一次讲演的记录稿。——编者

果他们的计划成功，我们恐怕就要临到生死关头了。

我对于这些军事上的失利，倒不十分忧虑，因为胜败是军家的常事。从历史看，拿破仑和威廉第二都曾经打过好多的胜仗，有在几小时之内就有征服全欧的可能，到后来终于是一败涂地。可见天下事也在人为。我个人所担忧的倒不是这种战场上一时的得失，而在我们的抗战的精神，是在能百折不挠，坚持到底。我近来观察群众心理，觉得我们大部分人，在这个生死存亡的关头，还没有真正觉悟。我们有两个可以致死的病根还没有除尽，一是缺乏真正的自信，一是缺乏彻底的自省。换句话说，还不能真正感觉到礼义廉耻的耻。

先说自信。现在有许多人一听到某某地方失守，某某地方我们打败了仗，便不免垂头丧气，仿佛自己没有把握的样子。太原失了，自己就仿佛没有把握能守住潼关；江阴失了，自己就仿佛没有把握能守住南京、汉口。这就是没有自信。打败仗不能亡中国，失土地也不能亡中国，如果中国会亡，一定要亡在这种没有自信的心理。因为没有自信心，就没有抵抗到底的勇气，没有抵抗到底的勇气，就失去了抵抗力，就不免束手无策，坐以待毙。

除了失败便垂头丧气以外，还有一种现象，也是没有自信心的表示，我们每遇困难当头，就希望旁的国家来替我们解围。在一个月以前，我们希望九国公约会议的结果能够使各国来压制日本侵略我们，后来九国公约会议，无结果而散，我们感觉到失望；现在我们又指望俄国出兵，英国出兵，美国出兵。以为他们一出兵，我们就可以抬头了。这种观望心理，很像坐船遇了大风浪，自己的水手不努力救自己的命，而指望岸上的人来救一样。我们近二三十年的国策，就误在这种不相信自己而相信旁人的心理。袁世凯时代，日本突然向我们提出二十一条件，我们希望欧洲各国出来说话，结果他们没有说话，而日本人所要求的都如愿以偿。这个教训对于我们没有一点影响，到"九一八"事变时，我们还是希望国际联盟出来把东四省奉还我们，结果他们除了做些官样文章以外，一点动作也没有，日本人惬惬意意地把东四省吞下去了。不但如此，当时列席国际联盟调查团的意大利，现在已公然承认"满洲国"了。这个教训还不够使我们觉悟，到现在我们还张着呆眼睛望英国，望美国，望俄国，这种倚赖心理真是可怜亦复可耻。老实说，这个世界，是利害的世界，并非公理人道的世界。旁的国家如果没有真正切身的利害，决不起来帮我们打日本的。到了他们真正感到切肤之痛时，要起来收服日本，那也是为他们自身的利益，而不是为什么人道正谊来救我们，他们现在已经很坦白地说，他们不高兴日本，因为要"保护他们在华的利益"。他们如果真正向日本宣战，也许可以把日本压下去，但是我们是否就因此能抬头，或者说，他们肯不肯就让我们抬头，也还是问题。自然，我们为外交策略起见，不能不联合一些朋友，来打倒我们的敌人，我们应该用尽方法，运动英国出兵，运动俄国出兵，但是任何其他一国家，决不能帮助我们生存，我们要生存，还要自己努力去在死里求生。自己不能生存，自己不相信自己能生存，纵然外国人有好意要帮助我们，也决无济于事。历史上从来就没有一个先例，说是一个自己不能生存的国家，像寄生物似的，仰仗邻邦的庇荫而生存的。我们如果要生存，一定要自己努力；自己努力，一定要先自信自己的努力，能够得到最后的胜利。

不过我所谓"自信"，与"自夸"不同。现在有一句最流行的口号说"最后的胜利必定是我们的"。这句话可以看作好，也可以看作坏。看作好，我们可以说，这是有"自信心"的表示。看坏一点，我们可以说，这是打官话。或者更坏一点，这是心虚口夸。我们凭什么能说"最后的胜利必定是我们的"呢？你说这句话时，是出于"自信"，还是出于"自夸"，就全看你心中对于这个问题有没有正确的答案。如果你说"最后的胜利必定是我们的",因为英国、俄国会帮助我们,或者说中国近来命运好,遇事都逢凶化吉,这次也许不致一霎就亡了;那末,你这句话并非真有"自信"而是依赖外人,依赖命运,与自信恰恰相反。然则真正的自信,要有什么做根据呢?真正的自信,换句话说,就是彻底的自知与自知后所下的决心,认清了达到尽这种责任的方法,然后下决心去脚踏实地,百折不挠地做下去,一直到最后的成功才甘休。这才是我所谓自信。就目前的困难说,我们有什么凭据能说"最后的胜利必定是我们的"呢?我们认清了敌人是要吞并我们,逼我们做奴隶的;我们认清了外国人是不可靠的,认清了这浩大河山,这光荣的历史,由我们的祖宗辛辛苦苦地维持起来传给我们,现在如果在我们手里丧失了,使我们子子孙孙永远受人以奴隶待遇,不但是对不起祖宗,也对不起未来的子孙;同时,我们也认清了我们的人口,我们的疆域,我们的富源就超过我们的敌人不知道若干倍,我们只要真能抗战到底,敌人是支持不住的。敌人现在比我们稍强的不过是新式军械,但是他们的军械也不是天赐的,也还是制造的,买来的;他们能制造,我们就不能制造,他们能买,我们就不能买吗? 在这种认识之下,我们四万万的国民,每个人都抱定打到底只剩最后的一个人,都不肯甘休的决心,有了这种认识和决心,我们才配说"最后的胜利必定是我们的"。

真正的自信必定根据真正的自知。自夸式的自信不难,真正的自知却不容易。希腊人以为人生最高的智慧是"知道你自己"。严格地说,世间事物许多都容易知道,只有自己最难得知道。自己难知道,因为每个人的见解,都囿于自己的智力与经验,每个人都有抬高自己的虚荣心,而虚荣心是最易产生幻觉,蒙蔽真知的。要能自知,先要下自省的功夫。所谓自省,就是自己观察自己,自己省问自己。在这困难当头,危急存亡的时候,我以为我们第一件要务便是自省。在这个时候,每个人都要问自己,是否在尽他的抗敌救国的责任,或是在准备尽他的抗敌救国的责任。我们慢些责备旁人是汉奸,是误国者,且先问自己的行动,在实际上是否还是像汉奸,还是误国;慢些骂旁人不抗敌救国,或是向旁人宣传要抗敌救国,且先问自己是否真在抗敌救国。

姑且举一两个眼前的实例来说。我近来听到许多非难文化界与学生界的话。有人说,现在一般青年们口口声声劝旁人毁家纾难,而他们自己却穿得很漂亮,用得很阔绰,过的生活并不像国难时期所应过的卧薪尝胆的生活,他们并不像想到前方将士在这冰天雪地的地方,还有多少人连棉衣都没有穿,日夜苦战,往往歇两三天还吃不得一餐饱饭。有人说,现在教育界人所办的救亡会抗敌会等等,真正的用意并不在救亡抗敌,而在趁国难中混乱的局面,来培植自己的党羽,扩充自己的势力,预备将来谋自己的利益。在这个危急存亡的时期,你们还有心肝在闹党派,争纵领袖之欲。又有人说,现在一般青年天天在喊口号贴标语,其实都是打官话出锋头,他们自己并不能照他们所喊的去做,比如说,他们口口声声要求实施国难教育,现在学校要他们在寒假中受军官教育,预备给他们一些实际战争的技能,让他们在必要时可以上前线去冲锋杀敌,他们临时一定会借故脱逃的。没有给他们国难教育时,他们喊着要,到真正给他们国难教育时,他们会喊着不要,像这种情形怎么配说抗敌救亡呢?此外社会一般人士,责备我们教育界的话还很多,诸位一定也略有所闻。我不敢说拿这些话来责备我们的人个个都是对的,他们的态度有时甚至于很恶劣,动机有时甚至于不纯正。但是处在我们的地位,我们且不必和他们争论,我们应该认定这是我们严厉自省的机会。我们应该自问,我们的言行何以引起外人的责备?他们所责备我们的话是否完全没有根由?我们是否可以问心无愧?假如他们责备我们的话不尽无因,我们就应该感觉到这是我们的羞耻。

我现在把话总束起来,我们如果要抗战到底,一定要有真正的自信,真正的自信要根据彻底的自知。要自知必须能自省。能自省才能知耻。所谓知耻,就是西文所谓 sense of honour,从前人说"知耻近乎勇",又说"明耻教战"。不知耻的人不会有勇气,不"明耻"也决不能教战。我们现在要确实感觉到日本人对于我们烧杀淫掳,是我们的极大的耻辱,在这种耻辱之下,我们如果不能真正的觉悟,下极大的决心,去脚踏实地同心协力地去洗清我们的国耻,这是我们的更大的耻辱。

(载《国立四川大学周刊》第 6 卷第 12 期,1937 年 12 月)

# 露　宿

　　由平到津的车本来只要走两三点钟就可达到,我们那天——8月12日,距北平失陷半月——整整地走了十八个钟头。晨8时起程,抵天津老站已是夜半。原先我们听人说,坐上外国饭店的车就可以闯进租界,可是那一天几家外国饭店的汽车绝对不肯通融,私车、人力车乃至于搬夫是一概没有。车站距法租界还有一里路左右,这条路在夜间无人辨出。我们因为找车耽搁了时间,已赶不上跟大队人马走。走出了车站就算逃出了恐怖窟,所以大家走得快,车上那样多的人,一霎儿都散开不见了。我们路不熟,遥遥望着前面几个人影子走,马路两旁站着预备冲锋似的日本兵,刺刀枪平举在手里,大有一触即发之势。我们的命就悬在他们的枪口刀锋之上,稍不凑巧,拨刺一声,便完事大吉。没有走上几步路,就有五六个日本兵拦路吼的一声，叫我们站住。我们一行四人，我以外有杨希声、上官碧和黄子默，都说不上强壮，手里都提着一个很沉重的行李箱走得喘不过气来。听到日本兵一吼，落得放下箱子喘一口气。上官碧是当过兵，走过江湖的。箱子一放下，就把两手平举起来，他知道对付拦路打劫的强盗例应如此。在这样姿势中他让日本兵遍身捏了一捏，自动地把袋里一个小皮包送过去，用他本有的温和的笑声说："我们没有带什么，你看。"包里所藏的原来是他预备下以后漂泊用的旅费和食粮，其它自然没有什么可搜。书！知识分子的标记——自然不便带，连名片也难免惹祸事，几个通信地址是写在草纸上藏在衣角里的。

通过了这一关，我们走到万国桥。中国界与法租界相隔一条河，万国桥就跨在这条河上。桥这边是阴森恐怖，桥那边便是辉煌安逸。冲进租界么？没有通行证。回到车站么？那森严的禁卫着实是面目狰狞，既出了虎口自然犯不着再入虎口。到被占领的地带歇店么？被敌兵拷问是没有人替你叫冤。于是我们五六百同难者，除了少数由亲友带通行证接进租界去者以外，就只有在万国桥头的长堤上和人行道上露宿。这到底还是比较安全的地方，桥头站着几个法国巡捕。在他们的目光照顾之下，我们似乎得到一种保障。

时间是夜半过了。天上薄云流布，看不见星月。河里平时应该有货船和渔船，这时节都逃难去了，只留着一河死水，对岸几只电灯的倒影，到了下半夜也显得无神采了。白天里在车上闷热了一天，难得这露天里一股清凉气。但是北方的早秋之夜就寒得彻骨，我们还是穿着白天里所穿的夏衣。起初下车出站时照例有喧哗嘈杂，各人心里都有几分兴奋。后来有亲友来接的进租界去了，不能进租界的也只好铺下毯子或大衣在人行道上躺起了，寒夜的感觉，别离的感觉和流亡的感觉就都来临了。

夜,沉闷,却并不寂静,隐隐约约的炮声常从南面传来,在数十里路之外,我们的兵还在反攻,谣传一两天之内就有抢夺天津车站的企图。这几天敌军的调动异常忙碌,他们出营回营都必须经过万国桥。我们躺在堤上和人行道上,中间的马路是专为他们走的,有时堤上和人行道上的"难民"互通消息,须得穿过这马路。敌兵快要来了,中国警察——那时警察还是中国人——就执着鞭子——他们没有枪——咆哮着驱逐过路的人,像赶牛赶猪似的。兵经过之前,"难民"中若是有一个人伸一伸腰干,甚至于抬一臿儿头,警察便用鞭子指着他责骂一阵。从前皇帝出巡时,沿途警辟,声势想系如此。敌军过去了,警察们用半似解释半似恫吓的口吻向我们说:"都是中国人,哪有不相卫护,诸位不知道,他们不是好惹的,若是抓了去,说不定就要送性命。"这一夜中一直到天明我们离开万国桥时为止,敌军来来往往,川流不息。有从前方开回来的伤兵。他们坐的大半是大兵车,上面蒙着油布,下面说不定还有尸体,露头面到油布外面来看的大半是用白布捆着头或手臂的。开赴前方的队伍很整秩,但是异常匆忙。步兵跟着马兵一齐跑,辎兵有许多用双手把子弹箱擎在肩上跟着步兵一齐跑。他们不出声息,面部也丝毫没有表情,像一大群机器人,挺着脖子向前闯。

到了两三点钟的时候,警察告诉我们,日本兵要来盘问一阵,叫我们千万别说自己是教员学生,最好说做生意,这一来我们须得乔装,在众目昭彰之下,乔装是不可能的。我们四人之中杨希声最易惹注意,他是山东大汉,又穿着一身颇讲究的西装。我呢,穿着我常穿的一件灰布大褂,上官碧也只穿一件古铜色的旧绸袍,到必要时摘下眼镜,都可以冒充一个商店伙计,我们打算好的,招认我们是徽州笔墨商。黄子默本是银行经理,没有问题。只杨希声的那套西装太尴尬,我们都很埋怨他。办法终于是有的,就说他是黄经理的帮办吧。这只还是一场虚惊。敌军随便挑问几个人,也带了几个人去。我们幸而没有被光顾。

我们头一夜就没有睡觉,在闷,热,臭的车中枯坐了十八个钟头,饭没有吃,水没有喝。露宿时本打算胡乱的睡一觉,可是并没有瞌睡,大家只是不断地抽烟,烟越抽,口里越渴燥。上官碧带了两个橙子,四个人分吃,不济事。巡警打了几桶冷水来,人多,一轰而尽。渴还是小事,天老是不亮,亮后又怎样办呢?黄经理自以为有把握,只等天亮打电话叫租界里朋友来接就行了。许多同难者都说租界里只在夜间戒严,天亮时他们自然会让我们进去。上官碧本来事事乐观,杨希声更是好整以暇的绅士,都以为天一亮就有办法。天果然亮了,问电话,华界与租界的电线已断。眼看同难者一批一批地被亲友接进租界去,我们向法国巡警交涉,没有通行证就不能通行,话说得非常干脆。这时候黄经理也没有把握了,上官碧也不乐观了,杨希声的绅士风度也完全消失了,我呢,老是听天由命。大家面面相觑,着急,打没有主意的主意,懊悔不该离北平。天不绝无路之人,有一个同行者替我们带了口信给住在六国饭店的钱端公。若不是钱端公拿通行证来接,说不定第二夜我们还是在万国桥头作难民,或是抓到日本宪兵司令部里去。第二夜下泼瓢大雨,北平来的学生被抓去的有几十人之多。

(载《工作》第 2 期,1938 年 4 月)

# 花 会

紫陌红尘拂面来,无人不道看花回。

——刘禹锡

　　成都整年难得见太阳,全城的人天天都埋在阴霾里,像古井阑的苔藓,他们浑身染着地方色彩,浸润阴幽,沉寂,永远在薄雾浓云里度过他们的悠悠岁月。他们好闲,却并不甘寂寞,吃饭,喝茶,逛街,看戏,都向人多的处所挤。挤来挤去,左右不过是那几个地方。早上坐少城公园的茶馆,晚上逛春熙路,西东大街以及满街挂着牛肉的皇城壩,你会想到成都人没有在家里坐着的习惯,有闲空总得出门,有热闹总得挨凑进去。成都人的生活可以说是"户外的",但是同时也是"城里的"。翻来覆去,总跳不出这个城圈子。五十万的人口,几十方里的面积,形成一种大规模的蜂巢蚁穴。所以表面看来,车如流水马如龙,无处不是骚动,而实际上这种骚动只是蛰伏式的蠕动,像成都一位老作家所说的"死水微澜"。

花会时节是成都人的惊蛰期。举行花会的地方是西门外的青羊宫。这座大道观据说是从唐朝遗留下来的。花会起于何朝何代,尚待考据家去推断,大概来源也很早。成都的天气是著名的阴沉,但在阳春三月,风光却特别明媚。春来得迟,一来了,气候就猛然由温暖而热燥,所以在其它地带分季开放的花卉在成都却连班出现。梅花茶花没有谢,接着就是桃杏,桃杏没有谢,接着就是木槿建兰芍药。在三月里你可以同时见到冬春夏三季的花。自然,最普遍的花要算菜花。成都大平原纵横有五六百里路之广。三月间登高一望,视线所能达到的地方尽是菜花麦苗,金黄一片,杂以油绿,委实是一种大观。在太阳之下,花光草色如怒火放焰,闪闪浮动,固然显出山河浩荡生气蓬勃的景象,有时春阴四布,小风薄云,苗青鹊静,亦别有一番清幽情致。这时候成都人,无论是男女老少,便成群结队地出城游春了。

游春自然是赶花会。花会之名并不副实。陈列各种时花的地方是庙东南一个偏僻的角落。所陈列的不过是一些普通花卉,并无名品,据说今年花会未经政府提倡,没有往年的热闹,外县以及本城的名园都没有把他们的珍品送来。无论如何,到花会来的人重要目的并不在看花而在凑热闹看人。成都人究竟是成都人,丢不开那古老城市的风俗习惯。花会场所还是成都城市的具体而微。古董摊和书画摊是成都搬来的会府和西玉龙街,铜铁摊是成都搬来的东御街,著名的吴抄手在此有临时分店,临时茶馆菜馆面馆更简直都还是成都城里的那种气派。每个菜馆后面差不多都有个篾篷,一个大篾箱似的东西只留着一个方孔做门,门上挂着大红布帘。里面锣鼓喧阗,川戏,相声,洋琴,大鼓,杂耍,应有尽有。纵横不过一里的地方,除着成都城里所有的形形色色之外,还有乡下人摆的竹器木器花根谷种以至于锄头菜刀水桶烟杆之类。地方小,花样多,所以挤,所以热闹。大家来此,吃,喝,买,卖,"耍",看,城里人来看乡下人,乡下人来看城里人,男的来看女的,女的来看男的。好一幅仇十洲的清明上河图,虽然它所表现的不尽是太平盛世的攘往熙来的盛况。

除掉几条繁盛街道之外,成都在大体上还保存着古代城市的原始风味。舶来品尽管在电光闪烁之下惊心夺目,在幽暗僻静的街道里,铜铁匠还是用钉锤锻生铜制铁制水烟袋,织工们还是在竹框撑紧的蜀锦上一针一线地绣花绣鸟。所有的道地的工商业都还是手工品的工商业。他们的制法和用法都有很长久的传统做基础。要是为实用的,它们必定是坚实耐久;要是为玩耍的,它们必定是精细雅致。一个水桶的提手横木可以粗得像屋梁,一茎狗尾草叶可以编成口眼脚翅全具的蚱蜢或蜻蜓。只要你还保存有几分稚气,花会中所陈列的这些大大小小的物品件件都很可以使你流连。假如你像我的话,有一个好玩的小孩子,你可注意的东西就更多,风车,泥人,木马,小花篮,以及许多形形色色的小玩具都可以使你自慰不虚此行。此外,成都人古董书画之癖在花会里也可以略窥一二。老君堂的里外前后的墙壁都挂满着字画,台阶上都摆满着碑帖。自然,像一般的中国人,成都人也很会制造假古董,也很喜欢买假古董。花会之盛,这也是一个原因。

花会之盛还另有一个原因,就是在一般人心理中,青羊宫里所供奉的那位李老君是神通广大的道教祖。青羊者据说是李老君西升后到成都显圣所骑的牲畜。后人记念这个圣迹,立祠奉祀。于今青羊宫正殿里还有两头青铜铸成的羊子,一牝一牡,牝左牡右。单讲这两匹羊的形样，委实是值得称赞的艺术品。到花会的人少不得都要摸一摸这两匹羊。据说有病的人摸它们一摸，病就会自然痊愈。摸的地方也有讲究，头病摸头脚病摸脚，错乱不得。古往今来病头病脚以及病非头非脚的地方者大概不少，所以于今这两匹羊周身被摸得精光。羊尚如此，老君本人可知，于是老君堂上满挂着前朝巡抚提督现代省长督军亲书或请人代书的匾额。金光四耀，煞是妙相庄严，到此不由人不肃然起敬，何况青羊宫门槛之高打破任何记录！祈财，祈子，祈福，祈寿，祈官，都得爬过这高门槛向老君进香。爬这高门槛的身手不同，奇态便不免百出。七八十岁的老太太须得放下拐杖，用双手伏在门槛上，然后徐徐把双脚迈过去。至于摩登小姐也有提起旗袍叉口，一大步就迈过去的。大殿上很整秩地摆着一列又一列的棕制蒲团。跪在蒲团上捧香默祷的有乡下老，有达官富商，也有脚踏高跟皮鞋襟口挂着自来水笔的摩登小姐，如上文所云一大步就迈进门户槛的。在这里新旧两代携手言欢，各表心愿。香炉之旁，例有钱桶。花会时钱桶易满。站在香炉旁烧香的道士此时特别显得油光滑面，喜笑颜开。"临邛道士鸿都客，能以精诚致魂魄"，此风至今未泯也。

成都素有小北平之称。熟习北平的人看到花会自然联想到厂甸的庙会，它们都是交易，宗教，游玩打成一片的。单就陈列品说，厂甸较为丰富精美，但是就天时与地利说，成都花会赶春天在乡村举行，实在占不少的便宜。逛花会不尽是可以凑热闹，买玩意儿，祈财求子，还可以趁风和日暖的时候吐一吐城市的秽浊空气，有如古人的修禊，青羊宫本身固然也不很清洁，那里人山人海中的空气也不见得清新。可是花会逛过了，沿着城西郊马路回城，或是刚出城时沿着城西郊赴花会，平畴在望，清风徐来，路右边一阵又一阵的男男女女带着希望去，左边一阵又一阵的男男女女提着风车或是竹篮回来,真所谓"无边光景一时新",你纵是老年人,也会觉得年轻十岁了。人过中年,难得常有这样少年的兴致。让我赞美这成都花会啊!

(载《工作》第 4 期,1938 年 5 月)

# 再论周作人事件

今年 4 月 28 日出版的第十九号《文摘》载有余士华君译自大阪《每日新闻》的一篇关于"更生中国文化建设座谈会"的记载。此会是由大阪每日新闻社召集的，日期未载明，据文稿译者的案语，说是在"月前"，那大概就是三月中了。该文于谈话记载之外，附有与会者的照片，其中有"北京大学教授周作人"。

这段消息传出之后，在舆论界引起很大的注意。一般人根据这段记载纷纷痛骂周作人"附逆"，做了"汉奸"。武汉方面的全国文化界抗敌协会也根据这段记载通电全国对周氏大张讨伐，说要将他驱逐于文化界之外。听说这个协会里我也忝在"理事"之列，但是始终未理其事。最近本刊载了何其芳先生的《论周作人事件》一篇文章。他的态度也和大多数人是一致的。我个人的观感略有不同。本刊同人本来相约态度自由，文责自负，所以我把我的意见写在这里，供大家平心静气地参考。

我个人和周作人先生在北京大学同事四年，平时虽常晤谈，但说不上有什么很深的友谊。我对于他固无站在私交方面替他包办辩护的必要，但是跟着旁人去"投井下石"或是"知而不言"，于心亦有未安。我所知道的周作人，说好一点是一个炉火纯青的趣味主义者，说坏一点是一个老于世故怕粘惹是非者。他向来怕谈政治。"附逆""做汉奸"，他没有那种野心，也没有那种勇气。他是已过中年的人，除读书写文之外，对事不免因循。以他在日本知识界中的声望，日本人到了北平，决定包围他，利用他，这是他应该预料到的。到现在他还滞居北平，这种不明智实在是很可惋惜。他滞居北平的原因我想很多，贪舒适，怕走动，或许是最重要的一个。要说是他在北平，准备做汉奸，恐怕是近于捕风捉影。

"更生中国文化建设座谈会"的谈话与照片是日本报纸披露出来的。其中有无歪曲事象借以宣传的用意，尚待考证。我知道北京大学另一位同事孟心史先生在北平失陷之后，曾经被日本人逼迫解释北大所藏的一幅蒙古地图，事后并且挟持他去照了一个像。日本人也想收买他。用很高的价钱去租他一座很坏的房屋。后来孟先生临死时对妻子别无嘱咐，只是叫不要把房子租给日本人。孟先生被日本兵挟持所照的像发现于日本报纸，也很可能。如果据此断定孟先生附逆，那不是一桩冤案么？这种冤案在这个时代是很容易发生的。几年前要陷害一个人，就指他是共产党，现在要陷害一个人，就指他是汉奸。我有两位老友，杨效春先生和李蔚唐先生，就是在合肥被人以汉奸罪诬陷致惨死的。死后大家才知道那全是冤屈，但已没法补救了。我们对于真正的汉奸必须深恶痛嫉，但是不应该轻于以这种恶毒罪状加于无辜者的身上。如果轻易称人为汉奸，真汉奸反而在皂白不分里面混过去了。近来中央有明令禁止无确证而指人为伪孽，大概也有见于此。

回到日本人的问题，日本人想利用他，是事实。一直到现在为止，据北平友人来信，他还没有受利用。日本人计划恢复北平各大学，原拟周作人长北大，徐祖正长师大。后来徐祖正公然就职，周作人则始终没有答应。4月4日（在大阪《每日新闻》的消息之后）北平友人寄我一信，有下面一段话：

礼拜日谒知堂老人，适马幼渔在座。颇闻一二快语。是日尤方二君亦在座，方君新任议政会会计主任，其尊甫任秘书长也。二君拟办刊物，我敬谢不敏，并正言规之。二君奔走各方，事务甚忙。尤君近在近代科学图书馆授日文，月入百元。又为日人译书，月有百余元，共合二百余元。尚有闲暇办刊物，可谓风雅矣。耀辰（注：徐祖正）可鄙可嗤更亦复可悯。闻真气病。当不至不起。渠此次就职后突又称病辞职，系因与黎士衡争女学生。黎长女院，不愿男师将学生拉走，故规定男师不招收女生。耀辰因此在教部与黎拍案大骂，殊属令人哭笑不得。至于院长办公室有日人帮同照料，聘请教授，须经尤方审定，尚是枝节的原因。闻渠与沈启无君甚交厚。此次指定沈担任某种课程，沈不愿，要求担任他种课程。耀辰竟因之与沈大翻脸，现在不往来矣。闻耀辰为人极 sensitive，然初当何又想过院长之瘾？稻孙之寡廉鲜耻，更属禽兽衣冠。不日即返平，其人形本极委琐不堪，任何人皆可呼之唤之、奴役之，招之代课即代课，招之传译即传译，招之侍宴即陪席，招之开会即列坐，甚至命领新政府官养成所之官员东渡，即顺从之不暇。想此公亦是第三种人也。窃谓饿死事大，不敢否认，若有房屋若干所，而谓不能养廉者，则非吾辈所能得而知之矣。

写这封信的人平时与周作人和徐祖正都很熟识,与钱稻孙且有师弟之谊,因无厚于周而薄于徐钱之必要,看他的语气对于徐钱则直认为附逆而表示厌恨,对于周则表示尊敬,可知外间传言不尽可靠。最近我接到他的 4 月 17 日的信,话说得更清楚,摘录如下:

> 知老近犹晤友。自去年以来,屏绝为外间撰文。最近此间刊物及东邻刊物犹不时索请答词。皆谓在此局面下无话可说。且亦无工夫写文字。又渠三十年来自文学艺术方面所了解之邻邦文化,全非那末一回事,故自此以后不再谭云。上遇有改造社记者访问,所谭更磊落。询及对时局观察,谓此须阅报,始得知之。惟有一点可断言者,将来结束后,两方感情较事变前必益恶化云。又说以前有某种情绪者惟知识阶级中人,一班人皆茫然也。将来则经此次之经验后,某种情绪必普及于民众。盖大军所至,即极有力之宣传也。(此十周所亲闻者)此种慨论今日之在此者恐无第二人能说得耳。以我辈视之,今日在外人目光中仍然重视并钦迟者,惟知老一人。盖如钱徐皆能役使之也。人必自侮而后人侮,人必自尊而后人尊,此亦一例也。知老刻并周大周三之眷属而养之,月入仅中基会之二百,故每日译书极勤。然生活似颇窘。闻渠二公子因不能缴费业已被中法除名。不知能向蒙自方面通斡为之设法否?

我不敢说这两封信可为周氏尚未附逆的铁证,但是我相信它们比敌报的宣传语更较可靠。总之,一切都还待事实证明,现在对于周氏施攻击或作辩护,都未免嫌过早。有人借这次大阪《每日新闻》的传言,攻击到周氏的私生活,骂他吃苦茶,妒忌鲁迅,街上遇人不打招呼。世间完全人恐怕很少,我相信周氏也难免有凡人所常有的毛病。但是这另是一问题，似不应和他是否附逆相提并论。我们对自己尽可谨严，对旁人不妨宽厚一些。明末东林名士阮大铖走上附逆的路。周作人尚非阮大铖可比。在这个时候，我们不应该把自家的人推出去，深中敌人的毒计。

（载《工作》第 6 期，1938 年 6 月）

# 五四运动的意义和影响

1914 年第一次欧战刚刚开始，日本乘德国无暇东顾，派兵强占我们租借与德国的青岛和胶济路；1915 年 5 月 6 日日本向我国致哀的美敦书，强迫袁世凯所领导的政府签订二十一条款，其中包含承认日本继承德国在山东的利益；欧战结局后，1919 年各国在巴黎开和会，日本以拒签和约威胁和会，要索和约明文规定日本继承德国在山东的利益。我国出席和会代表电北京政府请示，当时北京政府满布着日本的爪牙，颇倾向忍辱签巴黎和约。如果我们签约，就是向全世界公开地承认二十一条，断送华北大部分，让日本操纵政治经济以至于军事外交。为避免这种惨祸，当时北平各大学学生群起反对，派代表向政府请愿，列队游行宣传，并且轰进了汉奸巢窟赵家楼，将亲日分子陆宗舆加以痛打。那时候政府执迷不悟，想用暴力来弹压,请愿的被拘囚,游行的被枪击,因此激动国民的公愤,全国学生都起来响应,工商界也起来响应,上海还罢了几天市。政府慑于群情,于是训令和会代表拒绝签约,同时罢免亲日分子曹汝霖,陆宗舆和章宗祥。这部悲壮剧的顶点,轰打赵家楼一幕,发生在民国八年五月四日,所以世称为"五四运动"。

五四运动到现在已经二十三年了,许多人已经把它当作一件历史事实记着,它可以说是过去了。但是就影响言,它还不能说是过去了,目前文化界的动态多少是由它种因,这次的抗战也与它有密切关系。它是中国近代史上最重要的一段,我们不仅应纪念它,尤应对它有明瞭的认识。

五四运动的意义是非常重大的。它不仅是中华民国成立以来,简直是中国有史以来,唯一弥漫全国的民众运动。读书人集体作政治运动,在中国本有先例,东汉太学生的伏阙上书,明末东林复社的维持清议,戊戌政变前的公车上书,都是以书生干预朝政。不过那些运动规模很小,没有波及到全民众。五四运动开始是学生运动,而后来则演变成民众运动。全国学生总会成立之后,工界和商界的总会相继起,大家都同心协力地向着为政府作外交后盾一个目标走,最后居然达到拒签和约的目的。我们可以说,五四运动是中国民众第一次集体地觉悟到自己的责任,第一次表现公同意志于公同行动,第一次显出民众的伟大力量。

五四运动不仅是一种政治运动,尤其重要的,是一种文化运动。辛亥革命虽然建立了民国,却没有完全打破封建社会的势力,更没有铲除封建社会的积弊。政治还是落在一班军阀政客的手里,政体虽为民主而"民"就没有作过"主"。内政外交处处表现贪污和衰弱。五四运动才唤醒民众,使他们觉悟到封建社会的毒,觉悟到挽救危亡,必须民众自己努力更生,而努力更生必从思想教育做起。辛亥革命只是政治的革命,五四运动才是思想革命的先声。

这种思想革命在各方面可以看出。第一是出版界。五四以前鼓吹思想革命和文学革命的刊物不过《新青年》,《新潮》,《每周评论》数种。五四运动后一年之中,新出版的刊物突然增加到四百余种之多。这在任何文明国家里可以算是一个奇迹。第二是白话文。五四以前只有北京大学办《新青年》和《新潮》的几位教授和学生们写白话文,五四以后,白话文渐为各大报纸所采用。全国教育会在山西开会,通过小学课本一律用国语,后来这议决案又由教育部用明令公布,写白话文的人渐多,我们才逐渐有白话文学作品。白话文运动是中国文化史中一个最重要的事件,它虽不起于五四运动,可是如没有五四运动,它就决不会推行得那么快,那么广。第三是学生风气。五四以前,学生只知读讲义,应付考试,混文凭,结纳官僚政客,作进身之阶,五四以后,大家都逐渐在课堂讲义以外求学问。那时杜威、罗素相继来中国讲学,到处都有杜威学说研究会、罗素学说研究会的组织。大家才逐渐感觉到我们要建设文化,非多多吸收西方思想不可。与此相关的是翻译,五四以前的翻译多受林琴南、严又陵的影响,用深奥古文译些第二三流作品,五四以后翻译的数量突然增加数十倍,质的方面也比从前有进步。总之五四以后思想界一般动态都远比从前活跃,五四运动促成精神的解放,可以说是一种具体而微的文艺复兴。

　　五四运动的影响虽然很广大,但是它不能算有绝对的成功。第一,参与运动者热诚有余而沉着不足,在引起轰动一时的骚动以后,他们没有就文化教育政治社会组织各方面设计一种深谋远虑的方案,趁着那一股勇气,按部就班地向前推进,在狂热之中他们过于乐观,没有料到旧封建势力之积重难返,没有拿出一种更大的力量把它们加以彻底澄清。结果他们好像在一池死水中投下一块大石,惹起满池浪纹以后,不久浪纹渐消,水又回复到静止状态。他们想以民意监督政府,而没有能建设一个健全的民意机关;他们想从文化思想与教育建设改造的基础，而没有能酝酿一个健全的中心思想，没有能培养一种有朝气而纯正的学风。五四运动颇类似德国的"狂飙突进"，但是没有一个歌德和席勒的时代接着来，也没有一个像德国唯心派那样雄厚的哲学潮流去灌输生气。它的来势很凶猛，但是"飙风不终日，骤雨不终朝"，它多少是一种流产。

其次，民众是一种有力的武器，但是不宜轻于使用，轻于使用，有自伤的危险。五四运动的动机纯正，大家都得承认，但是民国九年那一年学生为着直接交涉的问题，常以罢课为手段，一年之中宝贵的光阴大半被牺牲，团体组织不能算是健全，不良分子利用人或受人利用的事不能说没有。结果社会对于学生团体不免有指摘的话，助长反动者的势力，全国学生总会不久也就解散，而五四运动领袖后来也四分五裂。五四运动的倡导者之中不能说没有人才，但是煽动者多于组织者，他们没有明瞭一个大规模的运动成功，消极的抵抗不如积极的组织和建设，自己的力量雄厚，被反对的力量自易推翻。要使一个运动真正成为民众的运动，民众必须教育，必须训练，必须组织。否则揭竿一呼，应者虽四起，而稍遇阻力或稍历时间，即如鸟兽散，那是不能有所成就的。五四时代罢课游行的作风后来成为学生运动的范本，有人讥为浮嚣，也未见得是完全出于偏见。

这一切也不能完全归咎于五四运动的倡导者，一种运动在它的幼稚期都难免有若干幼稚性，社会环境的困难也不能一笔抹煞。五四运动的那种热诚是可令人起敬的，有那样的开始，如果有再接再厉的赓续，它的成功必更可观，有些失败的责任不在倡导者而在继承者。我常私下拿现在的青年和五四时代的青年比较，发生种种疑问：现在的青年是否还有五四时代青年的那种精神呢？他们对于学术政治教育等等是否有那样浓厚的兴味呢？五四时代青年处于领导社会的地位，现在的青年是否还维持住这个地位呢？现在我们国家所处的境地比五四时代危难到万倍,现在青年们是否比五四时代努力到万倍呢? 我对于这些问题不敢作武断的答复,留待每一个自爱的青年加以虚心反省。

(载《中国青年》6 卷 5 期,1942 年 2 月)

# 人文方面几类应读的书

百川先生：

暑中我因校事赴成都，最近回校才看到中周社转来黄梅先生的信，提议要我开一个为获得现代公民常识所必读的书籍目录。这很使我为难，一则我目前极忙，没有工夫仔细斟酌；二则我所学的偏重人文方面，对于社会科学和自然科学都是外行。读书不是一件死板的事，一个方单不能施诸人人而有效。各人的环境、天资、修养和兴趣都不能一笔抹杀。一个人在读书方面想有成就，明眼人的指导固大有裨益，自己的暗中摸索有时也不可少，因为失败的教训往往大于成功的。读者既然要求一个目录，我姑且就我的能力所及，随便谈谈几类应读的书籍，不过要特别声明：这是我个人的意见，只能供参考，不敢希望每个人都依照。

第一，我以为一个人第一件应该明确的是他本国的文化演进、社会变迁以及学术思想和文艺的成就。这并不一定是出于执古守旧的动机。要前进必从一个基点出发，而一个民族已往的成就即是它前进出发的基点。知道它的长处所在和短处所在，我们才能知道哪些东西应发挥光大，哪些应弥补改革，也才能知道它在全人类文化中占何等位置，而我们自己如何对它有所贡献。我不是一个学历史者，但对于过去一切典籍，欢喜从历史的眼光去看。从前人有"六经皆史"的说法，其实不只是六经，一切典籍所载都可以当作史迹看。史是人类活动进展的轨迹，它的功用在观今鉴古，继往以开来。我赞成多读中国古典和西方古典，都是根据这个观点。每种学问都有一个渊源，知道渊源才可以溯理流派。知道渊源固不是三五部书所可了事。但是渊源又有渊源，我们先从最基本的着手，然后逐渐扩充，便不至于没有根底。

　　回到了解中国固有文化的问题，中国向来传统教育所着重的大政并不错。中国中心思想无疑地是儒家，而儒家的渊源的渊源在《论语》《孟子》和"五经"。无论从思想或是从艺术的观点看，《论语》都是一部绝妙的书，可以终身咀嚼，学用不尽的。我从前很欢喜《世说新语》，为的是它所写的魏晋人风度和所载的隽词妙语。近来以风度语言的标准去看《论语》，觉得以《世说新语》较《论语》，真是小巫见大巫。《孟子》比较是耍偏锋，露棱角，但是说理文之犀利痛快，明白晓畅，后来却没有人能赶得上。"五经"之中，流品不齐，《书经》是最古的政治史料，《易经》是最古的解释自然的企图，《诗经》为中国纯文学之祖，《春秋》为中国编年史之祖，《礼记》较晚出，内容颇驳杂，但是儒家思想见于此经者反比他经为多，其中如《檀弓》、《学记》、《乐记》、《儒行》、《礼运》、《大学》、《中庸》诸篇，妙文至理，是任何读书人不应放过的。诸子之中，老庄荀墨家最重要，次可略览《韩非子》、《列子》、《淮南子》及《吕氏春秋》。读先秦典籍不可不略通文字训诂，段玉裁的《说文解字注》最便于初学，王引之的《经传释词》颇有科学条理，亦可看。要明白中国思想演进，佛典及宋元明理学都不可忽略，可惜我对此毫无研究，不敢多舌。我只能说，在佛典中我很爱读《六祖坛经》和《楞严经》，这也许是文人积习。在理学书籍中我觉得《近思录》和《传习录》很简便。史籍最浩繁，一般人可选读前四史，全读《资治通鉴》，遇重大事件翻阅《通鉴纪事本末》，遇重大问题翻阅《三通》。治一切学问都不可不明白史的背景，可惜我们至今没有一部完善的通俗的通史，近人张荫麟、钱穆诸君所编的各有特见，但都只能算是草创。文艺方面除着"楚词"及陶杜诸集外，一般人可从选本入手。选本甚多，选者各有偏重，难得尽满人意。梁以前作品具见于《昭明文选》，这是选学之祖，诗文兼收，为治辞章者所必读。后来选本比较适用的，文推姚姬传的《古文辞类纂》；诗推王渔洋的《古今诗选》、王壬秋的《八代诗选》、沈归愚的《古诗源》和《唐宋诗醇》，曾国藩的《十八家诗钞》；词推《花间集》、张惠言《词选》和朱彊邨的《宋词三百首》。曲读《西厢记》、《琵琶记》、《桃花扇》及其他数种；小说读《水浒》、《红楼梦》及其他数种，对于一般人也就可知其梗概了。

　　在现代，一个人如果只读中国书，他的见解难免偏狭固陋，而且就是中国书也不一定能读得好。学术和其他事物一样，必以比较见优劣，必得新刺激才可产生新生命。读书人最低限度须通一个外国文，从翻译中窥外人文物思想，总难免隔靴搔痒，尤其是在现在我们的译品太少，而且大半不很可靠。

　　要明了一个文化，大约不外取两种程序。拿绘画来打比，或是先绘一个轮廓，然后点染枝节，由粗疏逐渐到细密；或是先累积枝节，逐渐造成一个轮廓，由日就月将而达到豁然贯通。这两种程序可以并行不悖，普通学者大半兼采这两个方法。治西方文史，为一般人说法,我主张偏重第一个方法。因为从枝节架轮廓,需要很长久的耐苦,如果枝节不够充实,所架成的轮廓也就一定不端正恰当。我们一般人对于西方文史所能花费的时间精力是有限的,想明白西方文化的轮廓,我们最好先读几部较好的历史。我们所感觉困难的是较好的历史大半是专史而不是通史。从史学观点看,韦尔斯的《世界史纲》(有中译)也许不很完善,但对于一般人却是一部好书。关于近代的,Fisher 的欧洲通史值得特别介绍。如果再求详尽精确,读者可参考 Lavisse 的通史(法文)和剑桥大学的中世纪和近代欧洲史。这都是权威著作,有很好的史籍目录可供采择。有时候小册书也很有用,比如谈古代欧洲的,像 Livingstone:*The Greek genius and its meaning to us*;Lowes Dickinson:*The Greek view of life*;Warde-Fowler:*City-state in Grecce and Rome*,都非常好。

欧洲文化,大概地说,有三个重要来源:一是希腊的,科学哲学的思想和文艺作品都是后来的模范;一是希伯来的,宗教信仰大半是它的贡献;一是条顿的,继承希腊精神而发挥为近代科学与工商业文化。在这三个成分中,希腊文化最重要也最难了解,它的内容太丰富而且它离我们也太久远。我们最好先从文艺入手。希腊人最擅长的是造形艺术,雕刻尤其精妙,图画建筑和陶器次之。读者最好择一部希腊艺术史,仔细玩味原迹的照片或图形。从这中间他可领略一些希腊人的生活风味。再进一步他就应该读《荷马史诗》,希腊的社会人情风俗及人生理想可于此窥见一斑,再加上几部悲剧代表作,对于希腊人的印象就更明了了。在思想方面,柏拉图的对话集最好能全读,至少也应读《理想国》,这是用对话体写的。从古到今,没有一个哲学家能像柏拉图那样面面俱到,深入浅出,用极寻常而幽美的文字传极深奥的道理。要做一个循规蹈矩的哲学家,读柏拉图是最好的门径,要引起一点哲学的兴趣,训练一点哲学的头脑，读柏拉图也比读任何其他哲学家强。亚理斯多德比较干枯，但是很谨严细密，能把他的《伦理学》看一遍也很好。此外，我们可读晚出的普鲁塔克的《英雄传》。这是拿罗马伟人和希腊伟人对照的传记，可以见出那时代人物的生活和风格。罗马时代的著作无甚特创，不是专习文学哲学的人就把它完全丢开也无大妨碍。

希伯来的经典流行的只有一部《圣经》。这部书在西方的影响大概超过任何一部书之上。它分《旧约》《新约》两部分。《旧约》是犹太教的经典，大部分是犹太的历史和宗教家的训词。《新约》记耶稣生平言行及耶稣教传播的经过。一般人对《圣经》不必全读，《旧约》中读《创世记》、《出埃及记》、《约伯传》、《颂诗》数篇，《新约》中读任何一个《福音》也就够了。

中世纪常被人误认为"黑暗贫乏"，其实中世纪民众艺术，如雕刻建筑图画诗歌传奇之类是很光华灿烂的。读者可择看一部较详尽的艺术史（如 Michet 所著的），读一两部传奇（如《罗兰之歌》、《亚瑟王传》之类），再加上一两部耶教大师的著作（如《圣奥古斯丁自传》之类），对于中世纪人的丰富的内心生活便可知其梗概。但丁是文艺复兴的初期大师，他的《神曲》不可不读。较软性的读物有薄伽丘的《十日谈》和塞万提斯的《堂吉诃德》。文艺复兴期的最具体的成就仍在造形艺术，读者可看 Vasari 的《艺人传》和 Beransen 的《意大利画》。

近代欧洲学术分野逐渐细密，著述也更浩繁，我们很不容易介绍几部书来代表一个时代。在思想方面，卢梭的影响最大，他的《自传》①和《民约论》是了解近代欧洲的一个钥匙。正统派哲学家自然要推康德和他们的唯心派的继续人。但是他们的作品大半难

_____

① 即《忏悔录》。

读,一般读者如能去硬啃康德的《纯粹理性批判》和黑格尔的《逻辑学》固然顶好,否则看一两部较好的哲学史也可略见一斑(通行的有 Rogers,Thilly,Weber,Windelband 所著的都可用)。在文艺方面,各国都有特殊的造诣,一般读者要想面面俱到,实不可能,只能就他们所懂的文字和兴趣所偏重的去下工夫。那就成了专门学问,我们不能在这里介绍书目。我们为一般人说法,只能介绍几位登峰造极的作者,比如说,一个普通读者如能就莎士比亚的剧本,莫利哀的喜剧,歌德的诗文集,易卜生的剧本,屠格涅夫、托尔斯泰、陀思妥耶夫斯基诸人的小说集中各选读三数种,也就很可观了。

社会科学和自然科学非本文范围所及。但有几部虽为科学专著而已成古典的书籍不能不约略提及,例如达尔文的《物种源始》。亚当斯密的《原富》,穆勒的《群己权界论》,里波、詹姆斯和弗洛伊德的心理学著作,马克思的《资本论》,佛来柔的《金枝》(Frazer: *The golden bough*),都有很广泛的读者,并不限于专门家。

本文匆匆写就,可议的地方自知甚多。但是我相信,如果读者将这寥寥数十部书仔细读过,他对于人类文化的了解不会很错误。我希望关于社会科学和自然科学的书籍另有知道清楚的人去拟一个目录。

如果你觉得这信对于读者有若干帮助,即请借贵刊披露,并以答黄梅先生。

朱光潜

(载《中央周刊》5 卷 4 期,1942 年 9 月)

# 宪政促进与言论自由

在促进宪政的工作中,应该审慎考虑的事项很多,言论自由是最重要的一项。我们的政体是民主,民主政治是基于民意的政治。民意无从表现,讨论无从周密,除非言论自由有了合法的保障。有了言论自由,人民的政治兴趣和政治道德才可以逐渐提高。如果人民既没有政治兴趣,又没有政治道德,宪政恐终是空谈。所以言论能否自由就是宪政能否施行的试金石。

像一切大道至理一样,这道理本极浅显。我们的临时约法承认了这道理,宪法草案也承认了这道理:"人民有言论著作及出版之自由,非依法律不得限制之",一再载在方策,众目共睹。

在训政时期,尤其在抗战时期,政府对于言论自由不能不有许多顾虑,我们很能同情而且在事实上也算尽了最大的拥护的力量。

不过现在我们要准备实施宪政了，在国家基本大法上，我们的眼光总得要放远大些，不应以一时的便宜贻害千百年的大计。许多可能的顾虑值得我们重新检讨一番。

最大的顾虑也许为自由言论可以妨碍意志集中。这里的问题为：意志能否是盲目的？我们无须作哲理的剖析，事实很显然，坚强的意志起于坚强的信心，坚强的信心起于明晰的认识，明晰的认识起于事实收罗的周全与是否剖辨的严密。这在个人要靠虚心的精密思考，在集团要靠虚心的公平讨论。所谓言论自由就是让人民有集体思考与公平讨论的机会。如果这个看法不错，言论自由就不但对于意志集中没有妨碍，而且可以促成。意志必有一个方向，如果那方向是错的，那根本要不得，自由言论可以指正，如果那方向是对的，那就不怕人批评，愈讨论愈是显出它的价值，愈能坚定一般人对于它的信心，也就能不但集中而且坚定他们的意志。

第二种顾虑是人民教育水平不够，舆论不易健全，不健全的舆论对于国家社会可以发生不良的影响。这就要引起一个严重的问题，人民程度如果不够自由言论，够不够实行民主政治呢？实行民主政治就假定人民对于政治有发表言论的程度。我们也不敢说我们民众已经达到理想的水准。水准不够就需要教育，需要学习。在政治方面和其他方面一样，最好的学习方法是从实际生活中讨经验，学习都不免带着"尝试与错误"，不尝试就永远不能免除错误。一切进步都是从不甚完美的到比较完美的，你如果不在"不甚完美"的上面求改善，"比较完美"的就不会来临。民主政治比较成功的是英国，看看英国的宪政史，英国人经过多少尝试，多少错误，多少改进，才达到现有的阶段？如果我们怕人民程度不够自由表示意见，让他们永远处"可使由之，不可使知之"的地位，他们也就永远停滞在那个地位，永远达不到我们的希望的水准。我们主张开放言论自由，让人民多借学习来培养成健全的政治道德。政治本身应该是一种教化而不只是一种统制。

最后一种顾虑是言论自由可能为奸伪利用来煽惑人心。在抗战时期我们不能不有这种顾虑，谁都承认。不过我们必须认清两点：第一，每个人对于他的言论负有责任，我们不能说他负不起这责任就禁止他的言论。违害国家的言论在发言者负有法律上的责任，在国家有用法律制止和惩处的职权。我们不能因为自由言论可能被奸伪利用而生弊滋害，便叫非奸伪也不享受言论自由。其次，奸伪的言论能够煽惑人心，是由于人们看不出其中的荒谬，自由的言论应该把这种荒谬剖白出来。日出自然烟消，把民众塞在闷葫芦里反足以刺激不健康的好奇心，并且助长奸伪的气焰。我希望我们的国民大多数为善良公民，并且深信政府也决没有意思要时时刻刻用防备奸伪的心理来防备他们。

这是几种最值得检讨的顾虑，当然顾虑并不止于此，次要者可以略而不论。同时，我们也应该顾虑到言论没有合法的自由可能发生的危机。民治一个大前提，人人明了，我们不必再说，只就在实际上剥夺言论自由的几种大毛病说一说。

一、人民在国家里没有说话的地位，和国家的关系就不能亲切，对于国家的兴衰存亡也就不免漠视。要提高人民的政治兴趣，就必须奖励人民对于政府多研究，多讨论。

二、民族有民族的生机，生机都要借发泄才能发展。发泄就是活动，也就是创造。最显著的生机发泄是文艺创作，学术探讨与政治活动，这些都要从思想言论与行动两方面见出。一个民族能在思想言论与行动上活跃，就见出他们的蓬蓬勃勃的朝气。这股朝气是不应遏止的。

三、在专制时代，政府的首领须有诤臣诤友，上补衮阙，下宣民情；在民主时代，政府的首领就须以全国人民为诤臣诤友，就须听到人民的"诤言"。如果人民和政府隔膜，下情不能上达，在上者虽贤明亦难免受蒙蔽,在下者虽驯良亦难免心有怨望。这是爱护政府与爱护人民的人们都应该尽力免除的一个大患。"防民之口,甚于防川",我们几千年来一个最宝贵的教训我们不应轻易抛弃。一件事愈从多方面去看,愈易得到精确妥善的看法,从前人所谓"集思广益"。一个政府如果不能尽量利用全民的心思才力,只管自专自用,那就决不能为一个真正有力量的政府,它的措施也就决不能尽是为全民谋幸福。

四、人民如果不能自由说话,一切贪污腐败的情形便隐藏在黑暗中,便在黑暗中滋长蕃衍。法律制裁必须有舆论制裁作后盾,才能发生最大的效能。到了舆论失其制裁力的时候,法律本身就可以变成作奸犯科的工具,制裁更不用说了。宪政的要旨在法治。言论自由是以舆论制裁加强法律制裁,所以是实施宪政的必由之路。

关于这几点我们不能详说,也不用详说,人们都会明白这些道理,也都会在历史上找到实例来证明。我们希望于认清言论自由的重要性之后,各尽一份力量去争取它,爱护它,尽量发挥它的效能。

(载重庆《大公报》,1944 年 4 月 9 日)

# 回忆二十五年前的香港大学

　　看过《伊利亚随笔集》的人看到这个题目，请不要联想到兰姆的《三十五年前的基督慈幼学校》那篇文章①。我没有野心要模拟那种不可模拟的隽永风格。同学们要出一个刊物，专为同学们自己看，把对于母校的留恋和同学间的友谊在心里重温一遍，这也是一种乐趣。我的意思也不过趁便闲谈旧事，聊应通信，和许多分散在天涯海角的朋友们至少可以在心灵上多一次会晤。写得好坏，那是无关重要的。

　　第一次欧战刚刚完结，教育部在几个高等师范学校里选送了二十名学生到香港大学去学教育，我是其中之一。当时政府在北

---

①　Charles Lamb：*Essays of Elia*：*Christ Hospital 35 Years Ago*

京,我们二十人虽有许多不同的省籍,在学校里却通被称为"北京学生"。"北京学生"在学校里要算一景。在洋气十足的环境中,我们带来了十足的师范生的寒酸气。人们看到我们有些异样,我们看人们也有些异样。但是大的摩擦却没有。学会容忍"异样"的人就受了一种教育,不能容忍"异样"的人见了"异样"增加了自尊感,不能受"异样"同化的人见了"异样",也增加了对于人世的新奇感。所以港大同学虽有四百余人,因为各种人都有,色调很不单纯,生活相当有趣。

我很懊悔,这有趣的生活我当时未能尽量享受。"北京学生"大抵是化外之民,而我尤其是像在鼓里过日子,一般同学的多方面的活动我有时连作壁上观的兴致也没有。当时香港的足球网球都很负盛名,这生来与我无缘。近海便于海浴,我去试了二三次,喝了几口咸水,被水母咬痛了几回,以后就不敢再去问津了。学校里演说辩论会很多,我不会说话,只坐着望旁人开口。当时学校里初收容女生,全校只有何东爵士的两个女儿欧文小姐和伊琳小姐两人,都和我同班,我是若无其事,至少我不会把她们当女子看待。广东话我不会说,广东菜我没有钱去吃,外国棋我不会下,连台球我也不会打。同学们试想一想,有了这一段自供,我的香港大学生的资格不就很有问题了么?

读书我也不行。从高等师范国文系来的英文自然比不上好些生来就只说英文的同学。记得有一次作文,里面说到坐人力车和骑马都不是很公平的事,被一位军官兼讲师的先生痛骂了一场。有一夜生了病,第二天早晨浮斯特教授用当时很称新奇的方法测验智力,结果我是全班中倒数第一,其低能可想而知。但是我在学校里和朱跌苍和高觉敷有 three wise men 的诨号。wise men(哲人)自然是 queer fish(怪物)的较好听的代名词。当时的同学大约还记得香港植物园的一件值得注意的事,常见三位老者,坐在一条凳上晒太阳,度他们悠闲的岁月。朱高两人和我形影相伴,容易使同学们联想到那三位老者,于是只有那三位老者可以当的尊号就落到我们三位"北京学生"的头上了。

我们三人高矮差不多,寒酸差不多,性情兴趣却并不相同,往来特别亲密的缘故是同是"北京学生",同住梅舍(May Hall),而又同有午后散步的习惯。午后向来课少,我们一有闲空,便沿着梅舍从小径经过莫理孙舍(Morrison Hall)向山上走,绕几个弯,不到一小时就可以爬上山顶。在山顶上望一望海,吸一口清气,对于我成了一种瘾,除掉夏初梅雨天气外,香港老是天朗气清,在山顶上一望,蔚蓝的晴空笼照着蔚蓝的海水,无数远远近近的小岛屿上耸立着青葱的树林,红色白色的房屋,在眼底铺成一幅幅五光十彩的图案。霎时间把脑袋里一些重载卸下,做一个"空空如也"的原始人,然后再循另一条小径下山,略有倦意,坐下来吃一顿相当丰盛的晚餐。香港大学生的生活最使我留恋的就是这一点。写到这里,我鼻孔里还嗅得着太平山顶晴空中海风送来的那一股清气。

我瞑目一想,许多旧面目都涌现到面前。终年坐在房里用功,虔诚的天主教徒郭开文,终年只在休息室里打棒球下棋,我忘记了姓名只记得诨号的"棋博士",最大的野心在娶一个有钱的寡妇的姚医生,足球领队的黄天锡,辩论会里声音嚷得最高的非洲人,眯眼的日本人,我们送你一大堆绰号的四川人 Mr Collins"[1],一天喝四壶开水的"常识博士",我们"北京学生"让你领头,跟着你像一群小鸡跟着母鸡去和舍监打交涉的 Tse Foo(朱复),梅舍的露着金牙齿微笑的 No. One(宿舍里的斋夫头目)……朋友们,我还记得你们,你们每一个人都曾经做过我开心时拿来玩味的资料,于今让我和你们每一个人隔着虚空握一握手!

———————————

① Collins:英国女小说家简·奥斯丁的《傲慢与偏见》中一个可笑的角色。

老师们，你们的印象更清晰。在教室里不丢雪茄的老校长爱理阿特爵士，我等待了四年听你在课堂指导书里宣布要讲的中国伦理哲学，你至今还没有讲，尽管你关于"佛学"的巨著曾引起我的敬仰。还有天气好你就来，天气坏你就回英国，像候鸟似的庞孙倍芬先生，你教我们默写和作文，把每一个错字都写在黑板上来讲一遍，我至今还记得你的仁慈和忍耐。工科教授勃朗先生，你不教我的课，也待我好，我记得你有规律的生活，我到苏格兰，你还差过你的朋友一位比利时小姐来看我，你托她带给我的那封长信我至今似乎还没有回。提起信，我这不成器的老欠信债的学生，你，辛博森教授，更有理由可以责备我。但是我的心坎里还深深映着你的影子。你是梅舍的舍监，英国文学教授，我的精神上的乳母。我跟你学英诗，第一次读的是《古舟子咏》，我自己看第一遍时，那位老水手射死海鸟的故事是多么干燥无味而且离奇可笑，可是经过你指点以后，它的音节和意象是多么美妙，前后穿插安排是多么妥帖！一个艺术家才能把一个平凡的世界点染成为一个美妙的世界，一个有教书艺术的教授才能揭开表面平凡的世界，让蕴藏着美妙的世界呈现出来。你对于我曾造成这么一种奇迹。我后来进过你进过的学校——爱丁堡大学——就因为我佩服你。可是有一件事我忘记告诉你，你介绍我去见你太太的哥哥，那位蓝敦大律师，承他很客气，再三嘱咐我说："你如果在法律上碰着麻烦，请到我这里来，我一定帮助你"，我以后并没有再去麻烦他。

最后，我应该特别提起你，奥穆先生，你种下了我爱好哲学的种子。你至今对于我还是一个疑谜。牛津大学古典科的毕业生，香港法院的审判长，后来你回了英国，据郭秉龢告诉我，放下了独身的哲学，结了婚，当了牧师。你的职业始终对于你是不伦不类。你是雅典时代的一个自由思想者，落在商业化的大英帝国，还缅想柏拉图、亚理斯多德在学园里从容讲学论道的那种生活，我相信你有一种无可告语的寂寞。你在学校里讲课不领薪水，因为教书拿钱是苏格拉底所鄙弃的。你教的是伦理学，你坚持要我们读亚理斯多德，我们瞧不起那些古董，要求一种简赅明瞭的美国教科书。你下课时，我们跟在你后面骂你，虽是隔着一些路，却有意"使之闻之"，你摆起跛腿，偏着头，若无其事地带着微笑向前走。校里没有希腊文的课程，你苦劝我到你家里去跟你学，用汽车带我去你家学，我学了几回终于不告而退。这两件事我于今想起，面孔还要发烧。可是我可以告诉你，由于你的启发，这二十多年来我时常在希腊文艺与哲学中吸取新鲜的源泉来支持生命。我也会学你，想尽我一点微薄的力量，设法使我的学生们珍视精神的价值。可是我教了十年的诗，还没有碰见一个人真正在诗里找到一个安顿身心的世界，最难除的是腓力斯人（庸俗市民）的根性。我很惭愧我的无能，我也开始了解到你当时的寂寞。写到这里，我不免有些感伤，不想再写下去，许多师友的面孔让我留在脑里慢慢玩味吧！香港大学，我的慈母，你呢，于今你所哺的子女都星散了，你那山峰的半腰，像一个没有鸟儿的空巢（当时香港被日本人占领了），你凭视海水嗅到腥臭，你也一定有难言的寂寞！什么时候我们这一群儿女可以回巢，来一次大团聚呢？让我们每一个人遥祝你早日恢复健康与自由！

四十三年春天嘉定武汉大学

（载《文学创刊》第 3 卷第 1 期，1944 年 5 月）

# 知识的有机化

　　我们应该把自己的知识加以有机化,这就是说,要使它像一棵花,一只鸟或是一个人,成为一种活的东西。

　　一种活的小东西就是一种有机体,有机体有三个大特征:

　　第一,有机体的全体和部分融会贯通,有公同生命流注其中,彼此息息相关,牵其一即动其余。人体是最好的实例,每一器官,如呼吸循环消化等等,都自成一系统,各系统又组合成一大系统,掌生命所借以维持的各种机能。人体的健康的发展需要各系统都健旺,某一部分有病,其余各部分都要受影响。有机体在西文叫做organism,和"器官"organ 与"组织"organisation 同根,我们可以说,有机体能成为有机体,就因为各器官有组织。有组织才有条理,有生命。

第二，有机体的生长是化学的化合而非物理学的混合，是由于吸收融化而非由于堆砌。把破铜烂铁塞进口袋里去，尽管塞得多，铜仍然是铜，铁仍然是铁，丝毫不变本质。食料到了肚皮里去，如果也这样不变质，就决不能产生生命所借以维持的血液。食料要成血液，必须经过消化作用。所谓"消化"就是把本来不是自己的东西变成自己的，把异体变成本体。本体因吸收融化异体而扩大起来，这就是"生长"。

第三，每个有机体都有它所特有的个性，两个有生命的东西不能完全是一样。这是由于生长的出发点（得于遗传的）不同，可吸收的滋养料（得于环境的）不同，利用遗传与环境的组织力量也不同。因为自己的组织力也是生长的一个要素，所以有机体的生长不完全是被动的而同时是主动的，不完全是因袭的而同时是创造的。每一种有生命的东西都多少是它自己的造化主。

有机体的这三大特征也就是学问的特征。

第一，学问不是学问，如果它不是一种完整的生命，用普通话来说，如果它没有"组织"，不成"系统"。

其次，学问不是学问，如果它的生长不借消化而借堆砌，不能把异体变为己体，这就是说，不能把从外面吸收来的知识纳进原有的系统里去，新来的与原有的结成一个有生命的整体。

第三，学问不是学问，如果它在你心里完全和在我心里一样，没有个性。没有个性也没有生命，原因在没有经过自己的组织和创造。

一切学问的对象都不外是事物的关系条理。关系条理本来存在事物中间，因为繁复所以显得错乱，表面所呈现的常不是实际所含蕴的。我们的蒙昧就起于置身繁复的事物中，迷于表面的错乱而不能见出底蕴，眼花手乱，不知所措。学问——无论是科学、哲学，或是文艺——就在探求事物的内在的关系条理。这探求的企图不外是要回答"何"（what）"如何"（how）"为何"（why）三大类问题。回答"何"的问题要搜集事实和认清事实，回答"如何"的问题要由认清事实而形容事实，回答"为何"的问题要解释事实。这三种问题都解决了，事物就现出关系条理，在我们的心中就成立了一个完整的系统。比如说植物学，第一步要研究所搜集来的标本，第二步要分门别类，确定形态和发展上的特性，第三步就要解释这些特性所由来，指出它们的前因后果。第三步工夫做到了，我们对于植物学才有一个完整的观念，对于植物的事实不但能认识，而且能了解。这种认识和了解在我们的心里就像一棵花的幼芽，有它的生命，有它的个性，可以顺有机体的原则逐渐生长。以后我们发现一个新标本，就可以隶属到某一门类里去，遇到一个新现象，就可以归纳到某一条原理里去，如果已有的门类和原理不能容，也可以另辟一门类，另立一原理。这就犹如幼芽吸收养料，化异体为己体，助长它的生长。一切知识的扩充都须遵照这个程序。

学问的生长是有机体的生长，必须有一个种子或幼芽做出发点。这种子或幼芽好比一块磁石，与他同气类的东西自然会附丽上去。联想是记忆的基本原则，所以知识也须攀亲结友。一种新来的知识好比一位新客走进一个社会，里面熟人愈多，关系愈复杂，牵涉愈广，他的地位也就愈稳固。如果他进去之后，不能同任何人发生关系，他就变成众所同弃的人，决不能久安其位，或是尽量发挥他的能力，有所作为。比如说，我丝毫不懂化学，只记得$H_2O$化合成水一个孤零零的事实，它对于我就不能有什么意义，或是发生什么作用，就因为它不能和我所有的知识发生密切关系。孤零零的片段事实在脑里不易久住，纵使勉强把它记牢，也发生不了作用。我们日常所见所闻的事物不知其数，但是大半如云烟过眼，因为不能与心中已有知识系统发生关系，就不能被吸收融化，成为有生命的东西存在心里。许多人不明白这道理，做学问只求强记片段的事实,不能加以系统化或有机化,这种人,在学问上永不会成功。我尝看见学英文的人埋头读字典,把字典里的单字从头记到尾,每一个字他都记得,可是没有一个字他会用。这是一种最笨重的方法。他不知道字典里零星的单字是从活的语文(话语和文章)中宰割下来的,失去了它们在活的语文中与其它字义的关系,也就失去了生命,在脑里也就不容易"活"。所以学外国文,与其记单字,不如记整句,记整句又不如记整段整篇,整句整段整篇是有生命的组织。学外国文如此,学其它一切学问也是如此。我们必须使所得的知识具有组织,有关系条理,有系统,有生命。

一个人的知识有了组织和生命,就必有个性。举一浅例来说,十个人同看一棵树,叫他们各写一文或作一画,十个人就会产生十样不同的作品。这就显得同一棵树在十人心中产生十样不同的印象。每个人所得印象各成为一种系统,一种有机体,各有它的个性。原因是各人的性情资禀学问不同,观念不同,吸收那棵树的形色情调来组织他的印象也就自然不同,正犹如两人同吃一样菜所生的效果不能完全相同是一样道理。知识必具有个性,才配说是"自己的"。假如你把一部书从头到尾如石块一样塞进脑里去,没有把它变成你自己的,你至多也只能和那部书的刻板文字或留声机片上的浪纹差不多,它不能影响你的生命,因为它在你脑里没有成为一种生命。凡是学问都不能完全是因袭的,它必须经过组织,就必须经过创造,这就是说,它必须有几分艺术性。

做学问第一件要事是把知识系统化,有机化,个性化。这种工作的程序大要有两种。姑拿绘画来打比。治一种学问就比画一幅画。画一幅画,我们可以先粗枝大叶地画一个轮廓,然后把口鼻眉目等节目一件一件地画起,画完了,轮廓自然现出。比如学历史,我们先学通史,把历史大势作一鸟瞰,然后再学断代史,政治史,经济史等等专史。这是由轮廓而节目。反之,我们也可以先学断代史,政治史,经济史等等,等到这些专史都明白了,我们对于历史全体也自然可以得到一个更精确的印象。这是由节目而轮廓。一般人都以为由通而专是正当的程序,其实不能通未必能专,固是事实;不能专要想真能通,也是梦想。许多历史学者专从政治变迁着眼,对于文学哲学宗教艺术种种文化要素都很茫然,他们对于历史所得的轮廓决不能完密正确。

就事实说,在我们的学习中,这两种貌似相反的程序——由轮廓而节目,由节目而轮廓——常轮流并用。先画了轮廓,节目就不致泛滥无归宿,轮廓是纲,纲可以领目,犹如架屋竖柱,才可以上梁盖瓦。但是无节目的轮廓都不免粗疏空洞,填节目时往往会发现某一点不平衡,某一点不正确,须把它变动才能稳妥。节目填成的轮廓才是具体的明晰而正确的轮廓。做学问有如做文章,动笔时不能没有纲要,但是思想随机触动,新意思常涌现,原定的意思或露破绽,先后轻重的次第或须重新调整,到文章写成时全文所显出的纲要和原来拟定的往往有出入。文章不是机械而是自由生发的,学问也是如此。节目常在变迁,轮廓也就随之变迁,这并行的变迁就是学问的生长。到了最后,"表里精粗无不到,然后一旦豁然贯通",学问才达到了成熟的境界。

心中已有的知识系统对于未知而相关的知识具有吸引性,通常所谓"兴趣"就是心中已有的知识萌芽遇到相关的知识而要去吸收它,和它发生联络。兴趣也可以说是"注意的方向",我们常偏向某一方向注意,就由于那一个方向易引起兴趣,这就是说,那一方向的事物在我们的心里有至亲好友,进来时特别受欢迎,它们走的路(神经径)也是我走过的路,抵抗力较低。自己做诗的人爱看别人的诗,诗在他的脑里常活跃求同伴;做生意的人终日在打算盘,心里没有诗的种子,所以无吸收滋养的要求,对诗就毫不发生兴趣。这道理是很浅而易见的。做学问最要紧的是对于所学的东西发生兴趣，要有兴趣就必须在心里先下种子，已有的知识系统就是一种种子。但是这种种子是后天的，必须有先天的好奇心或求知欲来鼓动它，它才活跃求生展。所谓"好奇""求知"就是遇到有问题的东西，不甘蒙昧，要设法了解它。因此，已有的知识系统不能成为可生展的种子，除非它里面含着有许多问题。问题就是上文所说的"注意的方向"，或"兴趣的中心"。我们在上面曾说过，一切学问都不外乎要求解答"何""如何""为何"三大类问题。一种知识如果不是问题的回答就不能成为学问，问题得到回答，学问才算是"生长"了一点。我们说"知识的有机化"，其实也就是"知识的问题化"。我们做学问，一方面要使有问题的东西变为没有问题，一方面也要使好像没有问题的东西变为有问题。问题无穷，发现无穷，兴趣也就无穷。世间没有一种没有问题的学问，如果有一种学问到了真正没有问题时（这是难想象的）它就不能再生长，须枯竭以至于老死了。

　　这番话的用意是在说明无论学那一科学问，心中必须悬若干问题，问题才真正是学问生长的萌芽。有了问题就有了兴趣，下工夫也就有了目的，不至于泛滥无归宿。比如说，我心中有"个性是否全由于遗传和环境两种影响？"这个问题，我无论是看生物学，心理学，史学或哲学的书籍，就时时留心替这问题搜集事实，搜集前人的学说，以备自求答案。我们看的许多零零碎碎的东西就可以借这问题联络贯串起来，成为一种系统。这只是一例，一个人同时自然可以在心中悬许多问题，问题与问题之间往往有联络贯串。

　　心中有了问题，往往须悬得很久，才可以找到一个答案。在设问与得答案两起迄点之间，我们须做许多工作如看书，实地观察，做实验，思索，设假定的答案等等。我们记忆有限，不能把所得的有关的知识全装在脑子里，就必须做笔记卡片，做笔记卡片时我们就已经在做整理的工作，因为笔记卡片不是垃圾箱，把所拾得的东西混在一起装进去,它必须有问题,有条理,如同动植矿物的标本室一样。

做研究工作的人必须养成记笔记做卡片的习惯。我个人虽曾经几次试过这个方法,可是没有恒心,没有能把它养成习惯,至今还引以为憾。但是我另有一个习惯,就是常做文章。看过一部书,我喜欢就那部书做篇文章;研究一个问题,我喜欢就那问题做篇文章;心里偶然想到一点道理,也就马上把它写出。我发见这是整理知识与整理思想的最好方法。比如看一部书,自以为懂了,可是到要拿笔撮要或加批评时,就会发见对于那部书的知识还是模糊隐约,对于那部书的见解还是不甚公平正确,一提笔写,就逼得你把它看仔细一点,认清楚一点。还不仅此,我生性善忘,今天看的书明天就会杳无踪影,我就写一篇文章,加一番整理,才能把它变成自己的,也才能把它记得牢固一点。再比如思索一个问题,尽管四面八方俱到,而思想总是游离不定的,条理层次不很谨严的,等到把它写下来,才会发见原来以为说得通的话说不通,原来似乎相融洽的见解实在冲突,原来像是井井有条的思路实在还很紊乱错杂,总之,破绽百出。破绽在心里常被幻觉迷惑住了,写在纸上就瞒过自己瞒不过别人,我们必须费比较谨慎的思考与衡量,并且也必须把所有的意思加以选择,整理,安排成为一种有生命的有机体。我已养成一种习惯:知识要借写作才能明确化,思想要借写作才能谨严化,知识和思想都要借写作才能系统化,有机化。

我也是从写作的经验中才认出学问必是一种有机体。在匆忙中把这一点意思写出,不知道把这道理说清楚没有。如果初学者明了这一点意思,这对于他们也许有若干帮助。

(载《中学生杂志》第 57 期,1944 年 5 月)

# 生　命

　　说起来已是二十年前事了。如今我还记得清楚,因为那是我生平中一个最深刻的印象。有一年夏天,我到苏格兰西北海滨一个叫做爱约夏的地方去游历,想趁便去拜访农民诗人彭斯的草庐。那一带地方风景仿佛像日本内海而更曲折多变化。海湾伸入群山间成为无数绿水映着青山的湖。湖和山都老是那样恬静幽闲而且带着荒凉景象,几里路中不容易碰见一个村落,处处都是山,谷,树林和草坪。走到一个湖滨,我突然看见人山人海,男的女的,老的少的,穿深蓝大红衣服的,褴褛蹒跚的,蠕蠕蠢动,闹得喧天震地:原来那是一个有名的浴场。那是星期天,人们在城市里做了六天的牛马,来此过一天快活日子。他们在炫耀他们的服装,他们的嗜好,他们的皮肉,他们的欢爱,他们的文雅与村俗。像湖水的波涛汹涌一样,他们都投在生命的狂澜里,尽情享一日的欢乐。就在这么一个场合中,一位看来像是皮鞋匠的牧师在附近草坪中竖起一个讲台向寻乐的人们布道。他也吸引了一大群人。他喧嚷,群众喧嚷,湖水也喧嚷,他的话无从听清楚,只有"天国""上帝""忏悔""罪孽"几个较熟的字眼偶尔可以分辨出来。那群众常是流动的,时而由湖水里爬上来看牧师,时而由牧师那里走下湖水。游泳的游泳,听道的听道,总之,都在凑热闹。

对着这场热闹,我伫立凝神一返省,心里突然起了一阵空虚寂寞的感觉,我思量到生命的问题。摆在我们面前的显然就是生命。我首先感到的是这生命太不调和。那么幽静的湖山当中有那么一大群嘈杂的人在嬉笑取乐,有如佛堂中的蚂蚁抢搬虫尸,已嫌不称;又加上两位牧师对着那些喝酒,抽烟,穿着游泳衣裸着胳膊大腿卖眼色的男男女女讲"天国"和"忏悔",这岂不是对于生命的一个强烈的讽刺?约翰授洗者在沙漠中高呼救世主来临的消息,他的声音算是投在虚空中了。那位苏格兰牧师有什么可比的约翰?他以布道为职业,于道未必有所知见,不过剽窃一些空洞的教门中语扔到头脑空洞的人们的耳里,岂不是空虚而又空虚?推而广之,这世间一切,何尝不都是如此?比如那些游泳的人们在尽情欢乐,虽是热烈,却也很盲目,大家不过是机械地受生命的动物的要求在鼓动驱遣,太阳下去了,各自回家,沙滩又恢复它的本来的清寂,有如歌残筵散。当时我感觉空虚寂寞者在此。

但是像那一大群人一样,我也欣喜赶了一场热闹,那一天算是没有虚度,于今回想,仍觉那回事很有趣。生命像在那沙滩所表现的,有图画家所谓阴阳向背,你跳进去扮演一个角色也好,站在旁边闲望也好,应该都可以叫你兴高采烈。在那一顷刻,生命在那些人们中动荡,他们领受了生命而心满意足了,谁有权去鄙视他们,甚至于怜悯他们?厌世疾俗者一半都是妄自尊大,我惭愧我有时未能免俗。

孔子看流水，发过一个最深永的感叹，他说："逝者如斯夫，不舍昼夜！"生命本来就是流动，单就"逝"的一方面来看，不免令人想到毁灭与空虚；但是这并不是有去无来，而是去的若不去，来的就不能来；生生不息，才能念念常新。莎士比亚说生命"像一个白痴说的故事，满是声响和愤激，毫无意义"，虽是慨乎言之，却不是一句见道之语。生命是一个说故事的人，虽老是抱着那么陈腐的"母题"转，而每一顷刻中的故事却是新鲜的，自有意义的。这一顷刻中有了新鲜有意义的故事，这一顷刻中我们心满意足了，这一顷刻的生命便不能算是空虚。生命原是一顷刻接着一顷刻地实现，好在它"不舍昼夜"。算起总账来，层层实数相加，决不会等于零。人们不抓住每一顷刻在实现中的人生，而去追究过去的原因与未来的究竟，那就犹如在相加各项数目的总和之外求这笔加法的得数。追究最初因与最后果，都要走到"无穷追溯"（reductio ad infintum）。这道理哲学家们本应知道，而爱追究最初因与最后果的偏偏是些哲学家们。这不只是不谦虚，而且是不通达。一件事物实现了，它的形相在那里，它的原因和目的也就在那里。种中有果，果中也有种，离开一棵植物无所谓种与果，离开种与果也无所谓一棵植物（像我的朋友废名先生在他的《阿赖耶识论》里所说明的）。比如说一幅画，有什么原因和目的！它现出一个新鲜完美的形相，这岂不就是它的生命，它的原因，它的目的？

且再拿这幅画来比譬生命。我们过去生活正如画一幅画，当前我们所要经心的不是这幅画画成之后会有怎样一个命运，归于永恒或是归于毁灭，而是如何把它画成一幅画，有画所应有的形相与生命。不求诸抓得住的现在而求诸渺茫不可知的未来，这正如佛经所说的身怀珠玉而向他人行乞。但是事实上许多人都在未来的永恒或毁灭上打计算。波斯大帝带着百万大军西征希腊，过海勒斯朋海峡时,他站在将台看他的大军由船桥上源源不绝地渡过海峡,他忽然流涕向他的叔父说:"我想到人生的短促,看这样多的大军,百年之后,没有一个人还能活着,心里突然起了阵哀悯。"他的叔父回答说:"但是人生中还有更可哀的事咧,我们在世的时间虽短促,世间没有一个人,无论在这大军之内或在这大军之外,能够那样幸运,在一生中不有好几次不愿生而宁愿死。"这两人的话都各有至理,至少是能反映大多数人对于生命的观感。嫌人生短促,于是设种种方法求永恒。秦皇汉武信方士,求神仙,以及后世道家炼丹养气,都是妄想所谓"长生"。"服食求神仙,多为药所误,不如饮美酒,被服纨与素",这本是诗人愤疾之言,但是反话大可作正话看;也许作正话看,还有更深的意蕴。说来也奇怪,许多英雄豪杰在生命的流连上都未能免俗,我因此想到曹孟德的遗嘱:

> 吾死之后,葬于邺之西冈上,妾与妓人皆着铜雀台,台上施六尺床,下穗帐。朝晡上酒脯糗糒之属,每月朝十五,辄向帐前作伎,汝等时登台望吾西陵墓田。

他计算得真周到,可怜虫!谢朓说得好:

> 穗帷飘井干,樽酒若平生。
> 郁郁西陵树,讵闻歌吹声!

孔子毕竟是达人,他听说桓司马自为石郭,三年而不成,便说"死不如速朽之为愈也"。谈到朽与不朽问题,这话也很难说。我们固无庸计较朽与不朽,朽之中却有不朽者在。曹孟德朽了,陵雀台妓也朽了,但是他的那篇遗嘱,何逊谢朓李贺诸人的铜雀台诗,甚至于铜雀台一片瓦,于今还叫讽咏摩挲的人们欣喜赞叹。"前水复后水,古今相续流",历史原是纳过去于现在,过去的并不完全过去。其实若就种中有果来说,未来的也并不完全未来。这现在一顷刻实在伟大到不可思议,刹那中自有终古,微尘中自有大千,而汝心中亦自有天国。这是不朽的第一义谛。

相反两极端常相交相合。人渴望长生不朽,也渴望无生速朽。我们回到波斯大帝的叔父的话:"世间没有一个人在一生中不有好几次不愿生宁愿死。"痛苦到极点想死,一切自杀者可以为证;快乐到极点也还是想死,我自己就有一两次这样经验,一次是在二十余年前一个中秋前后,我乘船到上海,夜里经过焦山,那时候大月亮正照着山上的庙和树,江里的细浪像金线在轻轻地翻滚,我一个人在甲板上走,船上原是载满了人,我不觉得有一个人,我心里那时候也有那万里无云,水月澄莹的景象,于是非常喜悦,于是突然起了脱离这个世界的愿望。另外一次也是在秋天,时间是傍晚,我在北海里的白塔顶上望北平城里底楼台烟树,望到西郊的远山,望到将要下去的红烈烈的太阳,想起李白的"西风残照,汉家陵阙"那两个名句,觉得目前的境界真是苍凉而雄伟,当时我也感觉到我不应该再留在这个世界里。我自信我的精神正常,但是这两次想死的意念真来得突兀。诗人济慈在《夜莺歌》里于欣赏一个极幽美的夜景之后,也表示过同样的愿望,他说:

Now more than ever seems it rich to die

现在死像比任何时都较丰富。

他要趁生命最丰富的时候死,过了那良辰美景,死在一个平凡枯燥的场合里,那就死得不值得。甚至于死本身,像鸟歌和花香一样,也可成为生命中一种奢侈的享受。我两次想念到死,下意识中是否也有这种奢侈欲,我不敢断定。但是如今冷静地分析想死的心理,我敢说它和想长生的道理还是一样,都是对于生命的执著。想长生是爱着生命不肯放手,想死是怕放手轻易地让生命溜走,要死得痛快才算活得痛快,死还是为着活,为着活的时候心里一点快慰。好比贪吃的人想趁吃大鱼大肉的时候死,怕的是将来吃不到那样好的,根本还是由于他贪吃,否则将来吃不到那样好的,对于他毫不感威胁。

生命的执着属于佛家所谓"我执",人生一切灾祸罪孽都由此起。佛家针对着人类的这个普遍的病根,倡无生,破我执,可算对症下药。但是佛家也并不曾主张灭生灭我,不曾叫人类作集体的自杀,而只叫人明白一般人所希求的和所知见的都是空幻。还不仅此,佛家在积极方面还要慈悲救世,对于生命是取护持的态度。舍身饲虎的故事显示我们为着救济他生命,须不惜牺牲己生命。我心里对此尝存一个疑惑:既证明生命空幻而还要这样护持生命是为什么呢?目前我对于佛家的了解还不够使我找出一个圆满的解答。不过我对于这生命问题倒有一个看法,这看法大体源于庄子。(我不敢说它是否合于佛家的意思)庄子尝提到生死问题,在《大宗师》篇说得尤其透辟。在这篇里他着重一个"化"字,我觉得这"化"字非常之妙。中国人称造物为"造化",万物为"万化"。生命原就是化,就是流动与变易。整个宇宙在化,物在化,我也在化。只是化,并非毁灭。草木虫鱼在化,它们并不因此而有所忧喜,而全体宇宙也不因此而有所损益。何以我独于我的化看成世间一件大了不起的事呢?我特别看待我的化,这便是"我执"。庄子对此有一段妙喻:

今大冶铸金,金踊跃曰,"我且必为莫邪",大冶必以为不祥之金。今一犯人之形,而曰,"人耳,人耳",夫造化者必以为不祥之人。今一以天地为大炉,以造化为大冶,恶乎往而不可哉？成然寐，蘧然觉。

在这个比喻里，庄子破了"我执"，也解决了生死问题。人在造化手里，听他铸，听他"化"而已，强立物我分别，是为不祥。庄子所谓寐觉，是比喻生死。睡一觉醒过来，本不算一回事，生死何尝不如此？寐与觉为化，生与死也还是化。庄周梦为蝴蝶，则"栩栩然蝴蝶也"；"俄然觉，则蘧蘧然周也"；生而为人，死而化为鼠肝虫臂，都只有听之而已。在生时这个我在大化流行中有他的妙用，死后我的化形也还是如此，庄子说：

> 浸假而化予之左臂以为鸡，予因以求时夜；浸假而化予之右臂以为弹，予因以求鸮炙……

物质毕竟是不灭的，漫说精神。试想宇宙中有几许因素来化成我，我死后在宇宙中又化成几许事物，经过几许变化，发生几许影响，这是何等伟大而悠久，丰富而曲折的一个游历，一个冒险？这真是所谓"逍遥游"！

这种人生态度就是儒家所谓"赞天地之化育"，郭象所谓"随变任化"（见《大宗师》篇"相忘以生"句注），翻成近代语就是"顺从自然"。我不愿辩护这种态度是否为颓废的或消极的，懂得的人自会懂得，无庸以口舌争。近代人说要"征服自然"，道理也很正大。但是怎样征服？还不是要顺从自然的本性？严格地说，世间没有一件不自然的事，也没一件事能不自然。因为这个道理，全体宇宙才是一个整一融贯的有机体，大化运行才是一部和谐的交响曲，而cosmos 不是 chaos。人的最聪明的办法是与自然合拍，如草木在和风丽日中开着花叶，在严霜中枯谢，如流水行云自在运行无碍，如"鱼相与忘于江湖"。人的厄运在当着自然的大交响曲"唱翻腔"，来破坏它的和谐。执我执法，贪生想死，都是"唱翻腔"。

孔子说过："朝闻道，夕死可矣。"人难能的是这"闻道"。我们谁不自信聪明，自以为比旁人高一着？但是谁的眼睛能跳开他那"小我"的圈子而四方八面地看一看？谁的脑筋不堆着习俗所扔下来的一些垃圾？每个人都有一个密不通风的"障"包围着他。我们的"根本惑"像佛家所说的，是"无明"。我们在这世界里大半是"盲人骑瞎马"，横冲直撞，怎能不闯祸事！所以说来说去，人生最要紧的事是"明"，是"觉"，是佛家所说的"大圆镜智"。法国人说："了解一切，就是宽恕一切"；我们可以补上一句："了解一切，就是解决一切。"生命对于我们还有问题，就因为我们对它还没有了解。既没有了解生命，我们凭什么对付生命呢？于是我想到这世间纷纷扰攘的人们。

（载《文学杂志》第 2 卷第 3 期，1947 年 8 月）

# 自由分子与民主政治

顾名思义，自由分子不属于一个政党。惟其如此，他无须与任何政党立于反对的地位。党与党反对，而自由分子在中间保持一个中立的超然的态度。他不参加一个政党，有时因为他要专心致志于他的特殊职业，没有工夫也没有兴趣去作党的活动，有时也因为他觉得有党就有约束，妨碍他的思想与行动自由，而且他也看到在党与党的纷争之中，一部分人如果能保持一个中立的超然的态度，那对于国家社会有健康的影响。自由分子可能缺乏政治兴趣，但是在近代国家社会中，大部分生活都要牵连到政治，不由得他不对政治作思考和形成意见。他在思考时只须就事论事，无须为庇护某一条党纲或某一种政策而去对某一件事情作偏袒地赞助或抨击，所以他的意见较能从四面八方着眼，大公无私，稳健纯正。如果像他这种人能在一个社会里形成一个舆论，那舆论也必是平正的、健全的、有助于社会安定的。

在定义上自由分子既不是某一党某一派的分子，他就不能有所谓"组织"。一切组织都要有一个共同的信仰与共同的纪律，每个分子都要牺牲个人的自由来保持团体的完整。这信仰与纪律可能与另一组织的信仰与纪律相冲突，个别分子势必放弃他的个人的立场而为团体斗争。这就是"阿其所好"，"党同伐异"；这也就与自由分子之所以为自由分子的精神相反。但是自由分子虽无组织，他们的思想却有一个重心与共同倾向。因为实际上自由分子在社会上往往占多数，尤其是在目前的中国，而这多数人的立场既同是中立的超然的，他们对于国家重要问题自然是很客观地就国家全局着想，他们所见到的自然是公是公非而不是党是党非。所以在像中国这样的国家里，真正能代表民意的是自由分子。自由分子的思想既然比较稳健纯正而又富于代表性，它在一个民主国家里就应该是一个不可忽视的保持平衡的力量。

因为这个道理，站在任何一个政党的立场，我们不应仇视自由分子。自由分子本不与任何政党对敌，而且任何政党如果在某个主张或某个措施上是对的，值得同情的，就在那个主张或措施上，自由分子必定成为他们的热心赞助的朋友。自由分子总是站在全体人民的福利一边，所以总是以公正的态度赞助为全体人民谋福利的那个政党。自由分子是否赞助，就成为测量一个政党力量的最准确的标准。一个政党看到自由分子赞助它，它可以增加自信，提高勇气，看到自由分子不同情它，它也就该深自警惕，力图革新。所以自由分子是政党的清化剂。还不仅此，政党向来有在朝在野之分，在野党与在朝党总是反对的，所以不免常起冲突，这冲突有时恶化到引起内乱的地步。在民主国家，解决冲突的办法是解散国会，诉诸选举，或是在朝党退让下野，由在野党重新组织政府。

在一个不大稳定的国家,无论取那一种办法,都足以引起社会的骚动。如果自由分子有力量,他们的意见就可以在这冲突的两方中保持一种平衡,居中调处,找出一个折中的方案,不致弄成僵局。所以,自由分子是政党冲突中一种缓冲。与这一点相关的是党以内可否有自由分子的问题。本来,"党员"与"自由分子"是互相矛盾的名词,尤其是过去纳粹与法西斯那种集权式的政党。纪律高于一切,入了党就断送了个人的自由。不过,一个民主式的政党却不同,它的力量不在铁枷似的纪律,而在它对于大多数人民的代表性。它应该能代表各种不同的人民的不同的利益与意见,所以它的分子不应是清一色的,或是像古罗马的"密阵军",应该是各种色彩具备。尤其应该有一部分比较自由或开明的人物,这种人可以成为党以内的缓冲。

站在整个国家的立场,我们更不应仇视自由分子。这一层无用多说,上文所说的话可以看成这句结论的理由。自由分子在必要时可以反对政府的某种政策或某种行为,但在任何时候都不会反对国家。他站在国家利益的立场上,当然会赞助真正为国家谋利益的政府,到了政府不能尽政府的应尽的职责时,他像任何一个有理性的公民一样,要加以指责,甚至于表示怨望。但是他的动机总是纯正的,善意的。他既代表社会上一种健全的稳定的力量,一个贤明的政府不但不应该设法消除他,而且还应该竭力维护他的存在。

在今日中国,自由分子处在怎样一个地位呢?他被挤在夹缝里,左右做人难。在朝党嫌他太左,在野党嫌他太右。政治上一个难能可贵的德行是容忍,而今日中国的政党,容忍是谈不到的。你不是我的朋友,就是我的仇敌;既是我的仇敌,我就非把你打倒不可。这是在朝党与在野党的一致的看法。他们对于自由分子都觉得是眼中钉,时时刻刻都想把它拔去。拔的办法不是软的就是硬的,软的是利诱,假以名位,施以棒喝,使他"入吾彀中";硬的是威迫,钳制他的言论和行动,假故施以陷害,唆使虾兵蟹将去咬去骂,逼得他动弹不得。"此辈清流,投诸浊流!"这个处置自由分子的老办法,不图复用于今日。

自由分子的势力在今日中国几乎被剥削完了。他们大部分散在文化教育界与实业界。本应该是社会上的中坚人物,而他们"实逼处此",不能在地方事业上发生影响,也不能在教育上发生影响。比如说最近这次选举,一个临时杂凑,意在猎取一官半职的"政"党,党员不过数十百人,可以提名选举到几百名代表,其中没有一个社会知名的。而社会上许多真正有学识、有才干、有声望的人物,就无人过问,他们的唯一罪过是不属于任何党派,不能讨价还价。固然也有所谓"社会贤达"一类,他们是否尽是贤达姑不必问,即使名副其实,那也就真是凤毛麟角,数目少得可怜。

这种剥削自由分子的办法,就在野党而言,是所见不广,就在朝党而言,实无异于自失人心。彼此都是把可能的朋友驱遣到仇敌的旗帜之下。这样一来,社会上就只有两种对峙的相反的力量,没有一个缓冲的保持平衡的因素,结果就只能有冲突,而冲突还是无结果。因为我们无法希望有一个较高一层的综合或调和。在一般民主国家,最后的裁判者是民意,在中国,谁知道民意到什么时候才有能力与兴趣去行使这种最后的裁判? 我敢说在三十年乃至于五十年的未来,中国真正的民意还要借社会上少数优秀的自由分子去形成,去表现。假使这一部分人逼得终归于没落,民主政治的前途恐怕更渺茫。这是一个严重的问题,值得各方人士郑重考虑一番。

(载《香港民国日报》,1947 年 12 月 22 日)

# 旧书之灾

中国文化的特色之一,是印刷业最早兴起而也最盛行。我们略翻阅叶德辉的《书林清话》之类书籍,便可以明白我们的祖先在印书和藏书方面所费的心血和所表现的崇高理想。远者不必说,姑说满清时代,刻书是当时国家文教要事之一。在京师的有武英殿,在各省的有金陵、杭州、成都、武昌、广州各大官书局,都由政府资助,有计划有系统地刻印四部要籍,地方文献多由各当地书局分印,大部头著作一局不能独刻的则由各局合刻。刻书流传文化,是一件风雅的事,官书局之外有许多书籍的爱好者,像阮元、卢文弨、毕沅、鲍廷博、伍崇曜、黎庶昌、王先谦诸人都以私人的力量刻成许多有价值的丛书。当时读书人多,书的需要大,刻书也是一件可谋利的事,官局与私人之外,又有许多书贾翻刻一般销行较广的书籍,晚起的商务印书馆是一个著例。现在,官书局久已停闭了,私人刻书也渐没落了,书贾更不必说。从前许多辛辛苦苦刻成的书版大半已毁坏散佚,偶有存在的也堆在颓垣败壁中,无人过问。

从前,各大都市都有几条街完全是书肆,有钱的去买,无钱的去看,几乎等于图书馆。现在的情形就萧条不堪了,抗战初我到成都,西御龙街和玉带桥一带还完全是书店,到抗战结束那一年我再去逛,这些书店大半都已改为木器铺和小食馆,剩下的几家都在奄奄待毙。从前我在武昌读书的时候,沿江一带旧书店也顶繁荣,去年我经过那里,情形比成都更惨,有些象穷人区,破书和破铜、破铁或是纸烟、花生糖夹杂在一起,显然单靠卖书就不能撑持那破旧的门面了。听说苏州、广州、长沙各地,情形也大相仿佛。我因而联想到伦敦的切宁十字路,巴黎的赛因河畔,以及东京的神田(?)区,我不相信经过这次大战破坏之后,那些著名的书肆区就冷落到这种程度。

中国旧书聚汇的地方当然是北平。经过九年的抗战之后我回了这旧都,看见厂甸和隆福寺的那些书店居然都还存在,而且还是琳琅满目,美不胜收,心里颇为欣慰。可是每一家都如深山古刹,整天不见一个人进来。书贾为维持日常的开销,忍痛廉价出售存货,我花了四万元买了一部海源阁藏的《十三经古注》。二千元买了一部秀野草堂原刊的《范石湖集》,其它可以类推。买过后,我向店主叹了一口气说:"如今世界只有两种东西贱,书贱,读书人也贱!"事隔一年,今冬我逛这些旧书店,大半只是"过屠门而大嚼",书价比去冬要高二十倍了,我买不起了。显然读书人比去年更贱了。书是否真贵了呢? 古逸丛书的零卖每册合到两万元,许多明刻本及乾嘉刻本也只要一两万元一册。稀见的书或许稍贵一点。我买最平常的稿纸也要八万元一百页,一册旧书至多就只合到纸价的四分之一,刻工运输储存等等都算不上钱。旧书除研读以外还有一个用途，可以当废纸。当废纸它可以卖到两万元至三万元一斤。许多大部头的书现在是绝对找不到雇主的，象《图书集成》只能卖一千余万元，如当废纸卖，可望加倍。所以，这一年来，许多旧书是当作废纸出卖的。废纸有什么用场呢？一，杂货店可以用来包东西，买花生米拆开纸包一看，往往是宣纸莫刻南监本《五经》的零页；二，废纸可以打成纸浆做"还魂纸"，质料好的印报章，质料坏的作厕所手纸。手纸也要值二三十万元一刀，一刀手纸和二十册左右旧书价值略相等。请想一想看，这情形是多么惨！

想什么！在这科学昌明时代而且是新文化运动时代，旧书本已无用了，活该做手纸！于是我联想起科举初停的时候，我父亲把家里几大箱时文闹墨送到荒地里，亲自掘一个塚，把它们"付之丙丁"，"葬之中野"，我当时幼稚，不免惋惜，父亲说："它们没有用处了，留着占地方。"现在一般线装书的无用是否等于时文闹墨的无用呢？其中无用的当然不少，可是大部分是中国民族几千年来伟大的历史的成就，哲学思想的结晶，文物典章的碑石，诗文艺术的宝库，于今竟一旦一文不值了么？西方文化发展到现代这样的高潮，荷马、柏拉图、但丁、莎士比亚、康德、歌德、卢梭等一长串的作者并未变成陈腐无用，何以孔子、庄子、屈原、司马迁、陶潜、杜甫、朱熹一类人物就应该突然失去他们的意义呢？

于是我又联想起一些我所知道的藏书家，父祖几代费尽心血搜罗起许多珍善本，到了家庭衰败时，子孙们不知爱惜，把书籍送到灶房里引火，或是称斤出卖去换鸦片烟。就一家来说，这是家风的没落，子孙的不肖。现在我们整个民族也就像败家子了。各都市旧书的厄运很明显地指出两个事实：第一，过去几千年的中国文化已到没落期了，黄帝的子孙对于祖传的精神产业已不知道爱惜了；其次，一般中国人不像欧美人那样以读书为正常的消遣，在读书中寻不到乐趣，没有养成读书的习惯，所以书不行销。

我知道，在这兵荒马乱的年头，拿珍惜旧书来谈，未免"迂阔而远于事情"。但是，如果我们想到秦始皇焚书一事在中国文化史上的意义，那么，目前书灾并不是一件小事。汉兵入咸阳，萧何马上就派人抢救官府的图书，他所做的在当时也似是不急之务。我们要记得，现在各大城市遗留的一点旧书，是在这过去九年空前大劫中所未被敌人毁坏或抢掠的一部分，如果这些再毁于我们自己之手，我们不但对不起祖宗，对不起自己，也对不起人类。纵然目前有许多大家认为比较更紧急的事要做，我仍然认为，抢救旧书亦是一件急不容缓的事。好在这件事只要有人肯做，做起来并不太难。

第一，我向政府建议：在最近三五年中，每年提出约当现值一百亿的款项，这数目实在很微，不过是维持一个国立大学两个月费用的数目——分发各大都市的公立图书馆，或大学图书馆，责成它们就近采购当地旧书。采购的程序，须尽量把大部头书及善本书摆在前面。各图书馆已有的书复制几部也无妨，反正这批新购书是国家的产业，现在造册刊目代存，将来可以由国家分发以后陆续成立的新图书馆。

第二，我向有资产的私人建议：抢救旧书是一件有功德的事，他们应该尽他们的力量设法采购，供自己研读，传给子孙，或是捐赠给学校或图书馆，都无不可。或是再说得低调一点，他们把这件事当作投资，将来到了承平时代，再拿出来出售，也还是不会亏本的。

第三，我向各地旧书店建议：他们这些年来在艰苦中挣扎，值得我们同情，他们流传书籍，所做的仍是文化事业，千万不能把旧书卖去做还魂纸。从生意立场说，许多小门面分立互竞，是他们的致命伤。他们应化零为整，组成合股公司，消耗较小，维持也就较易。

（载《周论》创刊号，1948年1月）

# 挽回人心

目前中国百病丛生，病原固然很多，最严重的是人心的涣散。一般人民对于政府已失去信心，对自己也已失去信心。大家眼看大难当头，焦急而颓丧，不相信政府有办法或是有诚意去挽回这个危局；少数有心人想努力尽匹夫兴亡之责，也自觉无权无力，独木难支大厦。于是无论贤愚，一体抱着"天倒大家当"那种失败主义的心理，趁火打劫者有之，隔岸观火者有之。青年人愿望较高，失望也较甚，不免把一切灾祸都归咎于政府的腐败与无能，在颓唐愤恨之余，把一切希望寄托于凡是反对政府的人们，以为他们一定是中国的未来的救星。

这是无可讳言的事实，也是极危险的病征。目前许多乱象都导源于此。比如说物价，物品的供给是有定量的，需要也是有定量的,以有定量的供给应有定量的需要,论理在价值上不应有很大的波动。而这几年来物价却不断地以级数增高。这种现象显然是人为的。原因在人民不相信政府,不相信钞票。愈不相信钞票而钞票出笼愈多,贬值愈快,物价也就愈提高;物价愈提高而人心也就愈不稳定,金融也就愈紊乱。这全是心理所造成的一种"恶性的循环"。

再比如说贪污。已往官场贪污是例外,今日官场不贪污是例外。国家好比一棵老树,贪官是蛀木的蚂蚁,蛀来蛀去,势必蛀到那棵老树毁灭倒塌为止;到那时覆巢之下无完卵,一切同归于尽。这是极愚蠢的事而人人都偏争着去做。原因在官僚不相信政府,不相信政府可以保障社会安全,以为目前能抓到一点且抓住一点,好作狡兔三窟之计;不相信政府的法律,以为许多贪污的人都没有受惩罚,自己当然也可逍遥法外。大家相习成风,有了钱就有了势,贪污已不是一件可羞耻的事。失败主义的心理产生了贪污,而且也在奖励贪污。

这里只举两端为例,其它社会病态也都如此,分析起来,后面都有一个心理的成因。在对于政府和自己失去信心之中,大家已养成一个根深蒂固的失败主义,不能有临大难所必有的镇静和坚忍。这是一切病态中最严重的一个病态。中国已往数千年的政治教训是:"民为邦本","民无信不立","得道者多助,失道者寡助";中国已往数千年的政治经验也是:国运的兴衰系于人心的得失。不必远说,近看这三四十年中的政潮起伏,也可以见出政权总是寄托在人心上。这三四十年中,从满清到袁世凯、曹锟、段祺瑞以及其他,一个政权到了人民希望它倒的时候,没有不倒的。这是现政府该警惕的,也是我们应该警惕的。

人心不能挽回,国势就不能挽回。病已深沉,想挽回也不是头痛医头脚痛医脚所可济事,我们必须用大刀阔斧在深中要害处下手,切切实实地做几件大快人心的事。所谓大快人心的事就是根本铲除已往大伤人心的事。这至少有下列三大要政。

一、彻底实行"天下为公,选贤任能"的大原则。我们必向民主大路迈进,这是天经地义。但是目前国情不容许我们移植英美式的民主。弥缝敷衍的选举行宪还是徒使人民对政府失去信心,决不能救目前之急。目前政治腐败的症结在政府要人大半还脱离不了一个"私"字。从上至下,用人的原则都只在维护私人的政治势力,能效忠于我的虽腐败或无能,也须庇护;只效忠于国而不能效忠于我的虽有为有守,也必排斥摈弃。还有一些人日日在培植私人党羽,在所谓"小组织"上勾心斗角,分布爪牙,垄断选举,垄断中央政权,垄断地方行政,挟其徒众的势力迫胁中枢,抨击异己。到了利害关头,宁可陷国家于危亡之境而不肯放下私图,以至党与党破裂,党与民破裂。这是国民党的致命伤,也就是中国的致命伤。人心之失大半就由于此。"庆父不去,鲁难未已。"目前第一宗要务就是最高当局要能宸纲独断,解散一切明的暗的小组织,罢免一切结党营私的小组织的领袖以及他们的爪牙,对于用人行政,一秉选贤任能的大原则,示天下以至公。这样才能一清观听,咸与维新。我们也明白当局的难处,就是旧的难去,新的未必能接上来。但是这究竟是过虑。有两点值得当局深思:第一,腐败的力量不是一个可凭借的力量;第二,现在人心乱极思治,只要当局有诚意与决心,人民必绝对拥护,人民拥护的力量才真正是可凭借的力量。

二、彻底推行有效的经济救急措施。目前最紧迫的危机是:军事久拖不决而经济先行崩溃,那时候社会秩序大乱,奸匪四处乘机蜂起,局面就愈不可收拾。所以稳定经济是迫不及待的事。目前经济的症结还在地权问题,平均地权是秩序稍定后所必做的事。秩序未定时适足以扰民滋乱;它也还不仅在纸币,反正纸币是筹码,不过是国家的一种信用,信用树立,纸币自然有效。目前经济的症结是在生产和运输停顿,而配给无合理的严格统制。救急办法必须从这三方面着手。我们急应利用外债及私人投资,在战事进行中可能范围之内,增加生产,改善运输,同时,对于实物仿英国现行办法,严格地统制配给。这些事项都需要专家缜密设计,非本文所能详。反正它们必须马上就做,做好了,许多其它问题——连通货膨胀在内——也就不决自决。经济稳定了,人心也就自然会稳定。

三、彻底澄清吏治。中国政治理想向来尚德化,德化当然是根本的办法,不过这是长久大计,如今社会紊乱,是非不明,德化已嫌缓不济急,我们必须从恪守法律,赏罚严明做起。德化之行与法治之行都必自上始,孔子所谓"子帅以正,孰敢不正"。目前许多危害国家的事,像贪污枉法,囤积居奇,扰乱金融,侵犯人民基本自由等等,莫不先由军政要人作俑。常见报纸揭发贪污舞弊大案,大家都渴望罪人斯得,明正典刑;可是不到多时,那案件便石沉大海,不知去向。道路传闻,牵入漩涡的有某某要人,政府怕投鼠忌器,所以隐忍不敢追究。愈不追究,而犯法者愈无忌惮,上行下效,相习成风,以至造成今日这个腐败的局面。一般老百姓饥寒交迫,辛辛苦苦地做牛马工作,而贪官污吏们和他们的子女们却仍一样骄奢淫逸,日日加重老百姓的担负,促成国家的危机。人情不平则积怨,怨深必爆发。这景象是不能再纵容下去的。"治乱国,用重典。"今日首先应该受重典的是贪官污吏,多杀几个,而且杀就要杀到底,人心才能平复,怨气才能消除。

危而不知是愚昧,知而不救是昏庸。今日已不是"以不变应万变"的时候,四万万人都在焦急地观望着,政府有无挽救危亡的诚心与毅力,这是最后一次测验了。

这番话不是高调,也不是怨言,它是救命的呼声!

(载天津《益世报》,1948 年 1 月 25 日)

# 谈群众培养怯懦与凶残

近两三月以来,各城市陆续发生群众的"直接行动",交通大学的学潮刚过去,同济大学的学潮还未完全过去,最近又有申新九厂的工潮及上海舞女的舞潮。这只是几个荦荦大者,此外像学生聚众要挟学校,暴徒聚众捣毁报馆,政客聚众支持私人利害企图之类事件到处都是司空见惯,用不着详细举例。这些群众行动大半依照一个共同的方式。开始都有一个有关某一群人的利害的事端,可以做激动那一群人的导火线,继而有少数人乘机暗中操纵煽动,激发那一群人的愤恨,把他们煽动得如醉如狂,于是挟排山倒海之势,要挟对方承认他们的有理或无理的要求。到了这个阶段便无理可讲,群众的声势便是群众的理由,也便是他们的法律。大题目会被假借来做细故私图的借口。这是他们的"自由",他们的"人权"，他们站在"民主"的立场要作神圣的奋斗；如有人敢和他们抵抗，便是摧残自由，剥夺人权，违犯民主，罪该万死！在这种场面，是非是没有，事实总是被歪曲的。无论有理无理，反正这是大家的要求，你就得答应。你不答应，武器就拿了出来，骂得你狗血淋头，打得你半死不活，把天地闹翻再说！这是他们的义愤，他们的"好汉气"。

古代有一个寓言，说一个父亲临死时把他的一群儿子召来，拿一捆柴棍叫他们试试看能否把它折断。他们都没有那样大的力气；于是父亲把捆子解开，让他们逐枝折断，他们都不觉到难。于是父亲就给他们这样一个遗嘱："孩子们，站在一起，你们就有力量，拆散开来，任何人都能摧毁你们，就如同这一捆柴棍。"这寓言反映着人类的原始而普通的经验与智慧力量在团体不在个体，在团结中弱者变成强者。所谓"众志成城"，"二人同心；其利断金"，也是表明这个意思。人是社会的动物，而社会的存在就基于团结，所以，团结本来是好事。但是，凡事都有几面看法。关于团结，我们第一要问团结的分子的素质如何，团结的力量本身是好是坏，对于社会的影响是好是坏。如果不良的分子团结起来成为一种恶势力，去做违法违理的事，对于社会发生坏影响——趁便地说，这是强盗帮伙的好定义——那种团结就没有理由可以辩护它的存在。

回头谈到近来一些团结行动，我们当然不能一概而论。团结的分子可能是良，是莠，或是良莠不齐；动机可能是纯正，不纯正，或是二者参半；方式可能凭理，或是任情感的冲动；结果可能有济于事，或是决裂偾事，在已经紊乱的社会上增加紊乱。这些问题姑且不谈，社会有目共睹，是非自在人心。我们现在所要谈的只是像近来这些群众行动对于其中个别分子有很坏的影响。

第一，它由掩护怯懦而滋养怯懦。团体由个别分子组成，团体对于它的行动所负的责任本来就是每个分子的责任；可是，在团体行动中个别分子往往把自己行为的责任都推诿到团体那个空洞抽象的名义上，自己就站在一个不负责任的地位。"这不是我，这是大家的意思"。这种不负责任的地位就解除了他的一切法律和道德上的约束，恢复了他的放纵劣根性的"自由"。于是平时个人所不敢说不敢做的等到混在群众中就敢说敢做，平时个人所引为不光荣的等到混在群众中就腆然不以为耻。这不但是怯懦，而且是卑鄙。世间最怯懦最卑鄙的事莫过于匿名揭帖。心里想骂一个人，理不直，气不壮，不敢公然去骂，怕骂了自己丢人或是撞祸事，却又不肯闭嘴歇气。于是像贼一般把自己隐藏在黑暗里，使劲栽他一个暗拳。这叫做"含沙射影"，自古就被人公认为狐鼠宵小的伎俩。稍稍想把自己看做人的人们决不屑做这种下流事。可是，许多人往往躲在群众中做这种下流事。话明明是他说的，事明明是他做的，可是他不敢站起来自招，公布出来的负责人不是他而是某某社，某某会，你当然抓不住他，更抓不住那个社或会，于是他就逍遥于法律，舆论良心种种制裁以外了。你不信这批人真正没有胆量吗？你如果把他们从掩护他们的群众中牵出来，你会发现他们大半是怯鼠驯羊，有事哀求你会向你哭泣下跪。你从来不会轻易遇见一个随和群众而摇旗呐喊的人，同时是一个特立独行而且做事有担当的人。他没有那个胆量，他一向是在庇护之下寄生的。

其次，在群众庇护之下，个别分子极容易暴露人类野蛮根性中的狠毒凶残。责任推开了，情欲煽热了，迫害狂的原形于是毕露。雅典人以流毒青年的罪状公审苏格拉底，最后法官取决于群众，群众狂呼："让他死！"于是，一位心灵照耀千秋的哲人就饮酖而死。罗马人受犹太人的控诉，以渎亵宗教的罪名公审耶稣，最后法官也取决于群众，群众狂呼"钉死他！"于是一位大慈大悲的救世主就钉上了十字架。这是两个古典的例证。没有几天以前，印度还有一群热狂人把举世景仰的八十高龄的圣雄甘地打了三枪致命。这种凶残的暴露一半由于团体取消了个人的责任心，一半也由于群众心理中的暗示作用与摹仿作用。一切群众的暴动都难免有怨恨做起因。怨毒之于人本来深入骨髓，群众交相煽动，星星之火可以煽成烈焰，既成了烈焰，燃烧毁灭便是它的功用，让一切触着它的燃烧毁灭！社会的团结向来都要基于相爱，如今群众只借怨恨做联结线，大家沉醉在怨恨里发泄怨恨而且礼赞怨恨。这怨恨终于要烧毁社会，也终于要烧毁怨恨者自身。要想人世不完全毁灭，而还留一线光明与温暖，我们决不能让这种毁灭的种子蔓延。

今日世界所需要的是清醒，和爱与沉着，而今日群众所走的是疯狂，怨恨浮躁，与怯弱的路。回头是岸，让我们祷祝卷在潮流中的人们趁早醒觉！

（载《周论》1卷5期，1948年2月）

# 谈行政效率

  国家乱的理由都很简单：应办的事没有办或是没有办得好。中国人素信"人存政举"，以为事办不好是由于事不得其人。这看法大体是正确的。但是制度（即与"人"相对立的"法"）也不可一概抹煞。制度好，虽以中才因利乘便，也可以应付裕如，制度不好，虽大才大智也觉积重难返，不能发挥他的最大的效能。比如说目前中国行政效率之低，事不尽得人固然是事实，能人不能尽能也是事实。原因在我们的行政制度上弊病太多，现在姑举几个荦荦大者。

  政事的大端不外三种：设计，执行，考核。这相当于政府的立法，执行和监察三大权能。每一个行政机关都必同时顾到这三点。最重要的是设计。设计是运用科学方法于实际事务的处理。这是用脑的工作，需要技术的知识经验和清晰而周密的理解力与判别力。这也是居首脑地位者的工作，立法意在必行，求其必行就必须有权威与信仰，否则便不能发号施令。现在许多政府机关在行政程序里根本就没有设计这一项。大家都坐在衙门里"办公"，希望无事，事来了就临时设法应付。这只是头痛医头，脚痛医脚。因此一切困难得不到一个全盘的彻底的解决。许多行政人员在经验上也必感到缺乏设计的祸害，可是因循不改，其原因在首脑的精力浪费于做手足的工作。现在当行政首脑的，大半都有一种错误的自大观念，以为他既有全权，就应有全能，"事必躬亲"是旁人所称颂而他自己也引为自豪的一个美德。他天天去做小事，就忽略了大事；天天去执行自己所发的命令，就没有工夫在所发的命令上费一番思索。这是所谓"不识大体"，好比下棋或作战，全局已输，一子一点的得失何济于事？

其次说执行。计划已经定得周密了，执行的要务不外两点，第一就各个执行人员说责任必须分清；其次就全体人员说，彼此必有联系，不能脱节或失调。要做到这两层，人员在得力不在多；机构在简单明了不在繁复。现在一般中国行政机关在执行方面的毛病，正在机构太繁复，冗员太多，以致职权无从划清，联系无从密切，而守职尽责的风纪也无从严明。作者对于学校行政知道比较清楚，姑以外国学校行政与中国学校行政作一个比较，来说明这个道理。在外国，一个规模很大的学校（老的如巴黎、牛津，新的如伦敦），通常只有一个规模很小的总办公处，职员寥寥十数人，凡是庶务会计的事务都在那里处理。各院系虽有院长、系主任的办公室，通常只有一个打字员或助理，除掉学期开始和结束时有一阵忙碌，办公室整年鸦宁雀静，各人按部就班地处理文件，丝毫没有赶办要事样子，更没有为职责而起的纷争。就在这种简单肃静的空气中，他们把全校几千人甚至几万人的事务办得有条有理。转头看中国，一个规模并不很大的大学就有无数办公室，总务、教务、训导三处各成一个庞大的系统，甚至一校有六院，每院都设有这三处。处之下有组，组之下有股，每股都有一大群职员，一个千余人的学校可以有百人以上的职员。办起事来，股问组，组问处，处问校，到处是下层问上层。理起责任来，校推处，处推以下各层，或是各处推院系，院系推各处，仿佛责任都不在自己身上。一件事经过几层推诿，就引起许多纠葛，延岩许多时间。往往有一件事本属于教务，训导也去管。训导定一个办法，而教务却不知道。全校许多职员都像煞有介事在忙。可是一切都弄得乱糟糟的，拖延的拖延，搁置的搁置。学校情形如此，其他政府机关更甚。机关乱，人乱，事那能不乱？

最后说考核。要想人员各尽其职，就必须求事各称其才，劳者各得其值。事各称其才，须求之于任用之始。一切任用不是一种恩惠，不能当作人情上的应酬。中国自古行政人员的任用都凭考试与选举。考试直接测验其学识，选举则依其品学经历与声望。这是一个良好制度，我们不应轻易放弃。现在，一般政府机关职务，大半被视为主管人员的亲戚朋友们的唼饭分肥的地盘。有考试铨叙的制度而入选合格者不一定有事可做。大学与专门学校毕业生失业者遍地皆是。人无合适的事做，事无合适的人做。所以行政机构开始就误于一个私字。着重点开始就在人而不在事，事做得好坏不能影响到人的擢贬，劳各得其值一层当然也就办不到。目前铨叙制度本身也不很健全，因为它的着重点在学历年资而不在能力与成绩。同是博士而学识可能有天渊之殊。现在铨叙只问他是否博士而不问他有无学识；同有十年以上的年资而成绩与能力也可能有天渊之别，现在铨叙只问他的年资而不问他的成绩与能力。人在才能上是绝对不能平等的，却都要受平等的待遇。因为人的价值观念颠倒，贤能者不能得奖励，愚庸者不能得警惩，结果不是愚庸者攀就贤能者，而是贤能者俯就愚庸者。在这种情形下，我们如何能讲求行政效率？

　　与考核相关的是职位的保障。文官制度最健全的要算英国，行政首脑尽管换来换去，而每部人员除掉犯过以外不能以一个部长的命令撤换。这办法的用意甚深。第一，职位的保障，人员才肯忠于职守；第二，任职久，经验富，做事才可以驾轻就熟；第三，特种训练学校往往只是闭门造车，出门未必合辙，最理想的行政训练是在行政机关本身，处理一项事务同时也就是受那项事务的训练，职位不轻易更动，可以使训练成熟。目前中国行政机关大半谈不上职位的保障，人员视职位如传舍，今日我辛辛苦苦地做一件事，没有成功就要放手，明日他人来，可能改弦更张，前功尽弃。在这种情形之下，我们如何能希望行政人员公忠到底而不敷衍塞责。

　　行政机关的弊端还不止此，这里只能举其大者。这些弊端一日不革除，行政就一日讲不到效率，政治就一日难望清明，而目前紊乱的局面也就一日无从拨正。这道理本很简单，当局诸公未必没有见到，但是他们何以不切实去做？这是我们不能解答的。

　　（载《智慧半月刊》第 44 期，1948 年 4 月）

# 养士与用士

 据最近统计，全国中学及专科以上学校学生领全公费者约十二万一千四百人，领半公费者约二万四千九百人，共计约十四万五千余人。公费随物价上升。每年共需款项数目颇难估计，而且领公费的人数也随时变动，趋势是有增无减。据最近一个月的情形来说，最高额全公费每名已达三百万元左右。以学校为单位说，公费一项有时超过全校教职员薪贴总额，超过经费与设备费十余倍乃至数十倍。以全国教育经费为单位说，三十六年度概算公费总额是五百零四亿，占全部教育经费约百分之十五，三十七年度预算公费总额约在七千三百亿，约占全部教育经费百分之二十五。据3月14日报载教育部训令："学生公膳费一项现时每月支出将近一千亿元"，则超过预算甚多。这不能说不是一笔大开支。

公费的设立始于抗战初年。当时许多学校都在流亡播迁，学生们或是离乡背井，经济来源断绝，或是家虽近校，而受战事影响，仍无自费就学的能力。政府为救济流亡与清寒的青年，为在战争中维持教育于不坠，于是有公费的设立。在战时经济极端窘迫中，政府居然能作这种长远的计算，其苦心孤诣是极可钦佩的。当时除掉培植人才以外，还另有一个用意，就是不让下一代的中国主人稽留在沦陷区域，受敌伪的蹂躏或利用。所以公费的设立含有教育的与政治的两种意味，一方面是教，一方面是养。就抗战几年的成绩看，这两方面的成效都颇可观：我们培植出来了一些有用的人才，也救济了许多可能陷于敌伪占领区的青年。

抗战胜利以后，一般家庭经济状况比从前更坏，公费制度不能不继续维持。但是学生人数日渐加多，政府也日渐感觉到担负一天沉重似一天，于是从去年新生起，公费改为奖学金，而奖学金名额限制只能占全体新生百分之二十。但是就目前说，已领公费的照旧续领，奖学金之外又有匪区救济金，青年军复员学生公费和抗战功勋子弟助学金等等名目，所以实际上大多数学生仍靠国家给养。这给养的目的仍如抗战时期一样，含有教育培植与政治的收养两重用意。

就复员这一两年的情形来说，公费制度对于在校青年的影响可谓好坏参半。好是无可置疑的，教育的命脉赖维系，一部分优秀清寒子弟确实赖此在学问上有所成就。坏也在所不免，富家子弟有占住穷人子弟名额，领着公款浪费的，狡黠无赖的有跨校领双份公费或冒领公费的，也有占领公费视学校如旅馆或疗养院的，最普遍的现象是视公费为所应得，很少有人记得这还是比他们自己更穷困的老百姓的血汗的代价。他们还天天在叫苦，没有想到一般老百姓还比他们更苦。就连他们的师长在待遇上也还比不上他们。比如拿北平来说：一家四五口的教授至多只领得一千万稍有出头，而一名公费就有三百万出头。教授的子女进学校还要缴费。

就大体说，我和多数教育界人士的意见是一致的。在目前社会经验状况之下，优秀清寒子弟还必须靠国家的力量来培养。公费或奖学金制度还要维持。但是办法必须改良，国家培植的应仅限优秀清寒，我们不应拿小民脂膏无选择而且无计划地浪费于资助顽劣纨袴。目前的办法所给的印象是养多于教，而且养也没有达政府养的用意。说干脆一点，养的用意是免得青年子弟造反。养而不教，受养者就不免还要造反。

但是最严重的问题还不在此，而在养不能养一辈子，学生们终有毕业离校的一日。就目前实际情形说，毕业就等于失业，也就等于断养，这一批青年学子受过很高的教育，都有很高的理想，一出学校，你叫他们学无所用，理想打得粉碎，你难道能期望他们很顺恭地永远站在饥饿线上不成？因此我想到苏东坡论"战国任侠"那一篇文章。他说战国养士的风气很盛，"其力耕以奉上，皆椎鲁无能为者，虽欲怨叛而莫为之先"，所以六国不速亡，就由于"民之优异者散而归田亩"。

> 向之食于四公子吕不韦之徒者（注：受过给养的）皆安归（注：断养以后）哉？不知其能槁项黄馘以老死于布褐（注：穷困而死）乎？抑将辍耕太息以俟时（注：学陈胜吴广造反）也！

这问题在现在还有它的重要性，值得讲政治权谋者想一想。

纵然丢开政治权谋不谈，我们也得要问：我们花这么多的物力与人力来培养这么多的学生，我们总要有一个目的，养而不用，目的何在？失业断养，不但对青年们自己是一个大灾害，对国家社会

也是一个大损失,不消说威胁。这青年失业问题是必须趁早解决的,我们对此愿提供三点意见:

一、失业的原因第一在政府对于学校毕业生的出路漫无计划。教育原要适应目前环境需要,准备要什样房屋就制造什样砖瓦。我们应该考量目前国家究竟有那些事情要做,需要若干人才,然后按部就班地训练做那些事业需要那么多数量的人才。这样的量出为入,总能达到"事有人做"和"人有事做"两个大原则。目前我们只是敷衍人事,滥设大学,大批制造一些不甚合用的学生们,把他们送出校门,就算缴了货,卸了责任。这是无目的的教育,无目的怎样能有功效。

二、许多青年失业,并非由于人才过剩,而是由于百业停顿。比如说医,如果国家要把医药卫生设备做到近代与合理化,目前可征用的医药人才距实际需要还相差甚远。因为国家对医药卫生设备根本没有下手举办,才叫学医的人们在医生最缺乏的中国无事可做。这种矛盾现象每门公众事业都是如此,工程师荒而工程师无事可做,教师荒而教师无事可做。解决方法当然就是公众事业的发展。由于战争的绵延,发展公众事业当然有很多困难,但非绝对不可能。学校可以维持,其他机关为什么就不能维持?这不全是经费问题,最重要的还是计划组织与推动力。束手无策,事自然停顿,人自然闲散。

三、许多青年失业,也有几分由于公务员的任用与淘汰还没有合理的办法。政府机关如毛,机关职员如毛,可做事的位置都被一些无能的人们占住,所以少年英俊之士无从插足。合理的办法是机关以内严行考绩制度,应裁汰的裁汰;机关以外严行考试制度,可补缺的补缺。这样办不但可以根绝贪幸缘进,仗势尸位之类弊端,不但可以解决一部分失业问题,还可以提高行政效能,奖励一般公民的努力上进。

转眼就是暑假，又有一大批毕业生要离开学校谋事了，失业的问题会一天严重似一天，我们希望政教当局能明了这问题的严重性，趁早拿出一个办法来。

（载《中华日报》，1948 年 4 月 28 日）

# 行宪以后如何？

　　国民代表大会选出总统和副总统了，接着就是立法院的自由集会与民选政府的组成，我们在形式上是迈进到宪政的大路了。此后情形如何呢？政府当局或以为这是中国危局的转折点，虽不敢说从此就可一帆风顺，达到国泰民安，至少期望这是新努力的开始，可能逐渐解决一些困难。至于一般人民的态度却是矛盾的：一方面乱极思治，希望今后政府可能改弦更张，励精图治；另一方面鉴于过去的经验，也抱着很大的疑惧，以为政府未必有能力和决心作大刀阔斧的改革，所谓行宪恐怕仍是换汤不换药，不能把危局完全掉转过来。所以就一般人民说，宣告行宪这一着棋只引起一种渺茫的希望，未能树立对政府的信心。政府要取信于人民，不能只靠文字宣传或政治伎俩，而要有至公至诚表现于真凭实据。

人民今日所迫切希望的是两件大事：第一，就政治说，是澄清吏治，稳定经济，使社会渐入正轨；其次，就军事说，是整顿军纪，加强军备，使戡乱早日成功。政府所要应付的也就是这两大问题，它能否扭转危局，也就看能否替这两大问题谋得圆满的解决。如果它不能解决这两大问题，行宪与不行宪是无大差别，它就失其存在理由，而举国所提心吊胆慄慄危惧的全体崩溃也终必不能幸免。

中国政治的老教训是"人存政举"。法待人而行。问题也待人解决。已往政治紊乱，军事失利，十九是由于人谋不臧。

他们既无能力也无诚心要解决扭转危局这个大问题，都把精力消耗于权利的争夺。尽管有法在，人不公不诚，法也就变成便利私图的工具。所以行宪以后第一个测验便在任用与罢免，便在政府对于每种职权是否选择最适当的人来行使。我们可以想象到两条路径。一条是唯一的康庄大道，就是捐除党派门阀以及区域的私心成见，从中央以至于地方，一律以选贤任能为原则，为事择人，不为人设官，使权有所寄，责有所归，功在必赏，过在必罚，在官者无论派系如何，只能有扭转危局一个公同目标，彼此相见以诚，一心一德，和衷共济。另一条是已往所走过而发现其走不通的错路，就是党派分立，时而互相勾结，时而互相排挤，各求分布爪牙于权要，姑图扩充地盘，巩固势力，不顾国家大局的危殆；而中央意在安定，苟求妥协，削此则恐援失势孤，削彼又怕急则生变，于是纵容姑息，黜陟不公，赏罚不明，官不得其人，人不称其职，以至纲纪扫地，乱象蜂起，形成今日这个局面。

在这两条路之中，人民所殷切期望的当然是第一条路，而走第二条路的倾向却较占优势，一则此是熟路，阻力较小；二则各党派羽翼已成，自己未必肯骤然捐弃私心，而国家也不易加以剪削裁制。虽是行宪了，政府可能仍本它的一贯的以妥协求安定以补缀掩破绽的作风，未必敢走第一条路。

这里我们无妨冷静而坦白地检讨事实。今日官府已成怨府，人民所侧目怨恨的是久已摆好的一个党派倾轧的阵势。名为一家人而同床异梦，各怀鬼胎，或挟其党的势力以强奸民意，垄断政权；或挟其军团的势力以负隅对抗，坐误军机；或逞其幕友政客的伎俩，纵横捭阖，盘踞要津；或拥其豪门资本以操纵金融贸易，吸民脂膏以自饱；此外又有地方系统如广西、四川，友党系统如青年民社，也各依违乘便，攫鼎一脔。平心而论，这些派系之中未尝没有能员干吏功在国家的，只是他们都误在一个"私"字，派系第一，国家第二，竭其聪明才力于己派己系的发展，造成派系与派系中的失调交恶，抵消所有的改革或建设的企图，力量不集中是一切军政措施的致命伤。其次，派系领袖可能有公正清廉的（而这也是极少数），他们的党侣却大半是贪污无能的，既利用他们做爪牙，就不得不为他们的过失庇护，以至是非不明，纲纪扫地。姑举数事为例。台湾初经光复，台人抱着极热烈的希望投到祖国的怀抱，而接收不到一年，百弊丛生，怨声四起，使国家的信誉荡然无余。东北是国家的咽喉，土地肥沃而人民富庶，在接收以前奸匪不过出没边陲，在接收以后，官肥而兵惰，财尽而民怨，遂至引狼入室，威胁到整个国家的生存。受封疆之重任者为谁！他们坏了国家大事，不但没有明正典型，而且依旧拥有高官厚禄。再如安徽，华中的项背，首都的屏藩，民风向来纯朴，一自广西派盘踞主席以后，纵兵扰民，驱民为匪，复养匪自重，皖人衔之刺骨，一再吁求中央惩处，而中央一再置若罔闻。如此等例，不胜枚举。推究其所以然，是失职误国者尽管罪恶昭彰，天怒人怨，却各有其派系支持，政府投鼠忌器，不得不姑息养奸。"国家之败由官邪也"；纲纪扫地，官又安得不邪？试问这种姑息养奸的办法如何能使可与为善者有所劝，可与为非者有所戒？如何能平民怨，服人心？如何能昭示国法的尊严？如何能博得人民对于政府的信心？国事恶化到今日这个局面，全由纲纪不存,风气败坏,人心丧失。要图扭转这个局面,非对症下药不可,这就是整秩纲纪,挽回人心。这层如果做不到,一切都是空谈!

今日算是行宪了。我们不能否认这是一个拨乱反正的良机。北伐成功的良机错过了,抗战胜利的良机又错过了,这次的良机是不容再错过的,如果错过,结果只有崩溃。这局势摆得很明显,无用夸张也无用隐瞒。千钧一发,稍纵即逝,我们不能不殷切希望当局诸公的回心转意。"皮之不存、毛将焉附?"派系自私是毁灭国家的路,也就是派系自毁的路。局势危急至此,补缀弥缝已决无济于事,必须有大刀阔斧措施,才能根绝积弊,一新视听。如果一只胳膊的病毒威胁到全身生命,那只胳膊就得忍痛割去。一切改革的关键无疑地仍在最高当局。"子帅以正,孰敢不正?"这句老教训在今日还是颠扑不破的。其次,这关键也在各党各派的领袖,他们应该赶早醒觉,痛改已往的作风,捐除私心,相见以诚,共倾全力来挽救目前的危局。放下屠刀,立地成佛;怙恶不悛,灭种亡身。这两条路以外已无他路可走,诸公究竟选择那一条呢?中国的命运就系于诸公一回心转意之间,诸公愿做中兴元勋呢,还是愿做误国罪人呢?我们人民都在焦急地期待这歧路上的抉择。

（载《申报》,1948 年 5 月 9 日）

# 立法院与责任内阁

——不要以空招牌的民主，促成政府的软弱无力

立法院从成立到现在不过一个多月的光景，给一般人民印像最深的算来只有两件大事，一件是刚成立不久就关起门来争待遇，一件是最近对于翁内阁加以疲劳质询。关于争待遇一点，据说立委们所要求的是每人都受特任待遇，全年薪贴一次预行领足之外，还要每人有一辆汽车和一个秘书。这是立委们上任之后第一个表现，它所反映的高官厚禄养尊处优的欲望是不能叫一般人民乐观的，自不待言。幸喜这要求终止于要求。这固然由于我们民穷财竭，而立委们又有七百余人之多，小庙供不起大神！同时也未始非由于立委诸公中也还有人良心未泯，觉得人言终属可畏，没有让那个玷污史页的提议通过。正义究竟还有一线生机，这是我们可以引为庆幸的。

至于对翁内阁的疲劳质询在表面看起来虽然不能和关门争待遇相提并论，而在实际上它的意义还远较重大，不能不引起我们一般人民的更沉重的忧虑。本来立法院代表人民对政府的要政措置可否，质询内阁是它的天职，它的存在理由。不过在认定质询为理所当然之后，我们不能不检讨质询的内容是否合理以及它的动机与后果究竟如何。

质询的对象是新阁的施政方针。既云"施政方针"，而且要在两三个钟头之内报告完毕，当然只能限于大纲要目，不能详举办法或旁及细节。这种报告在事实上只是一篇官样文章。政治的要义在随时制宜，我们不能希望一篇应景的文章就成为一成不变的政策定案；而且中国政治的老教训是"为政不在多言，顾力行何如耳"。最好的方案不付实行，那还是不能充饥的画饼。我们如果只在官样文章上费力推敲而不循名核实，结果就难免空谈误国。我们对于翁阁毫无恩怨可言，不过立委诸公既以多数通过它了，就算对它信任了。在这繁急艰危的时候，我们急迫地期待新阁早在事实上表现它的成绩，而偏在这紧急艰危的时候，立委诸公在新阁一筹未展之前，就拖了三四天的工夫，作吹毛求疵的舌战，而且拉着全体阁员放下他们的要务，来当堂对审。如果此后每逢紧急政策的决定，都要这样往复询答，岂不延误事机？这是我不能不引为忧虑的。

立委诸公所发表的议论有许多无疑地是正当道理，为一般人民所想说的，虽是说得不得其时，却本于爱国热忱，我们还应该敬佩。可是也有许多话别有一种动机，目的不在提议新阁应做某某事或不应做某某事，而在抨击和自己处在政敌地位的阁员。这就是说，政策商讨还在其次，首要的是党派中的侵轧，仿佛说："你是我的敌人，你得势了而我没有得势，无论你的政策好坏，我都得想法打倒你，不打倒你我就难得抬头。"从发言人的平素政治背景看，这次摆好阵容似的连珠炮所给一般人民的印象显然含有这么一个党派倾轧的意味。已往中国政治所以闹到现在这般糟，其主要原因就在派系的自私自利，既不能集中力量，又不能以国家大局为努力的对象。在许多派系之中操纵国民党的那一个派系所种下来的恶因尤其深重，这也是一般人民所久已痛心疾首的。这次行宪运动所带给人民的新希望之一也就是从今以后派系庶可化除私见，精诚团结，共挽时艰；而这次立院质询所表现的是更深的分裂和更激烈争哄。这种政治阵容如何可以抵挡当前的危局？这更是我们不能不引为忧虑的。

这次新阁的施政方针，在三四日的疲劳质询之后，算是安然通过了。这中间经过几许幕后的安排与疏解，我们不难想象得到。在十五日翁阁答询以前，局面是十分紧张甚至有新阁考虑全体辞职的传说。这种情形不能不使我们不联想到法国内阁与国会的类似的情形；每逢一个问题要通过立法机关，都可能掀起一次轩然大波，内阁轻易地就发生动摇，因而政府变得软弱无力，不能有一个坚定的一贯的政策。政府软弱无力，在平常时已就够坏，在紧急艰危的今日中国，其后果之严重是更不堪想象的。

在战乱时期，我们固然需要民主，我们尤其需要一个强有力的政府。现在我们的民主实际上是一面空招牌，而这空招牌的民主别的效能虽没有，却可以用倾轧、牵扯、延宕种种方式促成政府的软弱无力。在宪法上内阁是"责任"的。所谓"责任内阁"是对立法机关负责任，它的存在基于立法机关的信任与支援，这就是说，立法机关中多数党的信任与支援。现在立法院中多数党表面上是国民党，而国民党内部四分五裂，不能成为一个集中的有效的支援力量；而且就这次质询来看，每个国民党立委倒可以成为一个反对国民党所信任的内阁的力量。这是一个大矛盾。至说到负监督批评责任的反对党在立法院中却实际上等于不存在。全体立法院等于一盘散沙。在宪政上了轨道的国家,立法机关中多数党和反对党各有集中的意见,各有代言人,大部分质询与答覆可以由发言人负责,而现在遇到每一个问题发生,每个立委都要有发言的机会才甘心,结果是发言盈庭,莫衷一是。内阁究竟向谁负责呢?本来不应成问题的在中国却成为问题。内阁没有一个明显的支援力量,也没有一个明显的反对力量,于是它的命运常在飘摇不定中,到紧急关头,常取决于乌合之众的一时的派系与私人的利害计算与恩怨关系。这种政治阵容如何能应付当前这种万分艰危的局面?这是我们的最大的忧虑。

立委诸公为一国人望所系,应该明瞭国家的艰危的局面以及他们自己的矛盾的地位。在目前他们的首要职责是辅助的和供咨询的,他们应协助政府以最有效的办法获得国家的稳定与安全。在目前的矛盾情形之下,他们只有一个方法可以完成他们的职责,就是捐除派系和私人的利害谋算与恩怨关系,以挽救危亡为唯一的公同的目标。民主才上第一课。我们希望他们树立一个良好的风范,不要让人们对民主根本怀疑。

(载《世界日报》,1948 年 6 月 24 日)

# 为"戡建委会"进一言

　　行宪后政府拟办的新猷之一便是设立戡乱建国委员会,委员据说有四千余名之多,包含国大代表中没有任何实职的,在国代和立监委选举中人选而须退让的和提名而未中选的以及旧立监委参政员等职而未补官的。它的职权顾名思义当然是"戡乱建国",有时又说是"督导宪政"。它的待遇分三种:(一)简任一级,(二)仅支交通费,(三)不支薪。据最近报告,委员四千人中大多数愿居"简任一级",不支薪的不过三百人。政院最近将戡建委会的编制及待遇咨请立院审议。据7月21日报,立院程序委会签注意见谓"该会组织法根本未经立法程序,于法无据,不必提出讨论",但是终于付讨论,决议是"不必设立"。这就是说,立法机关把戡建委会取消了。这当然引起有资格做委员的不满,有一部分国大代表(当然眼看委员就要到手而到不了手的）开会以"修改宪法"与"检讨国是"相要挟，于是立院又将原案付复议，据说是"已略有回旋余地"。截至本文发稿时止，戡建委员的演变经过大略如此。

设立戡建委会的风声传播已很久了。一般民众谈起这件事，所表现的心情是愤恨之外加上鄙夷；一方面致慨于自私自利的风气已席卷全国号称有声望的人士，一方面也叹息政府不顾民间疾苦，还要维持封建恶习，对行宪与救亡都毫无诚意。这种心情已屡次有公开的表现，最显著的是 7 月 18 日湖南农工商各界的通电以及 21 日广州记者公会的通电。立院判决了戡建委会"于法无据"，"不必设立"，一般民众算是心里轻松了一下。可是接着又因一部分国代的叫嚣，立院要找"回旋余地"，可见压力很大，我们不免提心吊胆，怕"于法无据"的终"假法以为据"，"不必设立"的未见得就"必不设立"。我们站在民众的立场，来说明我们对于戡建委会的设立何以期期以为不可。

政府方以行宪号召天下，我们希望它"咸与维新"，相勉以法，相见以诚；现在它一登台就公然做出"于法无据"的事。岂不是明白宣告天下：行宪只是一个幌子？第一件事不守法，法纪便已破坏，以后违法便变成顺理成章了。这是我们的第一个严重的考虑。

其次，现在是什么局面？经济到了怎样一个危急的关头？一般公教人员在枵腹从公，一般士兵在枵腹作战，长春民众在啃粃糠树叶挨命，政府的正常机构已过分繁复，开支已过分庞大，还要凭空添设四千多人支简任一级薪的一个闲曹，来增重人民的担负，促进经济的危机？财政部长一上台就说要"开源节流"，那岂不成了一句谎话？中央自己做出浪费的榜样，叫谁去节省？

第三，就政治观点说，一件措施不应只济眼前之急，也要防未来的弊端，戡建委会的设立无异于剜肉医疮，而这疮是越医越大的。它的用意在以利禄羁縻因竞选和政府改组而拦在一边的失意政客,假如每逢改选和政府改组,已经淘汰的人物都要一律收容,政府岂不成了一个滥货收容所?选举岂不是有选无弃?改组岂不是有进无出?政府人员数目岂不是与日俱增?政府既开了这恶例,有什么把握可预料将来改选改组时没有人要援用这个恶例?设立易,撤销艰,吃了香的人们谁不想一直吃下去?中国人本来都爱做官,如果只要碰着一个人作一次奔竞利禄的企图,政府就羁縻之以利禄,这就是奖励竞进贪婪的风气,使民族本有的弱点变本加厉。从教育的观点看,这无异于播毒。政府究竟所何为呢?简任一级待遇就可以羁縻这四千多人吗?四千多人是一个很大的数目——超过了立监两院的总数——团结起来,是一个很大的力量。这批人既以政治为职业,患得就不免患失,得陇还须望蜀,就势必利用他们的名义与地位,作纵横捭阖的勾当,演挟众威胁的把戏,成事虽不足,败事却有余,政府亦何必自寻这种苦恼?

再说"戡乱建国委员会"这个名称,它就十分不妥。戡乱建国是政府所揭橥的大目标,须群策群力以赴之,自公教人员以至于乡下老百姓,谁不应该在这大目标下各尽所能?这既然应该是每一个国民的职责,就不应该让少数特权阶级的人拿来做简任一级官,支简任一级薪的凭借。谁都知道这是滥设闲曹,巧立名目,实际上他们只是做简任一级官,支简任一级薪,与戡乱无关,与建国更无关。"戡乱建国委员会"的设立就明白告诉人说:戡乱建国就是这么一回事,一块空洞的招牌,却庇护着一批人在做黑市买卖。

总之,戡建委会的设立所给一般人民的印象是:政府仍然不能与国人相见以诚,无以取信于民,还想以妥协弥缝的老伎俩来挽救目前这个万分艰危的时局。它在想:这四千多人都是拼命想做官的,而且都是可能的捣乱分子,你不把官给他们做,他们岂不要闹翻天下了?把官给他们做了,而且是"简任一级",糖塞住了嘴,他们当然就惟命是听,可能的敌人便变成实际的帮手了。老实说,这是贿买！是土绅劣豪对付帮伙的办法！我们存心忠厚一点，可以假定政府并不如此着想，可以援中国向来的人重于事，情重于法的老传统为政府洗刷，甚至可以想象到政府为人设官的种种类似可原谅的苦衷。但是事实是事实，对少数特权阶级的人们慈悲，对四万万老百姓便不免酷毒；贪图一时的便宜从事，便不免堕坏法纪，贻未来无穷之祸。

最后，我们愿站在民众的立场，向有资格入裁建委会诸公进一言，诸公在现在中国社会多少是领袖人物，全国观瞻所系，不惟有澄清政治的责任，而且有树立廉正风气的责任。现在已经不是争个人得失的时候了。而且纵退一步说个人的得失不可一笔抹煞，诸公的政治生命也是寄托在国家的安全与民众的信仰上。诸公应该有一个树立远大前程的道理，像目前这样争官争俸，只是自掘坟墓。我们以"君子爱人以德"自勉，愿诸公也记得"惟善人为能受尽言"。

（载《平明日报》，1948 年 8 月 2 日）

# 常识看金圆

金圆据说是政府挽救经济危机的最后一张王牌。"只许成功，不许失败"。这是全国经济命脉所系，我们一般人民对它关怀之殷切正不亚于政府，当然也只望其成功而不望其失败。从最近一个月中政府推行与金圆连带的一套新经济政策看，像是雷厉风行，颇具决心毅力，一变向来因循敷衍的作风。还可能是一种转机，一种新气象的开始，使乱极思治的人民稍稍振奋。不过，希望都不免夹杂着忧虑，望其成功，也就惧其失败。在关于金圆的街谈巷议中，我们时常听到这种忧惧的论调。我们现在据闻录实，聊尽采言之实。这是常识的反映，虽然经不起经济学者的批判，却可供关心新经济政策者的参考。

新金圆是旧法币的替身。近两年来，旧法币依几何级数逐日贬值,物价飞腾,人心日感生活艰苦,形成一个空前的经济危机。新金圆问世,就在挽救这个危机。它是一种治疗方法,要想生效,必须对症下药。旧法币的失败,病因究竟在哪里?一般人以为,法币贬值是由于政府通过准备金的限量而滥筹码,以致损失筹码的信用。这其实只是表面的。准备金在任何面都未必作兑现用,任何币制的信用都寄托于国家的一般经济状态。现在,中国的真正病因就在一般经济状态的低劣。尤其是生产的停顿,货物的匮乏以及运输的停滞。一般人仿佛以为,法币贬值和物价飞涨是两回事,其实这只是一件事的两种说法。钱贱自然货贵,反过来说,货贵自然钱贱。钱的功用本在于货,所以与其说钱贱货才贵无宁说货贵钱才贱。"物以稀为贵",货贵是由于货少。就一个国家说,货少就是"贫"。所以归根究竟,现在中国的真正病因在贫穷。就外说,许多必需货物都仰给于外国,自家却没有多少货物可卖给外国以抵当进口货的花费。因此,形成进出口的不平衡,提高外币的价值而降低国币的价值。就内说,物品不增加而只是纸币增加,这有加无已的纸币势必成为游资,而这游资既没有生产运输事业去吸收,也就势必抛到市场作囤积之用,提高那有限物品的价值。物价愈提高,纸币数量也就要愈增加,水涨船高,形成一种恶性循环。尤其像在中国这样一个组织松懈易于营私舞弊的国家里,大量游资与大量实物往往集中于少数豪门贵贾,他们用以随意操纵垄断,翻手作云,覆手作雨,一转掌中便可以造成市场的紊乱,以及一般人民的心理的恐慌与动荡。本来只有七八分危险,经过不正常的心理渲染,就变成万分危险。也就是在这种情况之下,旧法币塌了台。也就是在这种情况之下,新金圆应运而起。

就常识看,新金圆政策的性质似是防遏多于疏导,节制多于发生。姑举荦荦大端来说,指定了金钞和国营产业作准备金,规定了新金圆的发行额为常值,是防它对人民失信用;收金钞归国库,严禁奸商买卖或持有金钞，是防它造成已往币制紊乱，弃国币而囤金钞的弊病；查禁银行商店仓库囤集大量货物，是防已往任豪门富贾操纵市场与扰乱市场的弊病；限定物品价格，是防已往通货膨胀的弊病。我们并不否认这些防遏和节制的办法在目前确为必要措施，而且相信它们或可收一时之效。但是，货物匮乏的大病根还未去除，我们认为这些办法只是临时的，治标的，消极的，终久未必真正达到预期的效果。除去本来的贫穷以外，又加以兵祸连接，为了适应军事时期的大量需要，新金圆的发行势难止于预定的数额，也就难望止于预定的价值。人民以旧法币和金钞换取了大量的新金圆，游资又势必充斥，既然仍旧没有生产运输去吸收它，它还是要被抛出去囤积那有限量的货物。物价也就势必顺自然的趋势仍旧上涨，这就无异于说，新金圆也势难避免旧法币的覆辙——逐渐贬值。这当然不是我们所希望的，却是我们应该考虑到的。

纵然退一步站在防遏与节制的立场上说，所行的办法也不很彻底。政府对于众目睽睽所怨望的扰乱市场的最大因素——豪门资本——仍旧姑息养奸，没有定出一个有效的办法廓清扫荡。这不但使民怨不能平，而且留下将来经济动荡的祸根。姑举兑换金钞一端来说，踊跃的只是中产以下的人民，他们无力囤金钞压利，要有资金可周转。最大的金钞持有者仍是豪门富贾，他们的财宝或是安放在外国，或是储藏在自家的保险箱，未必肯拿出来兑换纸币。政府过去也曾一再禁止黄金美钞私有，以现在看来是以极廉的价格把它们收归国家银行，但却也一再承认私有的金钞，逐渐把它们提到很高的价格。在这兑换之中，吃亏的只是一般老百姓，而价格提高的金钞落到豪门富贾的手中的反比从前更多。政治这样一再失信，是吃亏的人民所不能忘记的。这些往事未必非目前的兑换金钞的一个大障碍。既往不咎，我们所提心吊胆的是怕这次金钞的处理将来仍不免像过去一样失信。那时候中产以下的人们腰里是空的，而豪门富贾却仍拥有大量的政府终须承认的"硬货"。这就是扩大贫富的悬殊，奖励作弊营私的恶习，加强经济的危机。"来者犹可追"，我们希望政府对于金钞的私有营私严禁到底。新金圆政策可能是一个过渡的办法，政府千万不能用作失信的事，来增加它自己来日推行其它办法的困难。

现在的办法，我们已经说过，是防遏的与节制的而不是疏导的与生发的，是治标的而不是治本的。如果就止于这一步，前途未必可乐观。要使新金圆政策成功，政府还须拿出一套更积极的办法。依常识看，病根既在穷贫，救济就要在克服贫穷上着眼，要钱维持现值，就须要货物充裕，不致超过现值。要货物充裕，就要注意三件大事。第一要增加生产，使货物源源生发，外可以出口，内可以应需；第二要合理分配，使供给恰合需要，不致货积私门，一部分人借以牟利或浪费，而另一部分人向隅兴叹；第三是促进运输，使全国各地贸迁有无，价格平衡，不致同一物品在甲地奇贱，不能达到生产消耗的价值，在乙地奇贵，超过一般人民也可望的在正常状态下的营生，不致把企业看成赌博，时时在侥幸与恐慌的心理变态中打翻转。我们知道政府有一个借口，说这些事目前无法可办，因为戡乱中军事第一，其它只好从缓。但是常识又告诉我们，近代战事是要配合军事与经济政治教育种种方面为一体，不但为着要新金圆政策成功，就是为着要戡乱成功，我们也都必须促进生产，合理分配与改良运输。

（载北京《益世报》，1948 年 9 月 1 日）

# 谈勤俭建国运动

　　勤俭本是数千年来中国民族的传统的美德。这美德与其说由于道德理想的实现，无宁说由于现实环境的逼成。社会生产制度主要地一向是农业的，勤俭是农业社会中成功的要件。像近几十年天灾人祸不断地发生之际，民生凋敝，一般老百姓尤其不能不勤俭，不勤俭就无以免于饥寒死亡。所以就一般民众而言，勤俭运动似乎是多余的。目前不勤不俭者只是都市中少数有钱与有闲阶级的豪门富户。他们造成骄奢淫逸的风气，自己中了毒，还在流毒于全国，影响及于市场的奸诈和政府的贪污腐败。他们的确是现在中国社会的蛀虫。勤俭运动当以这批人为对象。这批人已到了怙恶不悛的地步，非空谈勤俭所可感化的。我们当首先探求他们不勤不俭的根源，然后从根源上着手做革新的工夫。我们以为这是一个社会制度的问题而不只是一个道德理想的问题，解决的办法也在建立人人不能不自勤自俭的环境大势而不只在把勤俭当作美德去宣传或劝导。

豪门富户之所以不勤，因为他们无须勤。他们拥有超过生活必须限度的资产，并且凭借这过度的资产，利用旁人的劳力，去累积更多的过度的资产，不稼不穑，不狩不猎，袖手优游，坐享其成。他们在社会中是寄生阶级，吮他人的血液而自肥。这种寄生阶级在一个社会中可以存在，那个社会就必有终被蛀空的一日，这是无疑义的。追究责任，与其说在这寄生阶级，无宁说在社会本身，因为惰性是人与一切物质所生而就有的，社会既允许一个人可以不劳而获，他如果拒绝这个恩惠，就未免违背天性。所以勤俭的根本办法是在建立一个非劳不获的环境大势，而要达到这个目的，唯一的途径也就在打破目前这个不劳可获的局面。打破不劳可获的局面也并无什么秘诀，只要限制超过生活需要限度的资产，使人人在生存竞争中处在平等的地位，有平等的机会，出一分力就有一分收获，不出力就不能有其收获。消费的经济原则是量入（收入）为出（消费）；生产分配的经济原则应该是量出（努力）为入（报酬）。像这样办，勤俭总有所奖勉，懒惰总有所惩戒。这是一般生物的生存竞争优胜劣败的大原则。人类社会当然不是例外，所以依我们的看法，目前政府的勤俭建国的呼声恐怕还是象许多其他类似的宣传口号一样是扔在沙漠里，如果它不肯想出一个有效的办法，大刀阔斧地铲除豪门资本，并且限制一切超过生活需要限度的资产。

在同一原则下，我们应该建立一个健全的考试和铨叙制度。目前惰性最深的是官吏，从乡镇保甲长以至于中枢大员。原因在他们的进身之阶大半不是自己的本领和劳绩，而是党派和门阀的势力以及私人的蝇营狗苟的奔走钻营，夤缘既可幸进，本领和劳绩就势必屈居下风，而一般人也就无须努力挣得本领和劳绩，只须尽全力于敷衍随和,就可以保位固宠。大家相习成风,波澜愈推愈远,以至形成今日官场的这个疲苶偷安的局面。勤俭建国运动所针定的当然正是这种局面。但是这种局面已根深蒂固,绝非宣传口号所可救药。除祸就是斩根,目前的祸根就在奖励夤缘幸进的那一套人事制度。所以我们必须建立一个健全的考试铨叙制度,严正考绩,凭能授职,凭劳定获,凭功过定奖惩。社会中如果没有一个人能夤缘幸进,就不会有一个人不明了努力的价值,或是存不努力而可上进的希望。

其次,豪门富户之所以不俭,原因不外两种。头一种与上述不劳而获一点有关。他们不知稼穑之艰难,钱来得容易就去得容易。人生来有些低劣的欲望;有满足这些欲望的凭借而社会又无钳制的力量,他们要去满足它们,本是顺着自然的趋势。所以要防止他们骄奢淫逸,只要逼他们凭自己的努力换取生活的资源;他们知道勤了,就自然会知道俭。其次,他们所以不俭,也由于社会配给制度的不存在或不完善,容许他们有过度的和不正当的享受。他们有的是钱,钱即能通神,要买什么就有什么可买,社会不但不加限制或非议,反而以为这是可欣羡的荣耀,在容忍而兼奖掖之下,他们不苛刻自己,也是顺着自然的势。所以彻底防奢劝俭,就要建立合理的消耗分配制度,如现在英国所采用的,严禁奢侈品的制造与输入,并且严禁必需品的不公平的分配。你只须吃饭无须抽烟喝酒,就不许有烟酒;你每日只须吃一斤米,也就不许买一斤一两。这样地办,人人平等,不容许你不俭,尽管你钱多或是地位高。

在中国伦理的字汇中,勤俭向来并举,各民族没有不奉俭为美德的,各民族对于俭的看重与劝勉,则以中国民族为最显著。其实两者之中,勤远比俭为重要。勤是创造与生产的要件,俭只是享受上的节约;勤偏在开源,俭偏在节流;所以勤是积极的而俭是消极的。俭未尝不是一种美德,但是我们不必过分地着重。人类文明进展，无论在物质方面或在精神方面，都应该向生活的丰富富裕方面走。一代的奢侈变成下一代的必需。需要是文明进步的促进力，也是人类努力的一种鞭策，创造与生产的一种推动机。过度的俭约可以酿成生活的干枯与文明进展的停滞。尤其在生活水准本来极低的中国，我们不必再鼓吹一般人再把生活水准尽望下降低。我们已够紧缩了，再紧缩便要琢丧生机与生趣，我们要提出一个完善的方案，建立一个完善的制度，使人人能尽量发挥他的潜能，以他自己的努力换取他的生活的丰富与富裕。俭或可弥补已成形的灾荒，要真正建国，只有勤才可济事。勤也要有一个用武之地，目前中国社会像一架停了摆的机器，叫厂里许多机工都在强迫怠工的情形之下抱着膀子呆望着，这中间不知道有多少力量的浪费与生机的遏抑。现在空提一个口号实在无济于事，我们必须把这强迫怠工的情形除去，把这架机器再发动起来，使各部门的人都可站在自己的岗位，发挥自己的效能，这就是说，农村要复兴起来，工厂要建设起来，一切公益的事业要推动起来。

这都是极浅而易见的道理。我们无用高深的理论，也无须大吹大擂的宣传。说不难，难在做；做也不难，难在掌握政权者肯从自己做起，埋头苦干，实事求是，树立一个新风气。

（载《申报》，1948 年 9 月 20 日）

# 世界的出路
## ——也就是中国的出路

　　经过九年的抗战,中国刚从一个空前的厄运转过来,接着又是内部的分裂与战争,不到两三年之间,中国又面临着一个空前的厄运。现在已是民穷财尽,岌岌不可终日。人们在苦闷焦急之余,对未来的出路有作极悲观的预测者,以为由紊乱到崩溃是不可避免的因果连锁;也有存较乐观的希望者,以为只要有一方战胜——无论那是哪一方——局面就会澄清。失败主义者的地狱与愚人的天堂平分了天下。

　　历史常爱嘲笑人们的先见,预测和希望有时不尽可凭。有一个大原则却是我们有理由可置信的:现在,世界已是一个整个的世界。其中没有一个国家的困难能离开全世界的纠纷而单独解决的。一阵大波浪轻易地就卷走一个树叶,尽管那个树叶是怎样完美蓬勃。这并非说，我们无劳图自力更生。在生存竞争中弱者必受自然淘汰，任何国家想更生，都要凭借自力。但是我们中国社会是国际社会中一分子，一个细胞的健全必须有全体的健全才有保障，我们要谋中国社会的健全必须同时顾到国际社会的健全。

现在国际社会是极不健全。中国的紊乱只是世界紊乱的一个缩影。一方面是美国所领导的集团，一方面是苏联所领导的集团，双方都在摩拳擦掌，要拼一个你死我活。现在还只是冷战，冷战向来是热战的序幕。假如第三次大战发生了，世界会成了什样一个局面？这问题沉重地压在每一个人的心头，记起已然的世界的穷困以及可然的原子战争的毁灭力。在这戏剧性的悬空局面之下，人们作悲观的预测或存乐观的希望，也正如我们中国人对着这较为局部的中国问题。

中国已在热战中，世界由冷战到热战也是无可避免；问题只在时间迟早。假果第三次大战真正爆发了，那只有三种可能的结果：（一）美苏两集团同归于尽，（二）美苏两集团都精疲力竭，打不出一个定期，回到暂时和解，（三）美苏两集团有一个战胜，吞并其它一个。在这三种可能性之中，第一是全世界的毁灭，第二是问题虚悬也就是恶病的拖延，这些都是无可乐观的结果，大家对此或无异见，我们姑且置之不谈。现在只谈第三种可能性。美国集团或是苏联集团战胜了，另一集团消灭了，天下是否就"定于一"呢！亲美派和亲苏派的人们都会有很确定的结论，尽管双方的结论是相反却各是乐观。亲美派：苏联是世界的唯一的捣乱分子，唯一的人道主义的劲敌，她若是消灭了，和平与稳定自然来临。亲苏派想：共产主义是世界的唯一的光明路途，苏联若是统一了世界，一个光明的新纪元就会开始。

在混乱的局面中人们最需要镇定与冷静的思考，可是也最容易受情感与成见的支配。船快要沉了，惊慌发狂是最常见的事，可是也是最贻误的事。处在这个混乱的局面，我们需要抛开一切自私企图和一切党派的成见，就全人类的福利着眼，冷静地公平地替目前僵局寻找一个合理想也合事实的出路，站在这样一个立场，我们想：上述亲美派与亲苏派的想法都未免过分乐观，这有两个理由：第一，我们仔细衡量历史的教训，觉得暴力终久战胜不了理想，更解决不了理想的纠纷，理想所含的纠纷是存在，冲突也就还存在。第三次大战一定解决不了世界问题，因为它还不免只是一个暴力的角斗。第二，我们虚心比较美苏两集团的主张与作风，觉得双方各有好坏利弊，如果单是某一方消灭另一方，败方的好处随之消灭，胜方的坏处随之滋长，那都不是人类之福。我们不相信美国或苏联统一了世界，光明就会来临。

说得具体一点，美国在治政方面代表民主自由，在经济方面却代表资本主义；苏联在经济方面代表共产主义，在政治方面却代表集权专制。就大体说，民主自由是近四百年文明人类所争取的一条路线，也是维持人性与人道所必走的一条路线；至于资本主义在默认经济不平等上已与民主自由的思想相矛盾，它酿成目前的不稳定，当然也有内在的毛病。共产主义是社会主义的大成，也可以说是民生主义的变相，它对生产和分配有比较合理的办法，是世界大势所必趋；至于集权专制是民主自由的否定。民主自由在美国和资本主义联在一起，共产主义在苏联与集权专制联在一起，都是极不幸的错乱的结合，目前世界分裂和冲突，祸根也正在此。世界的唯一的出路就在纠正这种错乱的结合，使民主自由与共产主义能携手并进。这就是说，美国集团必须放弃它的经济作风而保存它的政治理想，苏联集团必须放弃它的政治作风而保它的经济理想。我们希望黑格尔的历史辩证式可以应用到未来世界的演变，两个各是片面互相冲突的理想综合在一个较高一层的谐和里。

这种新综合是理想的，人们或会承认；它能否成为事实，却有待于这理想成为人类的公同信仰。从事实际政治的人们往往骂理想为"书生之见","迂阔而远于事情"。我们书生们却深信凡事都离不开理想。理想所以然就是势所必至。理想永远是事实之母。有一个意念才能发生一个行动,不由于意念的只是盲目的机械的动作,人类如果未沦于机械,这种盲目的机械的动作就不能解决人类的困难。整个历史可以说就是理想化为事实的过程。不必远说,只要看近四百年的大变动没有一个不是理想造成的。文艺复兴解放了人类的心灵,于是有宗教改革。卢梭承其影响,倡为人权说,于是才有法国大革命与美洲合众国的独立。马克思再承其影响,应用人权平等诸观念,加上黑格尔辨证哲学,著成《资本论》,于是才有俄国共产革命,就是纳粹和法西斯也有一些理想的原动力,尼采的超人主义,黑格尔的国家至上说,以及罗马帝国主义都在作祟。人类没有不想而动的,想错了,动也就要错。于今人类在动乱,原因在没有想得正确。

大道至理都是极简单的,人们视而不见,只因为蔽于私心,囿于成见。目前世界政治的大道至理是民主自由与共产主义结合与改善。这是世界的出路,也就是中国的出路。我们必须把这理想先化为普通的信仰,时机成熟了,它自然会实现。理想的战胜须凭理想有力,如果想用暴力来促成或阻止一个理想的实现,那不但无济于事,而且往往得到与预期相反的结果。现在人类的厄运就在许多有权势的人们还在作拿暴力战胜理想的迷梦!

(载《中央日报》,1948年11月2日)

# 谈恐惧心理

最近这几个月中，人们都有大难临头的预感，骚动得特别厉害。一会儿大家纷纷抢购粮食，出比市价高几倍的价钱也在所不惜，仿佛以为不如此就会有一天会饿死，像长春人民一样，一会儿大家又纷纷抛售衣物房屋，仿佛以为他们所居的地方危在旦夕，先捞几个现钱再说，到必要时可以逃到他们所想象的安全地带。平津人纷纷逃到京沪，京沪人纷纷逃到平津，像惊鼠似地东奔西窜，惹得交通格外拥挤，秩序格外紊乱。这种惊慌的情形可以从政治经济教育社会种种观点来看，在这里我想只把它当作一个心理学的课题来稍加分析。

一切惊慌恐惧都起于危险的感觉，而一切危险，分析到究竟，都是对于生命的威胁。贪生是人与一般动物的最强烈的本能。尽管一个生命如何渺小，如何苦痛，尽管它的主子有时对它如何咒骂，真正到它有丧失的危险时，它还是一种"食之无肉，弃之可惜"的鸡肋，它的主子拚命也要把握着不放。就是这种生命的执着引起对于威胁生命的危险情境生恐惧。一切恐惧到头来只不过是"怕死"。

可是一个人如果真正到了绝境，面前只有死路一条，无可避免，恐惧无补于事，他也就不会恐惧。牛羊到了屠场，知道一切都完了，心里冷了下来，也就定了下来。许多死囚很潇洒自在地上刑场，道理也是如此。引起恐惧的危险情境大抵不是绝境。从心理学观点看，恐惧情绪与逃避本能是分不开的，所以恐惧的对象是可逃避的，这逃避的可能在恐惧者的心中还是一线希望。希望本是恐惧的反面，可是二者常在"狼狈为奸"，缺了一个，另一个就不能行。临到一个险境好比站在一面剃刀锋上，倒东则活，倒西则死，望到倒东的可能便起希望，望到倒西的可能便起恐惧。所以贪生与怕死只是一件事的两面相。怕死，对于生就还没有绝望。

险境既然不是绝境，它就只有可能性而没有确定性。一个人当着险境，常是悬在虚空中，捉摸不定，把握不住，茫然不知所措，于是才感到恐惧。所以在恐惧心理状态中，理智难得清醒，知识总是模糊，情境在疑似之中，应付无果决之策，当其境者似有所知，又似无所知。如果毫无所知，他就会糊涂胆大，不知恐惧。"盲人骑瞎马，夜半临深池"，是一个典型的险境，但是盲人自己却若无其事。如果知道得清清楚楚，把握得住情境，也把握得住自己，他就应付有方，也不会恐惧。比如说生死问题，古今圣贤豪杰都不在这上面绞脑筋，因为他们"知命"，一切看透了，生和死都只是理所当然。再比如危险境界，像拿破仑那一类冒险家对之也无动于衷，因为他们明白那只是一个待解决的问题，而他们对于那问题的解决抱有坚强的自信。恐惧都表现性格上的一种弱点，或是理智的欠缺,或是意志的薄弱。俗语说得好:"心虚胆怯。"心不虚,胆就不怯。所谓"心虚"就是由于把握不住环境,因而把握不住自己。所以多疑者最易起恐惧,狐鼠是最好的例。

"疑心生暗鬼",恐惧者由于知解的含糊和自信心的丧失,对于所恐惧的对象常用幻想把它加以夸张放大,望见风,就是雨,一两分的危险便夸张放大成为十二万分。往往所谓危险全是一种错觉,"风声鹤唳,草木皆兵"。我自己亲眼见过一件事可以为证。约莫三十年前,我在武昌高师校读书。有一天正午,一百多同学正在饭厅里吃饭,猛然有几声枪声,顿时全饭厅里的人们都惊慌起来,有躲在饭桌下面的,有拿凳子顶在头上的,有乱窜乱叫的,有用拳头打破玻璃窗打得鲜血淋漓的。我当时没有注意到那响声,所以若无其事,能很清楚地观察到当场的人们的那种可怜可笑的神色。由那神色看来,他们仿佛以为那响声起于饭厅建筑本身,他们所恐惧的是那座旧房屋的倒塌,会使他们同归于尽。房屋当然并没有倒塌,而事后调查,那枪声的出发点距饭厅还有一里多路。这也许是一个极端的事例,不过许多引起惊慌恐惧的情境往往像这样是错觉所生的幻象,根本不存在,或者不如所想象的那么严重。

"恐惧的对象都是经过夸张放大的,在群众中这种夸张放大尤其一放不可收拾。群众是一个两面头的怪物,它可以壮声势也可以寒心胆,一个人怕,不算一回事;周围的人们都怕,那就真正可怕了。若是树上只有一只鸟,你放一声枪,它可能不理睬,纵然飞逃也是懒洋洋的。若是树上有一大群鸟,一声枪响就吓得它们惊叫乱窜。是鸟都飞散了,你从来不会发现有一只大胆的鸟敢留在那里。理由是很简单的。一只孤单的鸟在恐惧中见不到自己恐惧的神色,好比一个声音触不起回响,就不会放大。一大群鸟都恐惧时,每只鸟的恐惧神色都映在余鸟的眼帘里,于是每只鸟就由于同情的回荡,把所见到的许多鸟的恐惧都灌注到他自己的恐惧里去,

谈恐惧心理　　**179**

汇众水于巨流。这是群众心理家们所说的摹拟作用和暗示作用。很显然地这时候引起恐惧的并非当时危险情境本身，而是同类的恐惧的神色。不消说得，这种放大的恐惧要远超过当时危险情境本身所需要的。这可以说是群众的病态心理。一个群众到了染上这种病态时，就失去一切自制力与自信心，什么事也不会成功。俗语说，"兵败如山崩"，就是这个道理。群众也有群众的错觉和幻想，当然也就可以把一个危险情境夸张放大，以讹传讹，往往把真实情况弄得牛头不对马嘴。由于这个缘故，谣言在一个恐慌的群众中特别占势力。

恐惧是一种情绪，根源在逃避本能。依一般心理学家说，凡是情绪和本能在生物进化上都有它们的功用，对于人和动物的生存都有神益。关于恐惧，我就不免怀疑。恐惧的最常见的后果不外两种。一种是使当事者落到瘫痪状态。请看鼠见着猫或是小动物见着蛇，还没有被捕噬，就吓得不能动弹。有时猫还故意把捕得的鼠放去，任它逃而它却吓得不能逃。人也是如此，许多人在惊慌中最常见的反应是"仓皇失措"，不知道怎么办，只好什么都不办。另一种是使当事者落到狂乱状态。应该逃开那危险的局面，他是知道的，可是怎样逃开，他却不知道，于是手慌脚忙，乱冲乱撞，结果往往闯出更大的祸事。许多避难的人并不死于枪林弹雨而死于拥挤践踏之类意外之灾。我颇疑心恐惧这种情绪在动物的原始阶段或许有它的用处，到了人类现阶段，它就有如盲肠，害多于利。因此，我很同情于柏拉图，他认为"理想国"的公民应尽力拔除恐惧的情绪；同时，我也很向往中国先贤所提倡的雍容镇静和大无畏的精神。

（载《周论》2 卷 19 期，1948 年 11 月 19 日）

# 鸵鸟埋头的老故事

关心这次东北战事的人们，在报纸上注意官方的报导，常发现到前后矛盾，而这所谓"前后"相隔往往不过三五天。姑举两例。一是郑洞国的生死之谜。长春失陷的那几天，我们天天看到郑洞国致中央的电，一再表示"成仁"的决心，中央社也发表过他果然"成仁"的消息，刊出他的小传，上海各界甚至准备开追悼会。可是转眼之间人们又在无线电中听到郑洞国亲自报告说他还是活着，而官方报导也若吞若吐地承认他已被"生俘"。另一例却远比这个更重要，就是东北战事的重要性问题。战事具体化之先，报上一再说总统莅平，对于东北战局将有重要性的决定。接着就是大量新军源源北上的消息，报纸把这增援写得特别浩浩荡荡，说这次是"主力战"，说这一战"对于北方局面有决定性"，它是整个战事的

"转捩点"，"残共不难一举就歼"。可是"言犹在耳"，猛然又听到东北战事"失利"了，而且最高当局正式宣告中外，说东北战事的"失利"并"无关重要"！

我们本来也可以假想东北的陷落"无关重要"，可是在再三听说它极端重要之后，忽然又听说它"无关重要"，总不免有迷惑之感。我们是被看成小孩子来任意开玩笑呢？还是作宣传工作的人们自己太健忘呢？这种"出尔反尔"的事例我们已遇到太多了，我们所认为严重的，倒不在宣传伎俩的幼稚，而在它们表现不肯正视事实的那一种心理的孱弱。

它们使我们想起鸵鸟埋头那个老故事。鸵鸟遇到猎人，先拼命逃跑，到猎人快要走近身边了，就把头埋在沙漠里，以为看不见猎人，猎人就不存在。鸵鸟是典型的不肯正视事实者。不肯正视事实，就要在自欺中找自慰。可是鸵鸟瞒得过自己，却瞒不过追捕它的猎人。事实也永远在那里，歪曲事实来自欺或是欺人，都无济于事，那事实终于要成为无情的猎人。

我们说这种鸵鸟埋头避猎人的心理是"孱弱"的，因为就事实情境说，它必然走到应付无方，倒行逆施；就当事人说，它必然走到文过饰非，执迷不悟。我们认为这种心理的孱弱很严重，因为人性是整一的，一个心理的弱点在某一方面暴露，在任何其它方面也自然会暴露。请问今日政治经济外交各方面的措施，有那一种是正视事实的结果？骨子里的孱弱往往装饰成表面的倔强，也就加强鸵鸟式的自信，最后的命运也只有鸵鸟为证。

（载《新路》周刊 2 卷 1 期，1948 年 11 月）

# 自我检讨（一）

中国人民革命这个大运动转变了整个世界，也转变了我个人。我个人的转变不过是大海波浪中的一点小浪纹，渺小到值不得注意，可是它也是受大潮流的推动，并非出于偶然。

我的父祖都是清寒的教书人。我从小所受的就是半封建式的教育，形成了一些陈腐的思想，也养成了一种温和而拘谨的心理习惯。由于机缘的凑合，我在几个英法大学里做了十余年的学生，在资本主义形态的文学、历史和哲学里兜了一些圈子。就在这个时期的开始，中国文化思想上发生了一个空前的变动——五四运动。这样大的一次变动掠我而过，而我却茫然若无其事。这是我生平的大不幸，历史向前走了一长段路，而我还停滞在变动的出发点。我脱离了中国现实时代。

在学生时代，我受了欧洲经院的"为学问而学问"那个老观念的传染，整天抱着书本子过活，对于大世界中种种现实问题失去了接触，也就失去了兴趣。实际政治尤其使我望而生畏，仿佛它是一种污糟的东西。二十二年回国，我就在北大外文系任教。当时我的简单的志愿是谨守岗位，把书教好一点，再多读一些书，多写一些书。假如说我有些微政治意识的话，那只是一种模糊的欧美式的民主自由主义。二十六年抗日战事起，我转到四川大学。校长是一位北大哲学系的旧同事，倒是规规矩矩地办学，可是因为不会逢迎教育部长陈立夫，过了一年就被撤了职，换了他的党羽程天放。当时我以一个自由思想者的立场，掀起风潮去反对。反对不成，我就辞了职离开四川大学。这是我生平第一次感到反动政府的压迫而起反抗。这消息传出去了，一位在延安做文化工作的先生曾经写信邀我去延安，我很想趁这个机会去看看我能否参加比较积极的工作。由于认识的不够和意志的薄弱，我终于辜负了这位先生的好意，转到武汉大学去继续教书。

在武大待了三四年，学校内部发生人事冲突，教务长没有人干，学校硬要拉我去干。干了不过一年，反动政治的压迫又来了！陈立夫责备王星拱校长，说我反对过程天放，思想不稳，学校不应该让我担任要职。王校长想息事宁人，苦劝我加入国民党，说这只是一个名义，一个幌子，为着学校的安全，为着我和他私人的友谊，我都得帮他这一个忙。当时我也并非留恋这个教务长，可是假如我丢了不干，学校确实难免动摇。因此，我隐忍妥协，加入了国民党。我向王校长的声明是只居名义，不参加任何活动。这是我始终引为内疚的一件事。参加一个政党本身并不是一件坏事，我所感到惭愧的是我以一个主张思想自由者，为了一时的方便，取这种敷衍的态度，参加了我不愿意参加的一个政党。

抗战胜利后我回到北大，就怀了一个戒心，想不要再转入党的漩涡,想再抱定十余年前初到北大时那个简单的志愿,谨守岗位,把书教好一点,再多读一些书,多写一些书。可是事与愿违,一则国民党政府越弄越糟,逼得像我这样无心于政治的人也不得不焦虑忧惧;二则我向来胡乱写些文章,报章杂志的朋友们常来拉稿,逼得我写了一些于今看来是见解错误的文章,甚至签名附和旁人写的反动的文章。在这里我可以约略说一说过去几年中我的政治态度。像每个望中国好的国民一样,我对于国民党政府是极端不满意的;不过它是一个我所接触到的政府,我幻想要中国好,必须要这个政府好;它不好,我们总还要希望它好。我所发表的言论大半是采取这个态度,就当时的毛病加以指责。由于过去的教育,我是一个温和的改良主义者,当然没有革命的意识。我的错误已经由事实充分证明,这里也无须详说。

在解放以前,我对于共产党的主张和作风的认识极端模糊隐约,所看到的只是国民党官方的杂志报纸,所接触到的只是和我年龄见解差不多的人物,一向处在恶意宣传的蒙蔽里。自从北京解放以后,我才开始了解共产党。首先使我感动的是共产党干部的刻苦耐劳,认真做事的作风,谦虚谨慎的态度,真正要为人民服务的热忱,以及迎头克服困难那种大无畏的精神。我才恍然大悟从前所听到的共产党满不是那么一回事。从国民党的作风到共产党的作风简直是由黑暗到光明,真正是换了一个世界。这里不再有因循敷衍,贪污腐败,骄奢淫逸,以及种种假公济私卖国便己的罪行。任何人都会感觉到这是一种新兴的气象。从辛亥革命以来,我们绕了许多弯子,总是希望之后继以失望,现在我们才算走上大路,得到生机。这是我最感觉兴奋的景象。

其次,我跟着同事同学们学习,开始读到一些共产党的书籍,像《共产党宣言》、《联共党史》、《毛泽东选集》以及关于唯物论辩证法的著作之类。在这方面我还是一个初级小学生,不敢说有完全正确的了解，但在大纲要旨上我已经抓住了共产主义所根据的哲学，苏联革命奋斗的经过，以及毛主席的新民主主义的理论和政策。我认为共产党所走的是世界在理论上所应走而在事实上所必走的一条大路。

从对于共产党的新了解来检讨我自己，我的基本的毛病倒不在我过去是一个国民党员，而在我的过去教育把我养成一个个人自由主义者，一个脱离现实的见解偏狭而意志不坚定的知识分子。我愿意继续努力学习，努力纠正我的毛病，努力赶上时代与群众，使我在新社会中不至成为一个完全无用的人。我的性格中也有一些优点，勤奋，虚心，遇事不悲观，这些优点也许可以做我的新生的萌芽。

（载《人民日报》，1949 年 11 月 27 日）

# 从参观西北土地改革认识新中国的伟大

  二十年来我的活动只限于学校的窄狭圈子,把自己养成一个"井底蛙"。这次参加了西北土地改革参观团,有将近一个月的工夫,在乡村里和干部与农民生活在一起,亲眼看到土地改革这个翻天覆地的大变革,算是从井底跳出,看见一次大世面。我的观感很多,现在只选择我认为对我是最重要的一点来说。

  这最重要的一点,就是参观土地改革使我认识了新中国的伟大,因而对她的光明的前途起了极坚定的信心。从解放以来,我虽然从书报上学习得人民政府的一些政纲政策和实施的情形,约略知道中国确已翻身站起来了;但是我还没有机会,能直接看到某一级干部进行某一部门工作的内部真象,所以我对于新中国的认识究竟是片面的,肤浅的,模糊的。这次参观西北土地改革,我第一次有了机会接触到人民政府从中央以至乡村的各级干部,亲眼看到他们怎样进行土地改革这件大工作,我的模糊的认识于是具体化了,明确化了,从前听到的一些名词如"民主专政"、"群众路线"、"阶级立场"、"统一战线"之类,也有丰富的内容了。

我们参加了长安第一期土改工作总结会议,有一星期之久,和七百余位县区乡村各级工作干部生活在一起,听了六次总结报告,参加了干部小组讨论;会议结束之后,我们随工作组干部到了终南山脚的东大村,和他们都住在农民家里,始而参观,终于参加了他们的分组访问,了解情况,整顿村干部,扩大村农会,发动群众,斗争恶霸地主,以及初步划定成份的工作。和这些上中下各级干部有较紧密的接触之后,我第一个想法就是想到"上级好,中级少,下级糟"两句流行语是句谎语,上级固然好,中级并不见得少,下级也还是好。他们都上下一贯地以谦虚谨慎的态度,实事求是的精神,缜密周详的计划,来贯彻正大光明的政策。我们接触较多的是下级干部,他们说话的沉着,办事的老练,生活的刻苦,以及作风的民主,处处都叫我们这批教授不但佩服,而且惭愧。我从此看出,我们的中国现在已经有了古代政治思想家所认为治国的两大法宝:"治法"和"治人",整个国家机构已成为全面与局部息息相通的有机体,其中每个细胞都充满着活力。这种情形不但在中国无前例,就是英美法各资本主义国家也都还差得很远。

干部以外,我们接触最多的是农民。这和我在三十年前所熟识的农民在品格和生活习惯上虽然还大体相似——他们还是那样勤俭朴实,刻苦耐劳——可是在阶级觉悟上和政治训练上,却已迥然不同了。从前的农民久受统治阶级的压迫和麻醉,把牛马生活全委诸天命;现在的农民认识了自己是劳动生产者,是新中国的主人翁,不肯再让剥削者骑在自己的头上了。从前的农民是一盘散沙,视国家大事为统治阶级的专利品,不愿过问也不敢过问;现在的农民已成为有组织的群众,明白政治就是自己的事,对于开会、发言、选举、检讨、批评等等都能做得很熟练。他们有自己选举的乡村政府,有自己组织的民兵队伍,有自己办的夜校和识字班,有自己商议定的生产计划,使观察者深切地感觉到:在今日中国,一个乡甚至一个村,就是一种小型的国家,凡是整个国家机构的功能,一个乡村也在具体而微地行使着。土地改革使农民翻了身,这"翻身"的意义在政治方面比在经济方面还更为重要。农民占中国人口百分之八十左右,他们在大体上已经树立民主政治的基础,民主政治在中国可以说已"生了根"。以全国约五万万人口计算,他们至少占三万万以上,这三万万以上的人口都逐渐成为"治人"了,试想一想这个力量是多么伟大!

上文说到"治法"问题,这一点特别重要,值得再说详细一点。正如土地改革之后,一个乡甚至一个村都具体而微地反映整个国家机构和它的功能,土地改革这一件事本身也可以反映人民政府在全国各部门的一切措施和所遵守的原则。

在这里我们首先看见走群众路线那个基本的民主原则。土地改革第一步工作就是发动群众,借整顿乡村干部来建立群众对于乡村政权的信任,借说理诉苦来提高群众的阶级觉悟,借扩大农会来团结群众的力量。到群众真正发动起来了,就信赖群众的力量,去打倒恶霸地主的封建势力,进行征收没收和分配,加强乡村政权,推行生产计划。土地改革工作成效的好坏通常与群众发动的程度成正比例,群众发动不够的土地改革工作没有不失败的。群众发动不够的地方,土地改革工作大半由三级工作组干部以包办代替和强迫命令的方式来进行。这种办法不但易犯主观错误,不洽与情,而且没有养成群众的自治力与自卫力,工作组干部走开后,一切就要回到土地改革前的状况。这种情形各地都在尽力避免。

在这里我们看见无产阶级的领导。群众需要发动,而发动群众的正是工作组干部。在发动之中与已发动之后,工作组干部常须处在舵手的地位。他们的功用是很微妙的,一方面要信赖群众,一方面又不能做群众的尾巴;一方面要严防包办代替和强迫命令,一方面又要严防放弃领导,以至放任自流。要掌握这种微妙的分寸,做得恰如其分,不多不少,这是工作组干部的难课题,也是他们的能力与修养的考验。领导不能放松,因为农民在本质上难免有些弱点,如保守、自私、短见、宗派主义、报复主义之类。土地改革工作如果完全交给农民自己,就会发生许多偏差。最显而易见的是斗争场合中群众情绪的激昂,假若没有工作组干部坚定地掌握住"不乱打,不乱杀"的政策,乱打乱杀就一定难免。长安县东大村的干部曾三番四复地拿这政策来教育群众,可是到了斗争恶霸地主时,农民有时还情不自禁地打地主耳光,并且坚持要把他当场枪决,否则就不肯散会,经过干部一小时以上的说服,才肯把他送交人民法庭。即此一端可见领导的重要。

在这里我们看见统一战线与人民民主专政。地主阶级挟数千年来所逐渐巩固起来的统治地位,在经济、政治、文化各方面都骑在农民的头上,势力是非常根深蒂固的。土地改革的基本队伍是贫雇农,而贫雇农久受剥削和压迫,大半都已压得伸不起腰来,如果单靠他们的力量,来和恶霸地主作斗争,决不能操必胜之权。所以土地改革工作要依靠贫雇农,团结中农,中立富农,甚至对走地主路线的狗腿子施以分化,教育和争取,形成一个强大的反封建统一战线,对地主阶级有压倒的优势,然后才能保障斗争的胜利。领导土地改革的机构为农会,对统一战线以内的农民施行民主,有如上文所叙述的,对恶霸地主则施行专政,镇压他们的反动,一直到他们经过劳动改造,归化到劳动阶级为止。举例来说,长安县东大村原任农会主任贪污枉法,欺压群众,调解委员吸贩毒品,都有真凭实据。工作组干部领导群众,对他们处处存着"与人为善"的态度,只加以检讨教育,那位主任撤职,保证改过自新,那位委员暂时洗刷出农会,立约严行劳动改造,群众虽然要求远较严厉的惩处,终于接受工作组干部的说服,因为两人都是贫农,是"自家人",应归于团结改造的一类。至于对待那村中的恶霸地主,却丝毫不留情面,干部向他们说话时都声色俱厉,不象向农民说话那样和蔼,经过说理斗争之后,就把他们送交人民法庭去依法惩办。在这里我们很生动地见出敌我分明的阶级立场。

在这里我们看见共产党的工作制度。土地改革的领导和执行有一套完整的系统机构,由中央人民政府的土地改革主管机关,经行政区、省、县各级土地改革委员会到省、县、区、乡、村各级农会,层层衔接,地方的意见和经验逐层传达到中央,成为制定政策与法令的根据;中央的政策和法令逐层传达到地方,成为工作的根据,一切都依照民主集中的大原则,丝毫没有壅蔽或脱节的现象。其次,就每一件工作来说,在施行之前,都经过干部的仔细考虑和讨论,群众中的长久成熟酝酿的方法次第的缜密安排,有计划,有层次,又能根据现实情况,临时随机应变,一切都求水到渠成,不拖延,也不急躁。施行之后,干部必马上集会检讨,看那里是成功,那里是失败,作为下一阶段工作的经验教训。例如东大村检讨农会主任,事先经过全面的分途访问,力求材料的正确,五六次的干部会议,讨论检讨的方法和程序,两三次的群众酝酿,扫除顾虑和准备说理,一切都成熟了,复由工作组干部和那位主任本人作一两次的长谈,尽量启发他,教育他,使他明白自己的错误,诚心接受检讨,然后才开群众大会作正式检讨。尽管布置这样周密,临时由于对群众的启发教育还不够,小偏差仍然不免。会后干部又集会仔细检讨这次检讨会的经验,在场的上级干部又给了一些批评和指示。从此可知,干部中并非绝对没有较坏的分子,他们的工作也并非绝对没有偏差,但是由于有批评检讨的制度,坏分子可以教育改造,偏差可以随时纠正,不至影响全局。

在这里我们看见共产党对于政治上每一项措施,每一工作中的每一细节,都要求它对于群众有教育的效果。就拿上述东大村检讨农会主任为例来说,这次检讨是一系列的政治课。它对于全村农民是教育,农民因此明白了要斗争地主,必先整顿自己的队伍;明白了政权是自己建立的,不称职的干部可以由自己给以批评或用选举方式撤换;明白了本阶级的人不应推到本阶级以外,受敌人利用,应该加以团结改造。它不仅对于那位犯错误的农会主任是教育,使其他干部也因此明白了过去的某些错误。过去的保甲作风在现时已行不通;明白了群众的力量伟大,不依靠群众就要失败;明白了同阶级的友爱团结,只要他改过自新,他是农民,就还可以站在农民的队伍里。最后,它对于工作组干部自己也是教育,他们因此明白了检讨会中还出了一些小偏差,由于事先还没有能充分掌握实在情况,群众还没有完全发动,布置还没有十分周密,下次做这一类工作,就要更谨慎些。这只是一端,其实在土地改革工作中我们随时随地都见出教育的用意。我们学校中人一向只知道读书听讲是教育。从土地改革中我们见到一切实际工作都是教育,而且比学校教育来得更切实,更有效验。就这一点认识来说,土地改革也教育了我。

我们从土地改革工作中所见到的不仅上述几点,它们只是几点比较重要的。它们说明了什么呢?它们说明了从人民政府成立以来,中国已走上了新民主主义国家的康庄大道。如土地改革所例证的,人民政府的一切措施都依据一套有效皆准的原则和切合实际的政策,都通过一个首尾呼应,上下一气的系统组织,都按照一套有条理有步骤的计划,都要求发生提高人民幸福的效果,同时,也都有一批训练有素,能掌握政策的干部来领导施行。中央如

此,地方也如此;土地改革如此,其它工作也如此。这就是所谓有
"治法",有"治人"。这是一个健全国家的情况,仿佛象一个身强力
壮的青年,有一股蓬蓬勃勃的生气周流贯注到全体中每一个肢节。

象这样健全的国家是会能战胜一切帝国主义的反动势力而稳
步去完成她的伟大使命的。从参观土地改革以后,我们不但在理
解上有这种认识,而且在情感上也有这种体会。我认为这是我这
次参观土地改革的最大收获。

（载《人民日报》,1951 年 3 月 27 日）

# 最近学习中几点检讨

在最近两个月教师学习中，我重新检讨了我的思想，发现百孔千疮，病根都在封建意识和洋教育。伏根最深的是封建意识。从前常把自己划分到小资产阶级，这是不忠实的为自己开脱。在两代以上，我的家庭本属于地主阶级，到祖父手里才没落到小资产阶级。祖父和父亲都靠教书维持生活。但是到了父亲晚年，家里有些积蓄，又买了一些田，做了地主。在抗战期中，我的妻子又拿了一些积蓄，在她的四川娘家附近买了些田。所以我的地主身份是确定了的。虽然我的主要生活来源一向是薪资收入和稿费版税。我确是剥削过旁人的，而且是在剥削阶级环境中培养起来的，这就栽下了我的封建意识的根。

影响最大的是受剥削阶级的封建教育。我到十五岁才进学校,前此都跟父亲读旧书。父亲管教极严,我从小就养成一种怯懦拘谨的性格,没有一点冒险的精神,后来自私自利,妥协动摇,都与这封建的家教有关。我从旧书中受到影响最深的是道家清虚无为的那一套思想。这思想依我的不正确的了解,是认为人世一切是非善恶,在超一层的地位去看,都可等量齐观,值不得深加计较,为着不自寻烦恼,我们最好"任运随化"(听其自然),清虚无为,落得一个干净。这是剥削阶级的一个极自私自利和自高自大的思想。这种思想养成了我轻视群众,自处超然的态度,也养成了我对人处世的妥协保守的态度。隔岸观火,事不关己,切莫过问,倘若祸事临到自己头上,也以闪避为妙。有位朋友批评我,说我应付人事就象打太极拳,这话真是一语破的。打太极拳的秘诀在以柔制刚,不攻只守,随方就圆,善于让避。这其实就是道家的处世术,也就是一般人所谓"世故"。要讲世故,就要处处朝抵抗力最小的方向走,不抵抗,只妥协,妥协才能"守",才能避免于己不利的麻烦。明明这是自私自利,我们剥削阶级出身的知识分子却欢喜给它一个漂亮的化装,说这是"超脱",是"清高",来喂养自高自大的感觉。

这套封建意识是我的土生土长的根干,我后来又拿帝国主义的洋教育来"移花接木"。到了二十二岁之后,我就进了香港大学,受了殖民地的教育,随后又转到英国和法国,在几个大学里一直混了八九年。在这时期中,我所醉心是两种东西,一是唯心主义的美学,一是浪漫主义的文学。唯心派美学的要义在"无所为而为的观照",在超脱政治、道德以及一切实际生活,只把人生世相和文艺作品当作一幅图画去欣赏。浪漫派文学的特点在发挥个人自由,信任情感想象去发泄,去造空中楼阁。这种美学和文学是沆瀣一气的,都是反映资本主义社会的病态。知识分子对着社会的恶浊束手无策,于是逃避现实,放弃积极斗争,姑图个人的精神享乐,甚至为虎作伥,维护反动政权的统治。当时我对此当然是盲目的,只觉它们尽善尽美。很显然的,唯心派美学和浪漫派文学都和中国道家思想有共同点,所以它们在我思想里自然一碰就接合起来了。这种"移花接木"的结果就把我养成一个不但自以为超政治而且自以为超社会的怪物,我臆造一个高高在上的阶层,站在那上面去玩味空中楼阁,连现实世界也当作空中楼阁看,对一切都冷眼旁观,觉得种种人件件事都一样顶有趣。这可以叫做"看戏主义",其实就是"滑稽玩世"。这次听周总理的报告,觉得最切中我的要害的是批判旁观态度的那一段话。

自己有病,所害还仅限于一身,传染到旁人,情形可就更严重。过去二三十年中我不断的用我的那套有毒思想来编书写文章,其中象《给青年的十二封信》和《文艺心理学》之类竟得到很广大的读者群,并且博得许多青年的赞赏。这是我初料所不及的。我当时还是一个年青人,本意无非借此赚点稿费,取得一点声名。象我这样一个无名小卒的处女作居然轰动了一时,可见当时中国思想界的贫乏与混乱。我的思想是一种逃避主义的思想,其根源在上文所说的封建思想与洋教育所形成的买办思想的结合,它一方面反映着对封建社会的留恋,一方面也反映着西方资本主义末期的厌畏现实。当时中国社会正处在极紊乱的状态,一般青年苦闷,觉得无路可走,我向他们指点出一条逃避的路,我的那些书之所以广受欢迎,也正因为投合一般人心理上懒惰的弱点。它们可能发生的影响当然是使读者们放弃积极斗争,而这在无形中也就帮助维持了反动统治。去年蔡仪诸人在《文艺报》对我的美学思想进行了批判,当时我心里还有些不服。这一年来我对新的文艺理论稍加研究,才明白我的基本立场和观点都是错误的。我愿意趁此向我的读者和批评者谢罪。

从前我自负"清高"、"超脱",现在我向自己提出这样一些问题:过去二十年我是否真正在"旁观"呢? 是否真正"超脱"呢? 我没有间断地在大学里教书，究竟是为谁服务呢？从前我未尝不自以为这是为教育，为学术，现在细加检讨，才明白我孳孳不倦的首先是为我自己个人的利益，为名利，为地位，实际上并非如自己所想的那样清高超脱。我在反动政府之下服务，实际上还是推动那座反动机器的一颗螺丝钉。我一向存着"为学术而学术"的幻想，站在"学术自由"的地位，在言论上和行动上都一度反对过国民党。可是在抗战中武汉大学教务长任内，终于加入了国民党，又以高级职员的身份调到国民党"中央训练团"受过训，接着替《中央周刊》、《周论》、《独立时论》之类反动刊物写了些反动的文章，任过伪中央委员的名义，在北京还赴过蒋介石的宴会。尽管这一切都可以找到一些为自己开脱的借口，我站上了反动派的立场，替反动派服务，却是无可讳言的事实。

有一件事须特别在此提出检讨的，就是我对于学生运动的态度。对学生运动我一向是不同情的。记得抗战前有一次胡适在北京大学三院演讲，劝学生不要罢课，当场就有许多学生在下面嘘，我心里很不舒服，以为简直是胡闹。在武汉大学时期，我记不得与学生运动起过直接的冲突，不同情是依旧的。那时的不同情还主要的是从超政治的观点出发，以为学生只要专心读书。到了北京大学复原以后，学生运动愈剧烈，我对学生运动的态度也就愈趋反动。我在报纸上发表过诋毁学生运动的文章，在教授会里也反对过拥护罢课的提议。这时候学生只要专心读书那个老观念也还存在，但主要的是由于我已站上反动的立场，对学生运动的革命性质认识不清，怕学校因此受动摇。当时我和学校行政人员都站在一边，都深怕出乱子，得罪了反动政府，归根结蒂，还是在想维持那个反动政府。当时我还自以为是，现在我明白学生运动的革命意义了。想起那些反动的言论，真觉无地自容。这是我应该向人民谢罪的。

现在分析我的错误根源在从洋教育那里得来的那一套"为学术而学术"的虚伪的超政治的观念。事实上主张超政治便是维护——至少是容忍——反动的统治,如果加以鼓吹,也便是反革命。从前我也存过"中间路线"之类的幻想,现在我看明白了:从五四运动之后,中国知识分子根本上只有两条路可走,不是革命,便是反革命。在革命和反革命的猛烈斗争中标榜"中间路线",鼓吹"超政治",迟早总要卷进反动政权的圈套里去,和它"同流合污"。这便是我的惨痛的经验,也是许多类似我的知识分子的惨痛的经验。

　　趁便我要检讨一下我的买办思想,我受过长期的英法帝国主义的教育,对于法国人和法国文化都很爱好;很看重英国文学;对英国人说不上亲爱,却有些佩服。至于美国人和美国文化我都一向不大瞧得起。不过这只是一些小差别。概括的说,我对欧洲文化,从希腊以至现在,都非常景仰。我倒不曾想过中国文化处处不如人,不过确曾想过西方文化在某些方面是比我们强。我的一个野心就是要把它搬运一些到中国来。在政治思想方面,我曾经醉心于英美式"民主自由",也曾经想望过它可以应用到中国。我虽瞧不起美国人,可是美国人富强一个观念是有长久根源的。亲美病我没有,恐美病我却有过。志愿军初到朝鲜,当时我心惊胆怯,深怕这要惹起大祸事。经过一年多的抗美援朝的教育,我才逐渐有较清楚的认识。有几件事可以为例。从前我一再想找机会再去外国,现在我渴望久在英法美的几位好朋友能赶快回国。从前我应英国文化委员会邀约,作过演讲,当时自觉荣幸,现在深以为耻。从前听旁人忧虑到美国的武力,多少表示同感,现在听到同样论调,心里就嫌他落后,要和他争到面红耳赤。不过长久根源不易一旦就拔除干净。因此我就更深地体会到学习的重要。它不断地提高警惕,不断地把下意识(一个藏垢纳污的深坑)中的有毒思想发掘出来,因而加以洗清。

最后我得检查一下现在的立场。我向自己提出这样一个问题:我是否已经丢开反动立场而站上人民立场呢? 由浮面意识所给的答案是肯定的。我当教授,在认真地教书;我当工会学习小组长,在认真地学习,认真地办事。我认为这便是为人民利益而服务。不过向深一层思索一下,我还是有些惶惑。我这怯懦拘谨的人对自己应做的一份事向来就不敢马虎,从前如此,现在也还不过是如此。问题在我的做事不马虎是否还是为着自己的衣食地位和名誉? 是否站在人民立场来说,我的不马虎的程度就算够了? 我得坦白地承认,我现在还经不起这两个问题的考验。比如说,教书我还是不免只在课堂上认真,课外帮助同学的工作还不够;做小组长我还不免持"不求有功,但求无过"的态度,缩手缩脚,只是为着怕犯错误。这就说明了我为自己打算的多,为人民打算的少。这也说明了我的政治水平还很低,还存在着纯学术观点,事务主义以及雇佣观点之类严重的毛病。学习的结果到现在为止,只做到使我在理智上明白什么叫做人民立场,而且明白我还没有真正站上了人民立场。我相信意识也可以影响存在,我的这一点认识虽是一个初步的收获,却也是一个重要的收获,因为它可以做我向前努力的基础。

（载《人民日报》,1951 年 11 月 26 日）

# 澄清对于胡适的看法

谈到胡适,在这次学习中,还有人把他和五四运动联在一起想,因此也就把他和李大钊等几位先进共产主义者联在一起想,以为他们当时都在北京大学同事,共同主持《新青年》、《每周评论》之类进步刊物,所以他们在新文化运动中都是站在一条线上的。要认清胡适的面貌,首先要澄清的就是这种错误的思想。在五四时代,胡适就已经和李大钊等同床异梦。大家都还记得胡适在当时提出了"多研究些问题,少谈些主义"的口号。他为什么要提出这样口号呢?那就是要反对李大钊等所提倡的共产主义。他自己说的很明白:

　　我们不去研究人力车夫的生计,却去高谈什么社会主义……还要得意扬扬的夸口道："我们所谈的是根本解决。"老实说罢，这是自欺欺人的梦话。

一班新分子天天高谈基尔特社会主义与马克思社会主义，高谈阶级战争与赢余价值，内政腐败到了极处，他们好象都不会看见。

——《胡适文存》二集卷三

从此可知，当时胡适就有很明显的反共态度。他提出"一点一滴的改革"来抵制社会主义的"根本解决"。他的"好人政府"一套主张也是从反共的立场提出来的。

所谓"一点一滴的改革"，就是不动封建制度的基础。在表面上胡适和先进共产主义者当时都反对北洋军阀，其实出发点大不相同。先进共产主义者是从共产主义的观点，把北洋军阀看作封建制度的体现，以为求根本解决，应先摧毁这个封建制度。胡适是从英美式"民主自由"的观点，去批评军阀统治下一些腐败现象，以为单从这些现象（即所谓"问题"）上作"一点一滴的改革"就够了。他的改革是接受了封建制度的大局面而后在它下面所进行的"与虎谋皮"的勾当。他始终是维护封建制度的。他见溥仪称"皇上"，参加北洋军阀的善后会议，帮蒋介石求美援和进行"大选"，都可以证明他的一贯的态度。

反封建和反帝是分不开的，拥护封建主义和拥护帝国主义也是分不开的。先进共产主义者在五四时代就已提出反帝的口号，胡适却彰明较著的拥护帝国主义。他读到中国共产党宣言，看到其中强调反帝，就写了一篇《国际的中国》来反对。这篇文章里有几段他自己大加密圈的"警句"：

外国投资者希望中国和平与统一，实在不下于中国人民希望和平与统一。

老实说，现在中国已没有很大的侵略的危险了。

全国陷入无政府的时候，或者政权在武人奸人的手里的时候，人民只觉得租界与东交民巷是福地，外币是金不换的货币，总税务司是神人，海关邮政权在外人手里是中国的幸事。

因为他认为帝国主义对中国如此之好，他就对先进共产主义者进了这样几句"劝告"：

所以我们很恳挚的奉劝我们的朋友们，努力向民主主义（他所了解的是美国式的——作者）一个简单目标上做去，不必在这时候牵涉到什么国际帝国主义的问题。

他不赞成反帝，所以痛恨反帝的罢工罢课和游行。1923 年 3 月上海、北京的抗日游行大会引起了他叹气：

我们对于这种热情的表示，不但不发生乐观，只能发生感喟。

——《内政与外交》(《胡适文存》二集卷三)

在《爱国运动与求学》(《胡适文存》三集卷九)里他又说过这样的话：

民众运动的牺牲的大部分是白白地糟蹋了的。……帝国主义不是赤手空拳打得倒的。

从以上所引他的言论来看，胡适在五四时代便已站在反动的立场。反共,维持封建,拥护帝国主义,反对爱国运动,这是他的始终一贯的基本态度。明白了他的这种反动的基本态度,我们才可以对他在五四运动中所起的作用作一个正确的估价。学术思想和政治思想是分不开的。一个人不可能有真正反动的政治思想,而同时却有真正进步的学术思想。胡适的账上只有提倡白话文运动一笔账可列在收入项。孤立的看,白话文运动在当时不能说没有它的进步性。但是把它摆在胡适的整个思想体系里来看,它还只是在接受封建制度大局面之下的"一点一滴的改革"。胡适的白话文运动是在"改良文学"的大前提之下提出来的。他以为有了白话,就会有新文学。他忘记了文学是要表现生活的,生活是封建的,买办的,文学也就还是封建的买办的。改革语文和改革文学都不能是孤立事件,都必须联系到社会革命那个大前提上去。胡适孤立了语文,孤立了文学,结果是大家都见到的。在咒骂了几年"死文字"和"死文学"之后,胡适还是回到这"死文字"和"死文学"的故纸堆里去,校他的《水经注》。这说明了什么呢?这说明了胡适的白话文运动,作为一个文学运动来看,只是一种脱壳不换骨的企图,而他的骨子还是些旧社会的反动意识。假如中国没有经过剧烈的革命,假如没有一些先进作家创造了一些文学作品,假如工农大众没有给文学供给一种新的力量,单是遵照胡适所标的白话文运动那条路走下去,他所起的作用就不仅是微末的,而且是有毒的。

以上的话都不过说明胡适走上反动的路一个事实现象。我们对这事实现象如何作原则性的解释呢?这问题不仅限于胡适,胡适只是中国反动派知识分子中一个典型。从五四以后,中国知识分子就分为反动的与革命的两大阵营。何以这批反动派就走上反动的路?何以他们竟感染不到一点弥漫全世界的进步思想?比如说胡适,以他这样一个号称"聪明"的人,对于十月革命这样历史大事件何以竟象充耳不闻？他和李大钊等先进共产主义者过从很密，何以竟没有从他们那里感染到一点社会主义的思想？这不能不算是怪事，但是真正认识胡适的人会觉得这毫不足怪。胡适的性格是很顽固的。他非常主观，凡是和他的先入为主的成见不相合的事理，他都一味蔑视，盲目地武断地否认它的存在。举两个小例子。陈援庵给他的信他在报纸上看到之后，硬不相信那是陈援庵写的，理由是陈援庵一向不写白话文。他的儿子胡思杜写了一篇检讨他的文章，他在美国看到了，也硬说这不能是出于他儿子的本意，说在共产党之下没有"缄默的自由"。对于这两件事，听说他都用了他的考据方法写了文章在美国发表过。这便是他的一贯的"科学态度"。所以他对十月革命和社会主义思想的盲目，是丝毫不足为奇的。

长了眼睛而不见事的人都只能有一个解释，就是有先入为主的东西蒙蔽了他。使胡适盲目的就是封建思想和买办思想。

胡适出于绩溪"世家"，父亲在台湾做过官，家里在上海还有生意。论出身，他属于资产阶级和封建统治阶级。他一向以他的家世自豪，这就证明了他的封建骨骼。他的宗派观念很强，逢人就叙家谱，无论你姓汪姓程，他都可以证明你源出安徽，所以他可以和汪精卫攀同乡。清朝徽州盛行"考据之学"，胡家先世也出过一位《禹贡》的考据家，胡适一生爱搞考据，后来特别啃《水经注》，这种兴趣方向全是封建传统决定的。自从他"走红"之后，他成为了一个学阀，把持北京大学，把持中央研究院，把持"中美文化基金"，甚至把持到几家大书店，对捧他的一些爪牙施行恩惠主义，至于机构里面的行政和事务腐败紊乱到了不堪的程度，他却丝毫不介意。这就证明了他的十足的封建官僚作风。他的阶级决定了他的一切。要革命就要革他的命，他已经高高的坐在太师椅上，睥睨一世，他为什么还要革命呢？他抗拒新的进步思想，愈来愈反动，这是第一个原因。

胡适在美国受过多年的资本主义教育。在他看来,美国文化便是世界最好的文化,眼睛里没有苏联,也没有整个的欧洲大陆。他有一次公开演说,夸口他生平有三大幸事,其中之一便是不曾到欧洲留学,意思是说只有美国教育就够了。他所了解的自由民主,只有美国式的财阀统治,人民横遭压迫的"自由民主"。看他的政论文章,动不动就援引美国的"先例",美国的"榜样",投票方式是美国的"好",处理罪犯的方式也是美国的"好"。美国教育使他飞黄腾达,"吃了奶便叫娘",他大捧美国,美国也就大捧他,唆使他利用"中美文化资金",替美帝国主义作文化宣传。他请反动的哲学家杜威,反动的教育家孟录之类人物到中国来"讲学",随便把阿猫阿狗的主张硬搬到中国来。中国教育有几十年都是抄袭美国的,学制是美国的,甚至教科书用的也还是美国的。美国的文化侵略大使便是胡适。许多青年受了毒害,整个国家在反动的波潮中翻来覆去,这笔账简直是无法清算的。胡适的买办思想浓厚到什么一个程度,可举一小事为例。美国人爱搜集邮票,以稀奇的样式满足自尊感,胡适就走冷门,搜集火柴盒!这样一个买办思想浓厚的亲美的人,如何不反苏反共?他成了"美国通",所以蒋介石要求美援,就非他不办。他于是由文化买办一跃而为军火美元的买办。中国解放了,他当然要逃到美国做"白华"。

胡适的面貌大家早已认清了。现在拿他来批判,只有一个意义,就是拿他做一面镜子,照一照我们曾经站在反动立场的知识分子们自己。我和胡适同过七年事,也够得上称他做"我的朋友",于今这"友"字竟另有一个严重的涵义,这是令我十分自惭的。拿他这面镜子照一照我自己,我竟是一个胡适的"具体而微"。我有封建意识的包袱,也有买办思想的包袱。他所走过的路,我也都走过,走的远近或略有不同。我也宣传过帝国主义的文化,也主张过缓步改良,也曾由主张学术自由不问政治的冬烘教授转变成国民党的帮凶,站在反动的维护封建权威的立场仇视过学生爱国运动。这一切,我当另写一文检讨,这里姑不说重复话,有一点我和胡适较不同,他逃到美国,我还留在北京,向新社会学习。我现在看清楚了,从五四以后,中国知识分子只有两条路可走,不走革命的路,就必走反革命的路。尽管你自觉清高,谈学术不谈政治,甚至在某些问题上反对国民党,你没有走入革命的阵营,便会卷入国民党那个反动阵营,你和你的同路人尽管反动的罪行有大小之别,而所站的立场还只是同一个反动的立场。胡适的反动立场站得非常稳,就不可能明白这一点。

有人或许还存幻想,以为胡适或许还可改造。这是不明白胡适的本质。他曾盲目到底,反动到底的。他常自比"过河小卒",谁曾见过过河小卒能走一步回头路?

(载《新观察》三卷九期,1951 年 12 月 1 日)

# 我也在总路线的总计划里面

## ——学习总路线的几点体会

## 一 对新民主主义的认识清楚了一些

以前对新民主主义时期与过渡到社会主义的时期总是不能联在一起来想，毛主席在《新民主主义论》里说"中国革命不能不做两步走，第一步是新民主主义，第二步才是社会主义。而且第一步的时间是相当地长"。我没有体会了这几句话的意思，就从此得出结论：(1)我们现在所处的还只是新民主主义阶段，还没有走上第二步，所以与社会主义还不相干。(2)第一步时间既然相当长，那么社会主义的到来还很遥远，大概不是我这一辈子所能看到的事。我这样曲解毛主席所说的话，就觉得他的话很合我的口胃，原因是我怕变得太快,打破我们生活现状,使我跟不上去。据我的幻想,新民主主义时期是一个休养生息的时期,而不是一个大变动的时期。既没有大变动,我自己也就不需要有什么大变动,还可以苟且偷安一下。

学习了总路线以后,听说中华人民共和国一建立,过渡到社会主义的时期就已开始,并且听说总路线的提出,并非突然,毛主席在《新民主主义论》中和《论人民民主专政》里都已提到过,而且《共同纲领》里规定得也很明白。我把这些文件再翻出来看看,果然是新民主主义阶段过渡到社会主义的总路线,都已经有了很鲜明的轮廓,过去我对这些文件都看过多遍,现在证明我都没有懂,这就是说,从前连新民主主义是怎么一回事,我还没有抓住要点,没有理会到它就是要过渡到社会主义的时期,从此我领会到学习真不是一件易事,尽管对一个文件读过多遍,自己以为懂,而实际上还是未懂。我再进一步推求不懂的原因,发现还是旧思想包袱在作怪,一则我的思想方法还是形而上的,不能从发展看问题,没有看到下一阶段的萌芽必须在这一阶段中发展。其次我还是怕社会主义就要到来,以为这样变动太快太大,对象我这样的旧知识分子怕不合适,怕有制度的转变,对我的要求恐怕超过我的能力。这里面还是个人主义在作祟,并且还有剥削阶级舍不得放弃生产资料私有制的那个病根在鼓动着。从此我明白了过渡到社会主义还要经过艰苦斗争的意义,不但各阶级还要进行艰苦的阶级斗争,就在我个人身上也还要进行艰苦的阶级斗争,不但私营工商业和小私有者作为阶级来说,需要经过社会主义改造,就是我们每个人也都要经过改造提高觉悟。就我个人来说,我要想走进社会主义,首先要克服的是旧知识分子的个人主义,自由散漫和剥削阶级眷恋生产资料私有制的思想,要克服这两种思想上的病根,还必须更加努力学习马克思列宁主义和站上无产阶级的立场。

## 二　对社会主义的认识也清楚了些

以往我虽然听说社会主义之后还有共产主义，认识上还是极模糊。第一，我不知道共产主义和社会主义究竟有那些分别，第二，我以为这两种社会也是截然不相干的两个阶段。学习了总路线以后，我明白了要到了社会主义私有制就消灭了，阶级就消灭了，生产集体化，计划化了。而这些特点，在共产主义社会也还是存在。所以在过渡到社会主义的阶段，同时也就是替过渡到共产主义作了准备。

其次，对于怎样过渡到社会主义，我过去总是孤立地看问题。认识经过了三次的变化。最初，我以为中国要过渡到社会主义，只是一个工业化的问题，工业化以后，农业自然随之集体化，私营工商业也自然逐渐被国营工商业挤出去，或是压倒。在学习总路线的头一阶段，我才明白农业不同时走到集体化，工业建设就要受到阻碍，私营工商业和小私有者的经济如果不同时加以社会主义的改造，资本主义仍有滋生的根基，社会主义的建设也就要受到阻碍，从此我逐渐明白了社会主义建设的整体性、有机性和计划性。它虽然要有重点，但是有许多东西与这重点（工业化）都息息相关，抹煞了这些与重点息息相关的东西，重点也就难以发展。但是我还是以为社会主义的改造主要地是经济方面的事，主要地只与工人、农民和商人有关，象我这样一个教书的人在经济上没有什么地位，那就与我没有什么关系，顶多不过是要明白政府的政策而已。所以看文件，都只是以求知识的态度去看，不结合自己的思想和工作，领导号召要结合，也结合不上来。到了文件看完了以后，对于总路线的认识比较清楚一点了，尤其是听了黄松龄副部长的报告以后，我才开始明白总路线与每个人都有关系，不只是工农商的问题。我们处在培养干部的地位，以自己的原有的思想业务水平，就培养不出很好的建设干部，也就阻碍了社会主义的建设。我们自己的旧思想包袱都很重，不痛加改造，不但不能培养好的建设干部，而且纵然到了社会主义，也还是一块绊脚石。从此我明白社会主义是一个人人都要参加的大进军，在这个大进军之中，要做到"人尽其能，物尽其力"，同心协力，步调一致，才可以达到胜利，在这大进军之中，我自己还是一个小兵，有自己的一份事要做。

## 三　我自己在总路线中的作用

对于我自己在新社会中的作用，我过去有两种矛盾的思想：

一、我自己在新社会中起不了很大的作用。现在国家建设的重点是工业，我不是一个搞工业的，学的是语文，而且是英文。并且我是一个旧知识分子，而且过去还是反动的旧知识分子，虽然经过一些改造，还是半生不熟，领导上未必看重我，而且也无须看重我。我还是有些"自外"，没有树立起"当家做主"的勇气，因此我就常把自己比做"老牛拉破车"，拉来拉去，拉不出什么名色来。

其次，我对教书有些厌倦。总以为自己如果做点翻译或研究的工作，比教书所起的作用会要大些，我认为依我自己的能力做翻译或研究总比教书要强一点，出一本书可以有几万乃至几百万的读者，教英文年年看到学生到毕业时成绩还是很差，实在有些灰心。

学习了总路线以后，我对这两种思想都做了初步的批判。第一，国家在今天需要"人尽其力"，不能要有一个人不起作用，也就不能要我不起作用。而且国家把我摆在高等学府里担任培养干部的工作，这是一个极光荣的任务；肯把这任务交给我，是对我有极大的信任，是把我当做一个人。我自己也就要把自己当做一个人。

我相信我自己已开始在建立主人翁的态度。其次,我检查了我肯做翻译、研究而不愿教书的思想,看出它的病根在个人主义自由主义与剥削思想,以为做翻译工作或研究工作,可以轻松一点,不要每周都忙着改卷子,备教案。对自己的兴趣也适合一点,因为可以搞一点性之所近的比较高深一点的东西。但是最主要地还是名利思想,出一本书赚的钱要多些,得到的名声要广大些。这中间对于过去所学的资产阶级的那一套还是有些留恋。现在我明白了正是这些思想是我的改造的大障碍,也就是执行总路线一大障碍。以前我尽管天天在推重教育,实际上没有真正认识到教育的重要,因为只从自己名利的角度去看它。现在在新社会里,教育才抬到了它应有的地位,我在这条战线如果能尽一份责任,那对于社会主义的推进,还是尽了一份力。做翻译或研究工作,若是我一个人做,究竟极有限,培养出几十个几百个翻译干部出来,就可以做比我能做的大了几十倍几百倍的工作,那就是对推进社会主义所起的作用更大。我自己分配在大学里教书,那就是我也列在总路线的总计划里面,为了总路线的胜利,我就必须忠心地遵守这个总计划,尽我的一份力量,起我的一份作用。

(载《光明日报》,1954 年 1 月 15 日)

# 百家争鸣，定于一是

  民间有个故事，说有两个识字不多的人走到孔庙，望见门楼匾额上两个大字，甲说是"文朝"，乙说是"又廟"，两人自己都很有把握，相持不下。这个简单的故事应用到"百家争鸣"的问题上来，是颇有启发性的。

  这两人所见到的都有一部分是正确的，一部分是错误的。纠正错误的部分，就可以得到正确的结论。我们很容易嗤笑这两位识字不多的人，其实人的知识都是有限的，因为每个人看事物，都有一定的出发角度和接触面的限度，还加上眼力的差别。我们每个人都有些象这两位识字不多的人，连"高级知识分子"也不是例外。百家争鸣的好处就在此，它集合许多眼力不同的人，从不同的出发角度和接触面所看到的事实，互相纠正错误的，肯定正确的，于是"文朝"与"又廟"就可以产生"文庙"了。百家争鸣就是"集思广益",就是相信真理是要从掌握全面事实而加以周密分析才可以得到,所以体现着真正科学的精神,同时,这也就是信任群众的智慧,所以体现着真正民主的精神。

百家争鸣,终须定于一是。如果甲坚持"文朝"到底,乙坚持"又廟"到底,争的结果就只能是鸣者如怒蛙,气越鼓越大,听者也嫌耳根不得清净。既争就总有个问题,争的目的总是要解决这个问题。我们决不是为争鸣而争鸣,我们是要就所争的问题在科学上前进一步。这里所谓"前进一步"如果是问题的解决,那自然最好;如果还不是问题的解决,就把争论各方的论证和漏洞总结起来,知道了问题的症结所在,解决的困难所在,这也就是为下一步研究作了准备,对于科学的发展仍是有益的。

定于一是,就是百家争鸣的最终目的。怎样争鸣,才可以走最迅速而又最稳健的道路达到这个目的呢?这是目前我们所要郑重考虑的问题。党在我们大力向科学进军的时候,提出了"百家争鸣"的方针,为的是要纠正过去一些主观教条主义和庸俗社会学的偏差,建立学术自由争论的健康风气,使科学可以蓬勃地发展起来。这是社会主义文化建设的光明大道,也是马克思列宁主义的正确的运用。有些人看到了要破除"清规戒律",不免误认为这是放宽马克思列宁主义的尺度,甚至于私自庆幸,以为这符合自己的马克思列宁主义不适用于文艺和自然科学的看法。有些人仿佛以为我们过去犯了一些主观教条主义和庸俗社会学的偏差,原因就在于要到处推行马克思主义。其实主观教条主义和庸俗社会学恰恰都是反马克思主义的。过去固然不免有人有时打着马克思主义的招牌,做着反马克思主义的勾当,但是这宗罪过决不能记在马克思主义的账上。相反地,百家争鸣,要想达到定于一是的目的,我们就非学会正确地运用马克思主义不可。

百家争鸣可以说就是批评与自我批评这个马克思主义武器的正确的运用。学术界最不健康的风气就是无公是公非,人们才各是其是,各非其非,以至于是非混淆,莫衷一是。正确的批评与自我批评的功用就在建立公是公非。过去我们对于批评与自我批评,运用得不够熟练,所以有时就不够正确。最坏的现象是对人不对事,要压服人而不是要解决问题。压服的办法是乱扣帽子。片面看问题的现象尤其普遍。一个哲学家总得是唯心的或是唯物的,孔子究竟属于哪一类? 有人肯定他是唯心的,也有人肯定他是唯物的。是否唯心的人可能有些唯物的因素呢? 简单地肯定"唯心"或"唯物"是个比较适合懒汉口胃的省事的办法,所以也是比较流行的办法。权威思想有时也在作祟,贾宝玉和李后主经过一些权威人士估价过了,那就是"定评",不容再有异议。这些思想上的毛病是我们多数人在不同的程度上都时常犯的,它们都是主观教条主义的不同形式的表现,是批评与自我批评的障碍,也是百家争鸣达到定于一是的障碍。假如反主观教条主义也算是"清规戒律"的话,那么,百家争鸣也就还应该有它的清规戒律。

从百家争鸣到定于一是,要经过反复讨论,全面分析与综合的艰苦过程,过于求速成或是作简单化的结论是无补于科学发展的,所以争鸣就要争得彻底。过去我们在学校开政治学习或业务方面的讨论会,思考提纲往往列出三四道大题,每个大题又分为若干小题,把这许多题目交一二十人在两三小时内讨论完,结果每个题目都浮面一铲地触到,但是没有一个题目能谈得很深入。这种形式主义的讨论是不能解决问题的。我们在这方面还要经过一番学习。入手的办法是在若干重要学科里挑选一些关键性的而且比较能引起多数人兴趣的问题,展开广泛的讨论。例如中国封建社会是什么时候开始的? 中国语法有无词类? 中国哲学史某个哲学家是唯心的还是唯物的? 文艺的形象思维和抽象思维有什么关系和分别?

这一类问题都是多数人所关心的。先由某一说的提议人把他的论点和论证用简要通俗的文字写出来,让他的论敌也照办,然后发动群众从不同的角度进行深入的讨论,到了一个适当的阶段再作一个全面性的总结。这样的争鸣对于科学工作者是一个很好的训练,对于广大的读者群众也是一种很好的科学教育。

（载《人民日报》,1956 年 7 月 11 日）

# 从切身的经验谈百家争鸣

传说古代史上有个阿玛,在攻下亚力山大城之后,下令把当地一个收藏古籍最富的图书馆付之一炬。他的理由是:如果这些书籍符合我们的教义,那就是多余的;如果不符合,那就是异端邪说。无论是多余的,还是异端邪说,它们都应该烧掉。宗教的虔诚使这位阿玛采取了一家独鸣的政策,但是无情的历史却没有让他收到他所预期的效果。那些书籍之中有价值的部分以及它们所含的异端邪说并没因他这一烧而就灭绝,正如中国古代诸子百家的著作没有因秦始皇焚书而就灭绝一样。过去的书籍和异端邪说是否有灭绝的呢? 那是不计其数的,其灭绝的原因是它们自己没有活下去的道理,大多数人民用不着它们,不加以珍护,所以它们就遭到了自然的死亡。

拿这个事例来说明"百家争鸣",并不完全恰当,但是它可以解除反对"百家争鸣"者的一点顾虑:就是怕"百家争鸣"之中,种种唯心主义的异端邪说就会抬头,马克思列宁主义就会受到损害,思想界就会大乱。由于这种顾虑,他们就想步那位伊斯兰教主和秦始皇的后尘,趁早勒令百家闭口,让马克思列宁主义一家独鸣。这些人的动机是虔诚的,不过想法未免太天真,办法也未免太简单,我们可以断言他们不会收到他们所预期的效果,有那位阿玛和秦始皇的先例为证。

还不仅此,这些先生们所认识的马克思列宁主义是什么一回事呢?他们对于目前中国思想界情况所作的估计又是什么一回事呢?马克思列宁主义竟是象他们所怕的那么弱不胜风,一经"百家争鸣",就会吹倒吗?在中国思想界占领导地位的不是马克思列宁主义吗?还有那样狂妄的人想打倒马克思列宁主义而别树一帜吗?"百家争鸣"就会象洪水横流,泛滥不可收拾,弄得天下大乱吗?这些先生对于"百家争鸣"的骇怕表现出他们对于马克思列宁主义,对于中国共产党,对于中国人民,都不但没有信心,而且根本没有认识。

党号召向科学进军,要在最短的时期内努力使中国科学达到世界先进的水平。这个艰巨的任务是客观形式要求所决定的,我们想立足于现代世界先进的国家之中,就不得不赶紧完成这个艰巨的任务。假如中国思想界老是停留在"百家争鸣"号召出来之前的那种窒息的教条主义的气氛里,我敢说这个艰巨的任务是难望完成的。大家对于"百家争鸣"会促进科学繁荣,丰富马克思列宁主义的道理,已经说过很多的话了。我在这里不想再复述一遍,只想就个人的切身经验来谈一谈这个问题。

在"百家争鸣"的号召出来之前,有五六年的时间我没有写一篇学术性的文章,没有读一部象样的美学书籍,或是就美学里某个问题认真地作一番思考。其所以如此，并非由于我不愿，而是由于我不敢。我听到说马克思列宁主义是共产党的指导思想，为着要建立马克思列宁主义的思想，就要先肃清唯心主义的思想。而我过去的美学思想正是主观唯心主义，正是在应彻底肃清的思想之列。在"群起而攻之"的形势之下，我心里日渐形成很深的罪孽感觉，抬不起头来，当然也就张不开口来。不敢说话，当然也就用不着思想，也用不着读书或进行研究。人家要封闭我的唯心主义，我自己也就非尽力自己封闭唯心主义不可。我自己要封闭唯心主义，倒是出于至诚，究竟肃清了唯心主义没有呢？旁观的人对这个问题会比我自己能作出较清醒的回答。我自己咧，口是封住了，心里却是不服。在美学上要说服我的人就得自己懂得美学，就得拿我所能懂得的道理说服我。单是替我扣一个帽子，尽管这个帽子非常合式，是不能解决问题的；单是拿"马克思列宁主义美学认为……"的口气来吓唬我，也是不解决问题的，因为我心里知道，"马克思列宁主义美学"还只是研究美学的人们奋斗的目标，还是待建立的科学；现在每人都挂起这面堂哉皇哉的招牌，可是每人葫芦里所卖的药却不一样。在"马克思列宁主义美学"这面招牌下，就已有"百家在争鸣"着了。

"百家争鸣"的号召出来了，我就松了一大口气。不但是我一个人如此，凡是我所认识的有唯心主义烙印的旧知识分子一见面谈到这个"福音"，没有一个不喜形于色的。老实说，从那时起，我们在心理上向共产党迈进了一大步。我们喜形于色，倒不是庆幸唯心主义从此可以抬头，而是庆幸我们的唯心主义的包袱从此可以用最合理最有效的方式放下，我们还可以趁有用的余年在学术上替大家一样心爱的祖国出一把力。

就是在"百家争鸣"的号召之下，《文艺报》发动了对于我的美学思想的批判和讨论。整个的气氛就和从前大不相同了。首先我有机会和批评我的人见面,在友好的气氛下交换意见,他们对我的检讨提意见,我对他们的批评也提意见,这样就解除了过去那种如临大敌,严阵以待的紧张形势,彼此虚心静气地说理。这就为针对问题认真讨论创造了良好的条件。缺陷仍然是有的,就是无论在批评者方面还是在我自己方面,教条主义,片面看问题,坚持成见,甚至扣帽子,亮"马克思列宁主义美学认为……"的招牌等等都还在所不免。这些老毛病都有相当深长的历史根源,不是一朝就可以斩除净尽的。但是在健康的争鸣说理的气氛之下,它们是可以逐渐克服的。这次的美学讨论究竟取得了什么样成绩呢?据我个人的体会来说,至少有这几点:第一,我们开始发现美学上究竟有哪些中心问题,我们对于这些问题的争执究竟在哪些地方,问题的认清就为问题的解决扫清了一些障碍。第二,我们的意见还是很分歧的,但是彼此都摊了牌,都暴露出一些漏洞,站不住脚的成见是很难长久坚持下去的。第三,我们发现我们对于美学的认识水平都还很低,对于我们所应依据的马克思列宁主义的认识尤其模糊,大家都引用了马克思关于"人化的自然"那一段话,都有点象在捉迷藏,甚至对艺术是意识形态一个基本原则也还是茫然的。这就是说,如果我们仍停留在目前的美学知识水平和马克思列宁主义掌握的水平,就难得争鸣下去,就是争鸣下去,也难望有很好的结果,这就逼得我们非认真学习不行。单就我自己来说,在过去一年中我才开始真正学习,不但读了几本美学著作,也读了马克思恩格斯的一些论文艺的文章,我才发现了一些过去多年未发现的问题,才开始对这些问题作严肃的思考。我朝远景望了一下,我敢说,将来在我的思想中战胜的不是唯心主义而是马克思列宁主义。

(载《文艺报》第一期,1957 年)

# 谈思想两栖

　　北京大学哲学系在今年 1 月下旬连续开了几天讨论会,讨论中国哲学史上的一些问题。发言的人们常提到替一些中国哲学家贴标签的困难。唯心与唯物是哲学上的基本分别,孔子是个公认的大哲学家,他到底是唯心派还是唯物派呢,在《论语》里可以找到一些话证明他是唯心的,也可以找到一些话证明他是唯物的。王充和范缜的哲学系统都显然是唯物的,可是他们也偶尔暴露过宿命论的思想。朱熹的理学显然是客观唯心论,可是他一方面讲理先于气,一方面也讲格物致知。再说哲学思想都有阶级根源,唯心思想总是为反动阶级服务的,唯物思想总是为进步阶级服务的。在中国却也有例外的,我们很难否认朱熹王阳明那些人是关心人民利益的,尽管他们都是唯心的。董仲舒的世界观算是最反动的,可是他也是第一个人提出平均土地的主张。道家的思想基本上是唯物的，可是从汉朝以后，道家一直不断地为反动势力服务。从此可知，中国哲学家的阵营是复杂的。过去几年中国哲学史家们之中很有人采取了一种快刀斩乱麻的办法，把许多哲学家们都贴上简单的标签，放在两个密不通风的框子里，仿佛列在唯物派的就和唯心派划清了界限，不是唯物派在政治上就一定是反动的。从百家争鸣以来，这种贴标签放在框子里的办法已逐渐引起了怀疑和不满。这是庸俗社会学和教条主义应该得到的反响。

研究中国哲学史，是象研究其它中国问题一样，必须根据马克思列宁主义，结合中国具体情况，作仔细的具体分析。这种工作是艰巨的，还有待于研究中国哲学史的专家们。在这里我只根据一个普通人的常识，指出一个客观事实，就是有些人的思想就象蛤蟆一样，是水陆两栖的，时而唯心，时而唯物。就拿现在的知识分子来说吧，多数人是热爱马克思列宁主义的，但是对各种各样的唯心主义也还是怀着好感，这次北京大学哲学讨论会中有些人的发言就是很好的证明。我们很难想象到在没有思想改造运动的旧时代里，哲学家们在头脑里洗清敌对的思想反而比现在更容易，更彻底。

思想上何以有这种两栖现象呢？一言以蔽之，因为思想是发展的。凡是发展都是在一定基础上进行的。上层建筑总是落后于经济基础。每一时代里都有些过时的落后的思想残存于人们的意识里。每个思想家从历史传统所继承来的东西也是复杂的，有些符合新的历史条件，也有些不符合新的历史条件而保存原来的落后的形式。这两种思想在许多人的意识里长期处在矛盾对立的状态。正是这种矛盾促进着思想的发展。在发展的过程中，或是某一方面遭到完全否定，或是对立的两面达到了调和统一。这样才能有彻底的完整的思想系统，这是思想成熟的结果。但是历史上哲学家们有很多人始终没有能克服他们的矛盾,始终没有建立一个彻底的完整系统,正是这批人表现出思想两栖状态。在有些人的矛盾对立的两面中还可以找到主流,在有些人的对立的两面中连主流也很难找到。哲学史家的毛病在于把一个哲学家的思想看成静止的,一成不变的,根据某一个横断面来作盖棺定论。正确的历史方法必须根据矛盾发展的观点。

关于哲学家的世界观与政治倾向的矛盾也是如此。总的来说,唯物主义往往与进步的政治倾向连在一起的。唯心主义往往与落后的反动的政治倾向连在一起的。但是这个原则在中国哲学史上也遇到很多的例外,如上文所已提到的。如果我们把中国哲学家排排队看,我们就会发见带些唯心色彩的人很多,不关心人民利益的却不很多,就我的浅薄的知识来说,我还想不出一个例子来,除非是只字未留的杨朱。是否可以因为一个哲学家抱有反动的世界观,就把他划分到反动阶级,或是就断定他一定是为反动阶级服务的? 我想这是不妥当的。恩格斯在讨论法国作家巴尔扎克时,曾指出作者的反动的政治见解与现实主义的艺术成就之间的矛盾。他没有详细说明这种矛盾的原因,只说这是现实主义的一个伟大胜利。恩格斯毫不掩饰巴尔扎克的政治思想的反动性,却也不因此就否定他的艺术作品的进步性。这才叫做"具体分析",这才是历史家们所应奉为典范的。

思想两栖是个客观的事实。这个事实并不排斥唯物主义与唯心主义斗争的尖锐性,因为两栖类之外,每个时代都有些比较彻底的唯物主义者和唯心主义者,壁垒还是很森严的;就连两栖类哲学家自身中矛盾对立的两面也是自觉的或不自觉的在不断地进行着斗争。

承认思想两栖的事实就是承认矛盾发展的原则。这对于我们思想改造运动是有现实意义的。思想有待改造的必要,就因为思想还有两栖的事实。旧知识分子受过了马克思列宁主义的洗礼而对于唯心主义的思想尚在有意无意地留恋，这是一种情形；革命干部本来是在马克思列宁主义的教导之下而形成他们的思想体系的，有时也在教条主义的言行上暴露一点唯心色彩，这是另一种情形。正视这种事实，思想改造的工作才可以顺利地进行。就连爱贴简单标签的历史家们之所以那样做，恐怕也还是由于他们的思想还停留在两栖状态。所以解决思想两栖问题，也是中国哲学史走上正轨的一个先决条件。

（载《新建设》第三期，1957 年 3 月）

# 读《在延安文艺座谈会上的讲话》的一些体会

毛主席《在延安文艺座谈会上的讲话》，我是在解放后才读到的。初读时我觉得它是陌生的，格格不入的，因为自己过去对于文艺的一些看法遭到了彻底的否定。首先是文艺与政治的关系。我一向认为文艺是超政治的，如果拿文艺作宣传工具，就是侮辱了文艺；文艺只是为文艺，所以批评文艺作品，也只能有一个标准，就是艺术标准。毛主席却再三着重地说，"文艺服从于政治"，政治就是阶级的政治，为政治服务，就是为阶级服务，"任何阶级社会中的任何阶级，总是以政治标准放在第一位，以艺术标准放在第二位的"。我既认为文艺只是为文艺，文艺的功用只在表现个人的思想情感，欣赏和创作也只是让个人得到快慰，所以"为谁服务"在我就不成为问题。书写出给谁看，当然给读书人看，所谓"读书人"指的当然不是工农兵那些"老粗"，而是和我自己一样的"士大夫"阶级。现在毛主席却不但把文艺为谁服务的问题当作第一个主要的问题提出，而且毫不含糊地说，文艺是为工农兵和城市小资产阶级。这些人正是我们"士大夫"阶级过去所轻视的，毛主席却说，"拿未曾改造的知识分子和工人农民比较，就觉得知识分子不干净"。这就牵涉到文学家艺术家的学习问题。我过去相信"读书变化气质"的说法，认为学文艺首先就要学文艺方面的经典作品，文学家艺术家首先要有一副高超玄远的胸襟气度，这就要靠读书深思，静观默索来涵养。现在毛主席却说，"过去的文艺作品不是源而是流"，而文艺"唯一的源泉"却是"人民生活中的文学艺术原料"，所以，"有出息的文学家艺术家"必须"全心全意地到工农兵群众中去，到火热的斗争中去"。

很显然，毛主席关于文艺的指示和我过去"先入为主"的一些成见是水火不相容的。年轻一代人听到我对于文艺曾有过上面所说的那些荒谬离奇的想法，或许还难以置信。我只能向这些年轻一点的读者说，你们比我迟生了几十年，这是你们的幸福，你们不至于有这样荒谬离奇的想法了。可是在我和你们现在的年纪相仿佛的时代，这些想法并不是我一个人的想法而是相当普遍的想法。过去许多中国知识分子这样想过，许多外国知识分子这样想过，至今英法美等资本主义国家的多数文学家和艺术家还是这样想。这种想法在过去相当长的时期内，既不离奇，更不荒谬，而且简直是天经地义。在那个时期里，或是对于在那个时期的影响之下成长起来的人们（就是说，资产阶级的知识分子），毛主席的文艺思想是很不普遍的，显得有些荒谬离奇的。从这个简单的事实看，我们应该体会到毛主席的讲话具有如何巨大的革命的意义。

关于这个革命的意义，我敢说，我的体会比起一般年轻一点读者们的或许要深刻一点，因为革命的对象就是我自己所代表的那套资产阶级的唯心主义的文艺思想。年轻一代人读到毛主席告诫小资产阶级知识分子的话,如果他们的感觉是锐敏的,当然也会感到"若芒在背",有些不自在,但是对于像我这样毛病更深沉更显著的人来说,毛主席的讲话简直是个当头棒,打得准,而且打得狠。凡是我过去所认为在文艺上是天经地义的东西,在我思想里扎根最深固的东西,也就是我从资本主义国家学来的那一套主观唯心论的美学和颓废派的文艺理论,都被毛主席的这次讲话从基础上打垮了。从我自己所受的这一当头棒来看,我体会到毛主席对于过去文艺界的病根作了切中要害的诊断,对于要摧毁什么和要建立什么也给了切中要害的处方。

病根在于所站的不是无产阶级和人民大众的立场,脱离群众,脱离现实生活。治疗的方法在于学习马克思列宁主义,深入工农兵群众向实际生活学习,来改变思想感情,改变阶级立场。这个要求对于我来说,只要大搬一次家,从一个世界搬到另一个世界。这是一个艰苦的工作,但也不是绝对做不到的工作。从我自己的还不很彻底的转变来看,尤其是从许多比我先进的人们的比较彻底的转变来看,这个艰巨的工作是可以逐渐做成的。拿现在文艺界思想情况和我在解放前几十年中所习见习闻的文艺界的思想情况作一个对比,就可以看出变化是很大的。单就这一点说,毛主席所指示的文艺思想在中国已经由不普遍而变为普遍的了。现在绝大多数文艺工作者不但都已认识到毛主席所指示的方向是正确的,而且都在努力朝这个方向走。从此我们可以体会到毛主席的《在延安文艺座谈会上的讲话》所发生的深刻的影响。

《在延安文艺座谈会上的讲话》发表已经十五年了。在这十五年之间,我国在各方面都发生了史无前例的大变化。我们推翻了封建反动统治,摆脱了帝国主义的枷锁,完成了资产阶级的民主革命,现在正在胜利地进行社会主义的改造和建设,把中国由落后的贫弱的农业国家变成壮大的富强的近代工业化国家。这个局面和延安抗日时代已大不相同了。即单就文化战线来说，发展也是巨大的。不但多数文艺工作者经过了思想改造，马克思列宁主义的学习，革命斗争的训练，真正为工农兵群众服务的文艺已在生长繁荣起来，而且工农兵群众本身在组织，教育，文化思想，经济状况各方面都在日益提高，他们自己队伍里已出现了许多优秀的文学家和艺术家。人们不禁要问：在这样巨大转变的局面之下，毛主席的讲话是否还能适用呢？它的适用的范围和程度是否也要随之转变呢？

我认为这不是转变的问题，而是在较高的阶段，如何适应目前具体情况，来运用毛主席所指示的原则的问题。我们一方面要看到文艺界近年来的巨大的进展，一方面也要看到文艺方面的进展大大落后于经济基础和实际需要的事实。值得特别的提出的是国内文艺界矛盾的转变。在延安时代，国内文艺界还进行着剧烈的敌我间的斗争。现在敌我的矛盾基本上已经解决了，而毛主席的讲话里所谆谆告诫的改变小资产阶级立场和意识的问题就显得更迫切了。今天国内文艺界的主要矛盾是小资产阶级的思想意识与无产阶级思想意识之间的矛盾。工农兵群众中已经出现文学家艺术家了，一部分非工农兵出身的文学家艺术家已或多或少地站上无产阶级立场了，但是这些究竟还居少数，大部分从事于文艺的知识分子仍然或多或少地留着或掩藏着小资产阶级的狐狸尾巴。这就是目前文艺界的基本事实。从量方面说，文艺作品是在日渐增多，但是还远不足以供应广大的工农兵群众的要求。从质方面说，文艺作品近来提高并不很显著，在文化思想已经有显著提高的工农兵群众看，它们已经不很能令人满意了。主要的毛病在于许多文艺作品还没有脱离公式化的倾向。这就说明了教条主义还是存在着的。教条主义的存在也就说明了在学习马克思列宁主义和学习社会两方面都还有缺陷，文学家和艺术家们还是或多或少地脱离群众，脱离现实生活，凭简单的主观看法在粗制滥造。这也就说明了毛主席所提的"为谁服务"和"如何服务"两大问题在今日还没有得到完满的解决。对于一般文艺工作者,特别是还有小资产阶级意识的,毛主席所指示的那个明确的方向——"学习马克思列宁主义和学习社会","长期地无条件地全心全意地到工农兵群众中去,到火热的斗争中去,到唯一的最广大最丰富的源泉中去,观察,体验,研究,分析一切人,一切阶级,一切群众,一切生动的生活形式和斗争形式",认真地学习"人民群众的生动的丰富的语言","把自己的思想感情来一个变化"——还是今日应该努力争取的目标。

此外,还有与培养新生力量关系密切的普及与提高的问题。我是在学校里工作的,在学校里我们所感到的最迫切的问题是在教学上和科学研究上,新生力量都接不上来。我想文艺界恐怕也有类似的情形。好在工农兵群众中,像上文所已指出的,已经出现了一些优秀的文学家和艺术家。这是最值得珍视的新生力量。文艺界的未来是属于他们的。所以我们绝不应把眼光只放在已经有些成就的专业的作家身上,还应更多地注意培养这批新生力量。目前他们还仅在萌芽时期,在量上和在质上都还不够。如何提高他们? 这是目前一个迫切的问题。如果专业的文艺工作者想提高,就要深入工农兵群众去体验实际生活斗争,已有很丰富的实际生活斗争经验的工农兵文艺新生力量想提高,就是有计划地定期脱产进学校,去学习文化与文艺专业的知识技能。在这方面,专业的文艺工作者既可以给他们教,也可以向他们学,一举两得。这种工作本来已在进行,我认为还须把更大的力量投到这上面来。这里就牵涉到毛主席所提的继承文化遗产的问题。中国古典的整理与外国古典的翻译在今日都是刻不容缓的事。总之,遵照毛主席所指示的方向,我们所要做的工作还是很多的,而且是很艰巨的。

(载《文艺报》,1957 年 5 月 19 日)

# 我们有了标准

毛主席《关于正确处理人民内部矛盾的问题》一文的正式公布，是从二月底以来，我国人民和全世界人民久已渴望的一件大事。在对反党反社会主义的右派思想言论进行批判中，这篇文件的公布是很及时的。毛主席在这篇文件里明确地提出六条辨别香花和毒草的标准，并且指出这六条之中，"最重要的是社会主义道路和党的领导两条"。拿这些标准来衡量一下章伯钧、罗隆基、章乃器、储安平等右派分子的思想言论，他们反党反社会主义的实质在这面照妖镜之下就原形毕露了。

是不是在这六条标准提出之前，人们对香花和毒草就完全不能辨别呢？应该承认情形是复杂的。就我个人来说，对葛佩琦那样的发言，倒是一见而知其为荒谬，不站在反革命的立场就决不会说出那样荒谬的话,对于比较隐蔽,不象那样明目张胆的反动言论,我的嗅觉就显得很迟钝了。我原来想:章乃器的拿定息不是剥削的说法只是对个别问题认识的错误,章伯钧的国务院只拿出成品和主张要有设计院的说法只是因为他有职无权而发牢骚,储安平要向"大和尚"提意见,反对"党天下",也不过是想说俏皮话"一鸣惊人",出出风头,如此等等。我根本没有想到他们会反党,反社会主义。他们这些人素来以进步的民主人士的面貌出现,我对他们寄与一种天真的信任,因此对他们就不朝坏处想。当然,主要的原因还在我的政治觉悟水平低。等到批判展开了,广大群众对于这些右派分子反党反社会主义的言论和行动不断地有所揭发,我才逐渐认识到,他们这些人的谬论不仅有长久的深固的思想根源;而且在开始表现于政治行动,情形是严重的。不过我心坎里还有一些怀疑,作为人民内部矛盾问题来看待,象现在这样近于"围剿"式的批判是否过火一点呢? 正在这样怀疑时,我读到了毛主席的文章。我首先想从这篇文章得到解决的正是关于右派分子的问题。我得到了辨别是非的标准,不单是那六条,这篇文章全部都是帮助我们辨别是非的标准。我拿这些政治标准来衡量一下章伯钧、罗隆基、章乃器、储安平等等,我发现六条之中没有那一条可以作为根据,断定他们不是毒草而是香花。既然是毒草,我们就得把他们当毒草看待。他们反党反社会主义是确定了的。难道在党所领导的社会主义国家里,反党反社会主义的人还可以不但窃居高位,而且利用他们的高位来进行反党反社会主义的勾当吗? 经过这一番衡量,我对于右派分子问题,在思想上算是得到澄清了。

这次对反党反社会主义思想的批判对于我是一次深刻的教育。自从毛主席的文章发表了,我们有了标准。我凭借这些标准,不但检查了右派分子的思想,也检查了我自己的思想。我感觉到,在我们社会主义国家里,如果听任章伯钧、罗隆基、章乃器、储安平之流横行无忌,天下固然就会大乱;如果广大群众之中有很多的人都象我这样思想模糊,"见怪不怪",天下也未必就能安宁。广大群众之中象我这样思想模糊的人是否就居少数呢? 未见得。从报纸上批判发言的记录看,许多人的认识也大半是由模糊而逐渐明朗化的。明朗化是好事,如果不明朗化,这次整风中的一股歪风就会成为培养赞成资产阶级政治路线的思想的温床,如果这种思想不一定就能占上风,它至少是向社会主义前进的路上一个大障碍。所以说,明朗化是好事。这种明朗化是自发的吗? 如果没有李维汉同志在统战部的总结发言,如果没有《人民日报》五月八日以后一系列的社论,特别是如果没有毛主席这次发表的文章,很难想象右派分子所掀起的一股歪风就会自然平息下去。单凭这一点来看,我们也应该认识到党的领导对我们有多么大的重要性。

（载《文汇报》,1957 年 6 月 24 日）

# 为什么要放？怎样放？

在《中国青年》里读过一些关于"青年怎样对待百花齐放"的文章，我有许多话想说。依我猜想，这些文章的作者大半是二三十岁上下的人。我今年六十岁了，以六十岁的人来看这问题，当然和二三十岁的人的看法有些不同。但是我也是从二三十岁走过来的。于今回顾一下我在文艺阅读方面的探险历程，觉得冤枉路实在走得不少。如果老天允许我回过头来重新做二十岁的青年，凭着一些"事后聪明"的失败教训，也许少费一点气力而多得到一些收获。这当然是幻想。因此，我羡慕青年人，我也渴望青年人不要再走我所走过的那些冤枉路。本着这种心情，我就文艺阅读问题谈一谈我的意见。

首先是"放"的问题。我自己是先在鸟鹊笼里关了十来年，而后一放就放到大沙漠里去的。小时我读的是私塾，教我的人就是我父亲。他是做八股的，讲礼教的，"圣贤书"以外他一律不准我读，小说特别遭到严禁。十五岁以前，我只偷看过《三国演义》和《西厢记》。当时我只私下怨恨为什么不许我读这样有趣的书。现在我才明白这种禁戒对我所造成的损失，我的情感和想象在刚发芽的时候就遭到风霜，在心理发展上我自幼就养成了个残废人。十五岁以后，我进"学堂"了，脱离了父亲的监督，在阅读方面倒是无拘无碍，可是就象被扔到荒山里或大沙漠里去自寻生路。在荒山里我也偶尔拾得花果，在沙漠里我也偶尔找到金粒。但是费了多少冤枉的摸索！许多好书我都没有读，倒读了一些不三不四的书。我单凭一时的兴趣去东奔西窜，没有一个计划，也没有一个重点。这好比游历，在一些小丘小壑里流连了太久，把游西湖和庐山的时间也耽搁了。影响的好坏暂且不说，单就时间精力来说，这是不必要的浪费。过去固然有人赞扬"以有涯之生，作无益之事"，我却看不出这里有多大道理。我自己这样做过，现在只有使我后悔。

根据这一点痛苦经验，我赞成放，赞成有目的有计划地放，我反对鸟鹊笼式的禁闭或是温室式的培养，因为这会防害蓬勃生机的自然发展，养成一些心理上的聋子跛子或是一些经不住风吹雨打的娇花；但是我也反对把青年扔到荒山或是大沙漠里，让他们去自寻生路或是"披沙拣金"。我认为阅读好比游历，到一个新奇的国度去探险之前，如果登高了望一下，或是找一本游记或游览指南看一下，把这国度里山川形势知道个大概，知道哪些地方是该游览的，然后定出日程来，按部就班地去游览，这样有计划地做，收获会要大些。如果只给你一张到那个国度的通行证，对于你倒是"放"了，而你却不知道往哪里走，始终在迷途里摸索，你就不能最合理地最有效地收到那"放"的效果。你就可能自己把自己禁闭在一个无聊的小角落里。这就还不是真正地"放"。

要放就要真正地放。前几年青年们读的是《把一切献给党》,《卓娅与舒拉的故事》,《钢铁是怎样炼成的》,《古丽亚的道路》,《拖拉机站站长和总农艺师》之类书籍,现在读的是《约翰·克利斯朵夫》,《少年维特之烦恼》,《简·爱》,《茶花女》乃至《三 K 党》,《奇婚记》,《假面具下的爱情》之类书籍,这是否就算真正地"放"了呢?我很怀疑。放是放了些,放得有些不伦不类,要说从《把一切献给党》,《卓娅与舒拉的故事》那一类书籍转到《三 K 党》,《奇婚记》那一类书籍是"放",那就很难说从坏放到好。《克利斯朵夫》,《维特》那一类书籍固然是好的,但是比它们更好的书籍还不计其数。从《中国青年》和《中国青年报》偶尔见到的统计和报导看,青年常读书籍的目录不是很长的,可以说,他们所涉及的范围窄狭到很可怜的地步。说外国古典吧,为什么《荷马史诗》,《堂·吉诃德》,莎士比亚,莫里哀,《浮士德》,《战争与和平》之类名著至今还打在冷宫呢?近代小说在十九世纪俄国成就最大,为什么读托尔斯泰,屠格涅夫,陀思妥耶夫斯基,契诃夫等人的并不多呢?为什么读高尔基的《母亲》就不如读《简·爱》和《茶花女》那样起劲呢?有一部分青年似乎矫枉就必须过正,从一个极端走到另一极端,对思想性较强的作品看厌了,就专找谈爱情的书籍去读;对一部分苏联作品感到不满足,因而就连帝俄时代的名著也不看了。这是不是一个值得庆幸的现象呢?就中国古典来说,多数青年的认识似乎还没有超过《水浒》,《红楼梦》和《三国演义》那几部小说。为什么读诗词曲的人还是很少呢?再说文学范围是很宽广的,小说,戏剧和诗歌之外,也还可以看一些传记,游记,日记,书信,小品文之类。再推广一点来说,历史(例如《左传》,《史记》,《资治通鉴》),哲学(例如《论语》,《庄子》,《论衡》),科学(例如《水经注》,《本草纲目》)各方面的名著也还是可以当作文学书籍去读,我再说一遍,现在青年读物的范围是太窄狭了。

窄狭就是闭塞,就是不放。从前人把眼界闭塞的人比作井底蛙。"坐井观天",就势必"诬天渺小"。这里就牵涉到文艺读物有毒无毒的问题。毒是从两面来的。一面是从作品本身来的,海淫海盗的书本身就有毒,它们写作出来就是为着传播毒素的。另一面是从读者自己的低级趣味来的。名著写人生各方面,因而也就有阴暗丑陋的一方面,有些读者把眼光就专注在这样阴暗丑陋的片面,例如读《水浒》就专注意西门庆和阎婆惜,读《红楼梦》就专注意贾琏和鲍二家的那种场面,这样一来,原来在一剂药方里有其它药品配合可以抵消坏作用的那种毒药被抽出来单独使用,当然就要使饮者中毒了。姑就目前许多青年爱看的《约翰·克利斯朵夫》和《少年维特之烦恼》那两部书来说,这两部书都是好书,也都是各国青年都爱好的书。如果读者把自己封闭在两书的某一片面,比如说,读《克利斯朵夫》只被它的个性自由主义吸引住,读《维特》只醉心于那一点失恋的愁苦,它们的影响就不能说是健康的。它之所以是不健康的,因为它是片面的。就大的范围来说,这两部书在全部世界文学宝库里是片面的;就小的范围来说,个性自由主义在《克利斯朵夫》里和失恋的愁苦在《维特》里尽管是突出的,却还是片面的。某些青年人之所以陶醉于这一片面,大半是因为这一片面打中了他们心里的弱点。比如说,失恋的人读《维特》就特别感到痛快。由于要迎合自己某些弱点而爱读某一类书的人是很多的,恰是这种人容易中毒,因为书中某一片面滋长了他们的弱点。

　　有毒无毒的问题就在这里。我们怎么对待这个问题呢?有些关心教育影响的人提出了一个简单的方案:禁闭。禁闭是行不通的。我父亲禁止我看小说,我还是偷看了一些。要点还不在此。如果因为文艺作品可能发生坏的影响而就加以禁闭,那就势必禁闭一切文艺作品,象中世纪基督教会那样,因为凡是反映现实的书象上文所说的,都不免要反映出现实的一些阴暗丑陋方面。象《荷马史诗》那样庄严伟大的作品也还有写残暴、欺诈乃至于淫荡的段落。因此,另外一些关心教育影响的人就想出另一办法:删削。在各国青年读物里,许多古典作品都因此遭到宰割和损坏。我不赞成这样做,因为这是歪曲作者所反映的全面真实,不但对作者不起,而且对青年也无好处,这就象怕他胃弱,一辈子只准他喝奶。这也还是温室培养的一种方式。青年人大半反对这两个办法。他们说:"别对我们那样不信任,我们自有鉴别力,我们也能分析,能独立思考!"这种信心是可喜的,也是教育家们所应估计到的。不过作为一个过来人,我敢说文艺鉴别力固然是青年人大半都有一些的,但是青年人所有的那一点不一定就十分可靠,比较可靠的文艺鉴别力是长期努力培养的结果。

　　问题的关键就在文艺鉴别力。有了鉴别力,读作品就不怕中毒。一个人不会为低级趣味的东西迷住,如果他知道有较高尚的东西,有更富于吸引力的东西。鉴别力就是比较力和分析力。比较和分析都要靠掌握比较全面的材料。好比谈恋爱。从前有些长期没有接触女性的小伙子,碰到第一个姑娘就一见钟情。如果他对于女性有较广泛的接触,较深刻的认识,他就会见出她们之中还有高低之别,知道挑选他认为最满意的。所以培养鉴别力就要靠"放",就要靠让青年多读一些好的作品,对文艺逐渐形成一个比较全面的认识。再拿歌德的《维特》来说吧。一个处在类似维特地位的青年如果只知道《维特》这一本书,他就势必陷在那个失恋愁苦的小圈子里。如果他进一步读一读同一作者的《威廉·迈斯特》,他就会从《维特》的圈子解放出来,认识到人生的较广大的方面。如果他再进一步读一读《浮士德》上下两部,他的世界就会更加广阔,就会认识到人生的较深刻的方面。文艺作品原来就有"解放"的功用,未解放前的闭塞总是一种压抑,因此,总是一种中毒的根源。文艺作品之所以要产生教育的功用,也正因为它有"解放"的功用。温室培养式的文艺理论和创作方法之所以是不健全的,也正因为它没有看到文艺的这个"解放"的功用。

上文提到还有一种本身就有毒的作品,例如诲盗诲淫的书籍。我们对这一类作品怎样看待呢? 有些青年说的很干脆:"遇着毒草,也要拿起来把玩一番",看了诲盗诲淫的书,"终不成看了便去嫖妓,作窃!"我不赞同这个看法。我们并非说,所有的看诲盗诲淫的书的人都必然要去作淫盗的勾当;但是我们必须说,确实是有一部分人看了这类书而去作淫盗勾当的。美国这类书特别多,他们的青年从这类书所受的毒害是铁一般的事实。我在写这篇文章时,摆在桌上的 6 月 13 日的《人民日报》里就有《美国文化诲淫诲盗,台湾青年受害不浅》一条记载,读者不妨翻出来再看一遍。这里还必须指出,这类黄色书籍并不能看作文艺作品,它们是彻头彻尾的毒素。我们有些人之所以想看它们,正是因为这些书籍迎合了他们性格中的落后方面,正因为他们还闭塞在低级趣味里,还没受到真正文艺作品的"解放"的功用。

青年中"放"的问题是艰难而复杂的,不是一篇短文可以解决的。最后,我向文化教育领导方面呼吁:请更严肃地对待这个问题,禁闭固然走不通,放任自流也未必是上策。此外,作家和翻译家们也得多关心一点青年阅读问题,现在的文艺书籍无论是在量方面还是在质方面,都还远不足以应付现在青年的需要,要青年"放",就要替青年创造"放"的条件。

(载《中国青年》第十三期,1957 年 7 月)

# 不能先打毒针而后医治

政治同业务是统一的，"先专后红"，不妥，"先红后专"也不妥。

首先同意几位同志的意见，这是资本主义，社会主义两条路线的问题。这首先表现在知识分子的立场上。从这次反右派斗争中，得到一个深刻的教训，就是几乎所有右派分子毫无例外地都是些极端个人主义者，一切从自己出发，图名利，争地位，把知识当作商品来卖。这首先是立场问题。这种思想形态有它的深固的阶级基础和历史根源，不肃清它，就无法过社会主义这一大关。追根到底，这首先是立场问题，也就是为谁服务问题。我们马克思主义者不是为科学而科学，为文艺而文艺，也不是为个人名利而科学，而文艺，我们要求科学和文艺都要为人民谋幸福，都要达到改造世界和改造自己那个崇高的实践目的。资产阶级右派分子站在个人主义的立场上就不这么想,科学和文艺都首先为他们自己服务,为他们争名夺利,往上爬,骑在人民头上的工具,为着达到这种卑鄙的自私目的,他们就势必置集体利益于不顾,一遇到阻力,就心怀仇恨,由反动的思想发展到反动的行动。这种人怎么会进入社会主义社会呢?社会主义社会所要求的思想和品质正是和他们的那种思想和品质相对立的。他们口里说赞成社会主义,那就必然是虚伪的。同时,他们这种人也就必然反对党、仇恨党,因为我们的党是领导人民走向社会主义的党,是要消灭资产阶级思想包括个人主义在内而建立马克思主义的世界观和人生观的党。右派分子既然从个人主义出发,就必然仇恨违反他们私人利益的社会主义制度,仇恨与资产阶级思想对立的马克思列宁主义,仇恨这种制度和主义的捍卫者和推动者:共产党。所以这是两条路线的生死斗争的问题。

所谓"红"与"专"的问题也就是这两条路线的生死斗争问题中的一部分。如果说,"先红后专",指的是先把个人主义立场放弃,才能更好地为社会主义服务,那么还是可以的。离开"红"而讲"专",那是什么样的"专"呢?那就是资产阶级路线的"专",就是反党反社会主义的"专"。很难想象,我们既然要跟着党走向社会主义,同时还要培养出一批反党反社会主义的"专家",来腐蚀我们自己,消灭我们自己。在科学领域里,离开"红"而讲"专",那就成为钱伟长、费孝通之流的"专",他们利用他们的"专"来企图复辟资产阶级在政治上和学术上的统治;在文艺领域里,离开"红"而讲"专",那就成为冯雪峰、丁玲之流的"专",他们利用他们的"专"来腐蚀人民的灵魂,推翻党的领导。从这些右派分子的事例看,我们如果提倡脱离"红"的"专",那就等于自杀。

我们大多数知识分子是从旧社会移交下来的,这批人在踏上新社会以前,在不同程度上已经在资产阶级制度和教育下不同程度地各有所"专"。这是脱离"红"的"专"。到了新社会里,脱离红的"专",就是资产阶级路线的"专",所以,他们如果想用他们的一技之长来为社会主义建设服务,就不得不补课,接受社会主义教育,进行思想改造。就这批旧知识分子来说,"先专后红"还有它的片面的意义。其所以是片面的,因为"红"所需要的"专"不是资产阶级所需要的"专",旧知识分子原有的"专"有些要拿"红"来改造,有些还要拿"红"来清洗,他们还要在"红"的基础上对他们所"专"的那一门知识上重新大大地下一番"专"的工夫。这就是说,他们也还是要先"红"后所"专"。姑举哲学和社会科学为例。在唯心哲学和资产阶级的社会科学上"专"过的人在新社会里用得着他们的"专"吗?他们如果还想用哲学和社会科学来为新社会服务,就得从头当小学生,根据新的客观现实和新的客观需要,去探求新的事物规律。如果他们以为原来的"专"已够了,所差的只是"红",那就不但不可能接受"红",而且就必然要死守原有的"专",一定要使唯心哲学和资产阶级社会科学复辟。这就是目前许多右派知识分子的狂妄企图。

"红"与"专"是统一的,现在搞社会科学真正要"专",非"红"不可,不"红"则"专"不进去,不懂马列主义方法,愈"专"愈不对头。对于年青一代来说,"先专后红";就是说,把他们训练成我们这样的旧知识分子,然后再费大力对他们进行思想改造。所谓"先红后专",其意义就不过如此。必须指出,我们旧知识分子之所以要采取片面意义的"先专后红",是一件不得已的事。头一层,这是一条冤枉路。我们旧知识分子花去了我们青春时代最宝贵的光阴与最旺盛的精力,沿着资产阶级的路线,对某一门学问"专"了一阵子,现在发现一向敝帚自珍的那一点家当,不但大半是无用的而且是错误的、腐朽的,只得走回头路,重新学习起,谁也不免后悔从前精力的浪费。假如一开始就走上正路,我们岂不是可以有较多的成就,更好地为社会主义建设事业服务？其次,这也是一条艰难的路。从这次反右派斗争看,我们已经很清楚地认识到思想改造没有我们原来所想象的那么容易。先入为主,把多年学习得的东西丢掉,比从头学习一件新的东西要困难得多。既然养成了资产阶级心理习惯,例如个人主观主义,自高自大,名利观念,抽象的民主自由,艺术的良知等等,都在你心里扎下极深的根,有形或无形地在支配你,要把这些东西扫除干净,绝不是一朝一夕所能做到的事。所以脱离"红"的"专"对于"先专后红"的"红"就是一个大障碍。我是一个过来人,深知此中甘苦。现在却说要年青一代人走这条老路,"先专后红",那就等于请他们先裹小脚,然后再设法去放大,或是先向他们注射毒针,然后再设法去医治。这不但是愚昧的办法,而且是残忍的办法！

所以我说,"先专后红"的口号万万不能蔓延。

(载《光明日报》,1957 年 10 月 25 日)

# 罗隆基要把知识分子勾引到什么道路上去？

　　罗隆基一再大言不惭地说自己有代表大知识分子的资格。这是对于知识分子的侮辱。要说罗隆基代表知识分子，他也只能代表知识分子的最落后的一面。无论罗隆基能不能代表知识分子，他想对知识分子进行欺骗，煽动知识分子的落后的一面，利用他们作为他的政治资本，却是事实。他想找群众做后台。在现在中国，基本群众是工农，而工农却不能成为他的政治资本，一则由于他的封建地主意识，他眼里一向没有工农，至今还没有认识工农的力量；二则工农眼里也没有罗隆基，他在工农中是找不到市场的。剩下的就只有知识分子，于是他就决定押这一宝。他对知识分子的作用也作了错误的估计，这是与他轻视工农大众分不开的。他以为现在知识分子就是封建时代的"士"，可以用一切高官厚爵来收买,以为现在国家各部门的建设非有知识分子不行,知识分子是各部门的骨干。能抓住知识分子就可以成大事,不要工农也行。他认识不到毛主席所说的"知识分子如果不同工农群众相结合,则将一事无成"。

他既然想要知识分子的力量来打江山,当然就希望这一块市场归他独占。他看到共产党也在知识分子中间发展党员,心里就大起恐慌。本来专与红的结合才能更好地为社会主义服务,知识分子入党,对于社会主义建设是好事,对知识分子也是好事。但是罗隆基考虑这个问题,并不是从国家利益和知识分子的利益来着眼,而是从封建割据和帝国主义的"势力范围"的观点来着眼。于是他一方面肆无忌惮地提出工农归共产党,知识分子归民盟那个谬论的建议,一方面趁鸣放之际,混水摸鱼,和章伯钧篡改民盟的组织路线,拉拢落后分子,号召"火线入盟"。这不是向党进攻是什么呢?

罗隆基向党进攻的策略是非常毒辣的。正如在政权的问题上,他的主要攻击目标是无产阶级专政与党的领导这个基本原则,在知识分子的问题上,他的矛头也首先对准着党对知识分子的团结教育改造这个基本政策。民盟作为一个知识分子的政党,它的中心任务就是贯彻党的这个基本政策,在党的领导之下,对旧知识分子进行团结教育改造。罗隆基身为民盟的领导人,不是不知道民盟的这个中心任务,但是这个中心任务是和章罗联盟的阴谋背道而驰的,于是他们就篡改民盟的政治路线,把思想改造偷偷地放开,代之以他们所曲解的"百花齐放、百家争鸣"。这还不算,罗隆基还到处对知识分子的思想改造进行恶毒的污蔑。他在今年全国政协大会发言里说,"中国旧社会的'士'有这样一套传统观念:'以国士待我者,我必以国士报之;以众人待我者,我必以众人报之。'合则'士为知己者死',不合则'士可杀不可辱'"。他替知识分子提出"礼贤下士"和"三顾茅庐"的要求。他说:"必须指出,今天批评、斗争和改造的团结方式同'士'所期望的'礼'和'下'之间是有矛盾的。"最后,他还劝领导干部要"主动努力","来消除彼此间(这就是党与知识分子)的隔膜"。

这番语是值得仔细分析一下的。首先是罗隆基在党与知识分子之间造成一个本来没有的主客之分,仿佛党是主,而知识分子只是客,不是当家作主的人;党是雇主,而知识分子是被雇用的;党是整人的,而知识分子是挨整的。其次,罗隆基认为由思想改造,党与知识分子之间就有了他所说的"隔膜",为了消除这种隔膜,最好是放弃思想改造而代之以"礼贤下士"。第三,他对知识分子说:党对你们不但没有"礼贤下士",而且思想改造就是对知识分子的侮辱。"士可杀,不可辱",受辱就要起来抵抗。这番话是与他的"无产阶级小知识分子不能领导资产阶级大知识分子"那句话是一脉相承的,其目的都在挑拨离间党与知识分子之间的关系。这就是右派分子的"知识分子阶级论"。究竟在新社会里,知识分子是否降级了,受了"辱"呢? 事实是不容罗隆基等右派分子一笔抹煞的。党对知识分子是一向重视的。远在 1939 年毛主席就发出"大量吸收知识分子"的指示。解放以来,党一直在把知识分子问题提到重要的议事日程上。团结教育改造的政策正足以说明党对知识分子的重视。今天的知识分子,无论就在国家生活中所起的作用来说,还是就政治待遇和物质待遇来说,比起过去国民党时代,都只能说是升了级而不是降了级。罗隆基之所以要抹煞事实,进行污蔑,就是要欺骗知识分子,把他们从党这一边勾引到他罗隆基那一边,从社会主义路线转到资本主义路线。在这方面他对知识分子也作了错误的估计,所谓"以小人之心,度君子之腹",以为中国知识分子还都象他罗隆基。他没有看到今天的知识分子大多数人是要求进步,愿意接受社会主义改造的。他们有的已经基本上站稳工人阶级立场,改造成为工人阶级的知识分子,有的也在逐步改造中。

违反历史规律的人不肯正视现实,往往爱打如意算盘。罗隆基的如意算盘可以分为三大步骤。第一步是招兵买马。这是与上面所说的挑拨离间和诱骗拐带分不开的,他自封为"知识分子的代言人",就摆出一副狐狸面孔,向知识分子讨好,"许甜头",说什么党是不信任你们的,要侮辱你们的,咱们原是一家人,都是知识分子,别跟他们走,到我这边来,我替你们叫苦申冤,我让你们"抬头出气",让你们有"大天地的温暖,小天地的自由"。他们说你是反革命,斗错了你吗? 我替你"平反",就连你胡风也不是反革命,来吧! 将来的江山有咱们的一份呀! 这就是罗隆基和章伯钧一班右派分子招兵买马的宣传提纲。

第二步是秀才造反。右派分子对这一点是很有信心的,"六·六"座谈会上他们那副眉飞色舞张牙舞爪的神色就足以说明这一点。罗隆基早就向浦熙修说得很清楚,"你不要以为无枪无弹就不能逼宫,王莽取得帝王,并未费一兵一卒。到了瓦解之势已成,乱者一呼,天下四应",原来这位自称"绝无什么野心"的罗隆基还想在"乱者一呼,天下四应"的时候当王莽。王莽干的是篡位,罗隆基也就想篡共产党的位。他的"礼贤下士",原来也是从王莽那里学来的。

这里人们不免要问:在今日世界,罗隆基凭一撮右派知识分子就能当成王莽吗? 工农不在他们一边,绝大部分知识分子不在他们一边,他们就能稳坐江山吗? 是的,这是不可能的,他们之所以敢有此妄想,因为他们手里还有最后一张王牌,那就是引狼入室,投靠他们的美国主子。艾奇逊不是老早就向罗隆基这批洋奴买办送秋波,说中国未来的希望在"民主个人主义者"吗? 罗隆基这些年来所扮演的正是这种"民主个人主义者"的角色。他们在积蓄力量,静待时机。所谓"时机"就象匈牙利事件之类的国内扰乱。他们是以兴奋的心情迎接匈牙利事件的。在罗隆基那批右派分子向党猖狂进攻的时候，他们的估计是类似匈牙利事件的局势在中国已经到来了，所以他们就乘机而起，到处放火，企图制造匈牙利事件，从而请美帝国主义插足干涉。罗隆基常告诫他的党羽们"多多研究第三次世界大战是否会爆发"。在他看来，第三次世界大战不可避免，前途未可乐观，应该对美帝预留一着棋子。这和蒋介石望眼欲穿地盼望第三次世界大战爆发，从而恢复封建买办阶级的统治，是没有两样的。

罗隆基他们的这三大步骤是一步紧接着一步的，前一步都是后一步的准备。假如他们的如意算盘打成了，我们且想想看，中国会造成什么样一种局面呢？很显然，美帝国主义会成了他们的太上皇，他们就成了美帝国主义的傀儡，狗仗人势，来骑在中国人民的头上。这就是把中国拉回到蒋介石统治下的旧中国局面，李承晚统治下的南朝鲜的局面，吴庭艳统治下的越南的局面。中国就会成为美帝国主义的原料市场、过剩物资的倾销场、军事基地和炮灰的来源。右派分子想望的是资本主义复辟，请问，到了那种殖民地的局面，中国还能发展什么资本主义吗？且看工商业和农业在南朝鲜和越南落后状况和人民极端痛苦的情形，且回忆一下我们自己在解放前的情形，我们就可以知道罗隆基们要把中国带到哪条道路上去。

事情是明显的，罗隆基这一批右派分子是要利用知识分子来造反，搞资本主义复辟，其结果只是把中国带到殖民地的道路。问题的严重性在此，我们今天斗争的重大意义也就在此。我们今天所要作的选择是社会主义与资本主义两条路线之间的选择，也就是独立国与殖民地之间的选择。罗隆基这一批人选择了殖民地的道路，这是不符合中国人民利益的，也就是不符合我们知识分子利益的。对于我们知识分子来说，这是要在主人翁与洋奴买办之间作选择。罗隆基这一批人要勾引我们走的是洋奴买办的道路。我们要向他们进行激烈的斗争,原因也就在此。我们在这次严重斗争中,不但要彻底打垮敌人,而且也要提高自己的政治觉悟。罗隆基的问题说明了如果让知识分子两面性之中落后的那一面发展下去,会产生什么样严重的后果,同时也说明了知识分子思想改造的重要性和必要性。所以我们今后必须抓紧思想改造的工作。

（载《光明日报》,1957 年 12 月 25 日）

# 在《文艺报》文风座谈会上的书面发言

　　洋八股是怎样起来的呢？顾名思义，它是从外国来的，用外国语文的形式硬套到中国语文上来，这就叫做洋八股。许多人不一定懂外国文，却很会写洋八股，他们是从翻译的文章学来的。

　　语言是社会生活中的交际工具。每个民族社会生活的历史背景不同，它的语言也就自有一些特点。俄文和英文不同，中文和英文更不同。这是一个彰明较著的事实，许多翻译者却抹煞这个事实，在翻译的时候往往死扣外国文的字而逐句地直译下来，结果就产生了外国式的中文，也就是所谓洋八股。

　　举几个简单的例子：我们中国人说，"铃子摇了，学生就上班"，写洋八股的先生们却说，"当铃子被摇了的时候，学生上班"；我们中国人说，"这本书写得很坏，没有人看得懂"，写洋八股的先生们却说,"这本书是写得如此之坏,以至于人们都不能懂它"。象这样的例子是数不尽的。

这些例子说明了洋八股的特点。中文原来直截了当,干干净净;洋八股却拖泥带水,拖拖沓沓。一篇洋八股往往要删去三分之一以上的字句,才能改成干净的中文。所以洋八股对于笔墨纸张是浪费,对读者的精力更是浪费。读到洋八股,读者的第一个印象就是蹩扭,"不象话",有时费大劲才能把一句洋八股读懂,有时虽然费了大劲也还是读不懂。就我个人来说,我很少读翻译的作品,因为读原文容易得多,也痛快得多。

是不是中文天生地就不能用来翻译外国文呢?是不是外国文里有些意思找不到恰当的中文来表达呢?这种问题在实质上与另一个问题是相同的:是不是我们头脑里可以有一种思想而找不到语言来表达呢?据我个人的经验来说,只要我头脑里有一种思想而且那种思想是酝酿成熟了的,我就总有办法把它说出来;说不出来的时候,不是找不到语言,而是那思想本身还是模糊的。做翻译也是如此,翻译要表达旁人的思想,这比表达自己的思想当然要难些,但是这种困难并不是不可克服的。只要我真正懂得了原作者的意思,把他的思想化成了我自己的思想,我也就总有办法把它说出来。不过在说的时候,作翻译与自己作文有一个重要的分别。自己作文时思想就直接表现于语言;作翻译时在待翻译的思想与要表达它的中国语言之中,还有一个第三者在作怪,那就是原文。原文在作怪,因为它引诱翻译者脱离它所表达的思想而专注意它的语言形式。正当的过程本来应该是由原文到思想,再由思想到中国语言。而由于上面所说的引诱,翻译者实际上所走的过程往往是由原文的语言形式到中国语言,把思想那一关跳过去或是蒙混过去。外国语言形式和中国语言形式有许多不同的地方,因此就产生了中国语言不能翻译或是难翻译外国语言所表达的思想那种幻觉。中国语言确实不可能翻译外国语文的形式，但是它可以翻译外国语言的思想实质。既然跳开了思想实质，硬要用外国语言的形式套上中国语言，于是洋八股就来了。洋八股的产生并不是由于中文的贫乏而是由于翻译者的愚笨和懒惰。我们在上文所举的那几个例子就可以充分说明了这个道理。

翻译弄出洋八股来，还有几分道理可说，因为原文确是洋文。有些人自己作文，也作成洋八股，那就更不象话了。尽管不象话，洋八股的势力还很猖獗。这里的毛病还是和翻译的洋八股一样，那就是脱离了思想的具体情境。在具体情境中我们只说"铃子摇了，学生就上班"，而写洋八股的人偏说"当铃子被摇了的时候，学生上班"，他们盲目地接受了外国语文的形式，没有想到这不是人民大众实际生活中的语言。

洋八股是脱离思想具体情境的，这就是说，它是脱离现实生活和脱离群众的。语言是社会交际的工具，在同一社会里语言必是共同的。这共同的语言就是人民大众日常生活中的语言。有了这共同的语言，作者和读者才能建立起思想感情上的联系。放弃这共同的语言使用洋八股，作者就在自己和读者之中造成了一堵墙。读者听到作者在用外国方式说话，就觉得作者和自己不是一家人，所谓"非我族类，其心必异"。这样，作者在语言上就已"拒人于千里之外"，还谈什么引起思想情感上的共鸣呢？洋八股的语言对于作者来说是没有表现力的，对于读者来说是没有感染力的。一个文学作家的工具就是语言；会运用语言是他的起码的必备条件。

我们还得追究一下写洋八股的先生们的思想意识。他们是否瞧不起人民大众的共同语言，要另搞一套，显得与众不同呢？在历史上这种情形是屡次发生过的。法国18世纪有一派作家就认为人民大众的语言是平凡低劣的，他们要造出一套所谓"较高贵的语言"来，以为不如此就显不出文学的"高贵"，也就显不出文学作家的"高贵"。在他们的作品里汤匙不叫汤匙,叫做"运送液体营养品到口里的器具"。吃饭用的叉子不叫叉子,叫做"运送固体营养品到口里的器具"。在过去,中国作家用文言写诗文的时候,也有些人认为日常生活的语言"不登大雅之堂",力求所谓"古奥"。在这些事例里,作者是有意识地要在语言上显得高出于一般人民大众之上。这其实就是剥削阶级意识的表现。语言本来没有阶级性,但是运用语言的方式却往往见出阶级性来。写洋八股的先生们是否还有些过去剥削阶级的残余意识在作祟呢?如果有,他们就无法面向工农群众,这也就是说,他们没有资格当社会主义时代的作家。

谈到究竟,作家语言问题并不是单纯的语言问题而是思想问题。要解决作家语言问题,就必须和作家思想问题一齐解决。多研究一些语法,多阅读一些好的作品,乃至于在实际生活中多学习一些人民大众的语言,这些训练对于解决作家语言问题当然是有帮助的,但是还不能算是根本的解决。根本的解决是在生活上站到工农群众队伍里去,在思想情感上站到工农群众队伍里去。有了工农群众的生活,有了工农群众的思想情感,工农群众的语言,也就是日常生活中好的语言,自然就会跟着来。这是起码的要求,做到了这起码的要求以后,作家进一步的任务就是把人民群众的日常语言加以丰富化与简练化。

（载《文艺报》第四期,1958 年 2 月）

# 自我检讨(二)

我在这次运动中已陆续写过十几份交代和一些思想汇报,现在重点地就三个大项目:(1)解放前反革命历史;(2)解放后在一些关键性问题上的错误想法;(3)对毛泽东思想的违背和歪曲向广大革命师生坦白交代,低头认罪,请求广大革命师生对我痛加批判,帮助我提高认识,加强改造,重新做人。

## 一 解放前的反革命历史

我出身没落地主阶级,父祖两辈都是靠教书过活。我小时从父亲受过十年的私塾教育,脑子浸透了封建思想。后来两次考取官费,先到香港大学,后到英法两国,先后在帝国主义国家办的几个大学里受过十三年的洋奴教育,接受了大量的西方资产阶级思想的流毒。1933年回国,就到了北大,投靠了胡适学阀。在这个时期我打着从西方资产级那里搬来的虚伪的思想自由教育自由学术自由的幌子,反对政党打入学校,反对学生参加政治运动,劝他们埋头读书,这就是不要他们革命,要他们甘心当反动统治下的顺民。抗日战争爆发后,我转到四川大学,因为还是打着学术自由的幌子带头反对陈立夫和他的爪牙程天放当川大校长,失败了,转到武汉大学,不久就当了教务长,陈立夫对武大校长王星拱表示不满,说我的思想有问题,王星拱为着解除陈立夫的压力,拉我加入国民党,于是我就投降了,不久还以教务长的身份调到伪中央训练团受了八个星期的训。当时反动政府和各大学学阀狼狈为奸,互相倚重,在国民党中央代表武大学阀势力而任要职的是王世杰,他看到我在对一部分青年的影响以及在武大里的职位,推荐我做了伪国民党中央监察委员。我从来没有到会,也没有执行什么监察的职务,但是我以一个在教育界有点小名气的人投靠到国民党一边,对反动统治的欺骗宣传起了一些作用。我经常替国民党中央的机关刊物(《中央周刊》)写谈文艺和谈青年修养的文章。蒋介石还召见过我两次(一次在抗战中在重庆,一次在解放前夕在北京)。从抗战初期到解放,我就成了蒋介石的御用文人,在文化界为维护反动统治服务。

解放前我的反革命罪行主要有以下几项:

(一)在留学时代,我就写文章卖稿子,贩卖西方资产阶级的货色,写过《给青年的十二封信》,《文艺心理学》和《谈美》等书。在青年问题上我附和蔡子民的"读书救国论",劝青年多读书,少问政治,不参加学生运动,向他们灌输一套鄙视群众,向往精神贵族生活的反动思想。在文艺问题上我大肆宣扬文艺超阶级,超政治,超实用的反动观点,宣扬文艺以个人的思想情感为中心的表现主义。

我的这些文章和书籍出现在 1927 年蒋介石叛变大革命之后,当时国内青年正感彷徨苦闷,找不到出路,我的一些颓废主义的论调在青年身上打了玛啡针,麻痹了他们的革命意志,引诱他们离开了革命道路,在反动政权下做规规矩矩的顺民。这正是反动政权所希望的。

(二)1936 年抗日战争前夕,我代表当时所谓"京派"反动文人替商务印书馆主编一个《文学杂志》,宣扬资产阶级自由化,反对文艺为政治宣传工具,既攻击周扬的"国防文学"的口号,又攻击鲁迅所提的"大众文学"的口号。本来这个反动刊物创办的目的是要和上海的左联唱对台戏,向革命文学进攻,为资产阶级文艺争地盘,维护反动统治。这个时期属于毛主席在《新民主主义论》里所说的文化革命统一战线的第三个时期。毛主席说:"这时期有两种反革命'围剿',军事'围剿'和文化'围剿'。"我所主编的《文学杂志》就在反革命文化"围剿"中起了帮凶的作用。

在写上文所提到的那些反动书籍和主编《文学杂志》时,我虽还没有参加国民党,由于阶级根源和社会关系,实际上就早已站在蒋介石反动派一边,帮它反人民,反革命。所以到了一九四一年左右国共矛盾尖锐化的时期,我抛开思想自由的幌子投靠到国民党,并不是由于陈立夫的威胁,而是我的反动本质的自然发展。

(三)抗战胜利后我回到北大。从复原到解放不到三年的时间,蒋介石发动内战,替反动统治在作垂死挣扎,我的反动本质又有进一步的发展,主要的罪行有以下几项:

1. 参加了以胡适为后台老板的独立时论社,这个反动机构沿用了胡适的《独立评论》的招牌,名为"独立",实际上是为蒋介石反动统治宣传和出谋划策的。它垄断了全国白区报纸的社论,有近百名的社员轮流供稿。我写过十篇左右社论,表面上对反动政府提了一些批评,实际上是恨铁不成钢,还是替它出谋划策。基调是胡适的改良主义,而改良主义的真正目的都是取消革命或反革命。

2.参加了伪国民党北京市委举办由雷海宗主编的《周论》的编委会。当时北京学生运动正在蓬勃发展,这个反动刊物的主要目的就在破坏学运。学运的中心是北大的民主广场,所以北大以胡适为首的反动派首当其冲,对学运特别仇恨,我站在胡适派的反动立场,替《周论》写过一篇诋毁学运的文章,对当时革命青年表示出刻骨的仇恨,骂他们怯懦,只在暗地里活动,不敢站出来,这就是拿残酷镇压来恫吓革命青年,妄图他们放弃革命运动。这篇文章集中地表现出我的反动面目。

3.参加了钱昌照、钱端升、吴景超、周炳琳等人所带头组织的"政治经济研究会"。这个反动组织是艾奇逊所寄托希望的对美帝国主义存幻想的"民主个人主义者"集团,走的是所谓"第三条路线"。他们在昆明西南联大时已由费孝通、潘光旦、吴晗等人打下了一些基础,现在他们眼看国民党反动政府就要垮台了,就明目张胆地另树起一面第三条路线的旗帜,妄图在国民党垮台之后,乞求美帝国主义的支援,拼凑另一个资产阶级专政的傀儡政府,来和共产党对抗。我是他们招来的一个新兵,不参与机密,但我替这个反动组织的刊物《新路》写过一两篇小品文或短评。我的政治目的当然和他们是一致的。

统观以上这些罪行,群众说我是"反共老手","历史反革命","投机政客",是有真凭实据的。这是我首先应向革命师生低头认罪的。

## 二 解放后对一些关键性问题的错误想法

1949年北京解放时,国民党拉我去台湾,我看国民党既已垮台,不愿为它殉葬,有些进步的朋友劝我不要走了,我就留下来了,准备接受共产党的惩处，但是同时也希望还能教书。党对我给了宽大处理，准我留在北大任教。从此我对党怀着感恩图报和戴罪立功的心情。党也对我交代了政策，对旧知识分子要团结教育改造。解放后不久，党就关心我的思想改造，让我参加西北土改参观团和其它一系列的运动和政治学习。在 1951 年思想改造运动中，我在北大是重点批判的对象之一，经过党和群众的耐心帮助和教育，我初步认识到自己的反动面目。但是这种认识还是很不够，还以为自己固然有罪，但是不为群众所说的那么严重，心中有些冤屈感。此后有四五年时间，我灰溜溜地埋头搞教学工作，不敢乱说乱动，怕再犯错误。

1956 年周总理发表了《关于知识分子问题的报告》，号召加强对知识分子的团结教育改造，接着一般知识分子的待遇就突然提高了。我被提升为一级教授，参加了民盟，不久就被选为民盟中央委员，并被特邀为全国政协委员，此外又参加了作协和文联，在第三届文化大会上被选为全国文联委员。从此以后，我就获得极其广泛的学习和教育改造的机会：经常听到党中央领导同志关于国内国际形势，中央制定的各种方针政策和规则以及实施情况的报告；经常参加政协所组织的到全国各地工农业先进单位的参观学习；经常参加民盟中央的定期学习，讨论当前的形势和任务以及有关知识分子改造的问题。这些活动使我对毛主席的英明领导，共产党忠心为人民服务的精神以及国内国际的一片大好形势的认识不断地有所提高，使我在政治上不断地有所转变。我自问这些年来心情是舒畅的，对毛主席，对共产党，对社会主义事业是衷心拥护的。

但是政治态度的转变并不等于世界观的转变。在世界观上我"还是属于资产阶级的知识分子"，像毛主席在 1957 年全国宣传工作会议上对于大多数知识分子所估计的。资产阶级的个人主义在我的灵魂里还占着统治的地位,过去的反动思想也没有彻底地弄清,所以到了一些关键性的时刻就要在一些关键性的问题上暴露出来。现在就 1. 关于高等学校的教育制度,2. 关于知识分子(思想改造和"二百"方针),3. 关于"三面红旗",这三方面的问题扼要检查如下:

1. 关于高等学校的教育制度:院系调整后,我们就按照苏联的教育制度和教学计划来进行教学改革。当时我很有抵触情绪,认为过分强调了"科学系统"和"理论基础",把课程定得过分分散,过分庞杂繁重,上课时间太多,"一切在课堂上解决"的口号使教学流于灌输式,学生忙于上课记笔记,背诵讲义,应付考试,没有充分的时间进行独立思考和独立工作,不能培养出真正的人材。我主张课程要少而精,学生要有大量的自由时间去进行独立的阅读,钻研和思考。我一遇到机会就提出这种看法。1957 年听毛主席讲《关于正确处理人民内部矛盾的问题》时说到功课要少而精,应考虑把现在的课程砍掉三分之一(正式发表的文件这段话删去了,听说是由于教育部的反对),后来毛主席在"春节指示"和"七三指示"里又着重地谈到这一点,我听到特别热烈拥护,暗喜自己的想法符合毛主席的指示。现在检查起来,我的"少而精"跟毛主席的"少而精"并不一样。毛主席从无产阶级立场出发,要教育为无产阶级政治服务,教育与生产劳动相结合,德智体全面发展,要培养无产阶级革命事业的接班人;而我却从资产阶级立场出发,要教育按照资产阶级传统的老框框,特别强调知识面要广,要培养资产阶级式的"学者"。我心目中的标准是英法牛津巴黎之类的古老的大学,它们的学生从入学到毕业不过学五六门课,每周上课不过五六小时,每年上课不过半年,学生有充分的自由时间专按自己的兴趣和能力去进行独立的工作,我认为这样才能培养出真正的人才,我所羡慕的是资产阶级的自由化的教育,把智育摆在首位,脱离政治,脱离劳动的单纯靠书本子的教育，所以我嫌劳动和政治课侵占了业务时间，常常大叫毕业年限，名义上虽是四年，实际上花在业务上的时间不过两年多一点，业务就没法学得好，特别是外文；如果各方面都要照顾，就得延长毕业年限。这些想法显然都是违背毛主席的教育方针的。

不言而喻，我是重视业务轻视政治的，认为政治和业务应该分工，搞政治的进专门的政治训练学校，搞业务的进专门学习业务的学校，我走的是白专道路，也就希望青年走上白专道路，对"教书又教人"的口号我也认为很难做到。旧知识分子在政治上大半有自卑感，要他们去教人，不但是给他们出难题，而且他们自己既然还没有改造好，让他们教人，也只会教出资产阶级的接班人，倒不如让专职干部负政治思想教育的责任，所以有一度听说学校要设立政治部，我很高兴。我的这种政治与业务分家的想法实际上是不要政治挂帅而要业务挂帅，老根子还在我在抗战前所标榜的学术自由。

这里也牵涉到青老关系问题。我嫌学校里青老关系不正常，老年人政治思想落后，青年人对老年人要求过高，对他们的业务不够尊重；青年人知识面不广，性子急，在业务上不脚踏实地，想一步登天。这中间隔阂很大，造成书不好教的现象，我常想摆脱教书的任务，关起门来专搞研究工作，很羡慕冯至能转到文研所。现在检查起来，这是我脑里的"尊师重道"和轻视群众的封建思想在作怪，自己不努力赶上时代，只在后面埋怨青年人走得太快，埋怨青年人要求过高。我没有遵循毛主席的"要作好先生，首先要作好学生"的教导，从来不向教育的对象学习。

2. 关于知识分子问题（思想改造和"二百"方针）：这些年来在民主党派学习中讨论最多的是知识分子的思想改造问题，讨论国内国际问题也还是为着认清形势和认清自己和形势的差距，落实到思想改造。对思想改造，我还是想努力地改造，但是动机不对头，本来要改造的是资产阶级思想，而我还先从资产阶级个人主义立场出发，来对待资产阶级思想的改造，不是为着更好地为人民服务，而是为着更好地保护个人的名誉地位。所见知识分子中间流行的一些口头语，例如"政治上要过得去，业务上要过得硬，生活上要过得好"以及"上游冒险，下游危险，中游保险"之类，我觉得很有道理。听到统战部领导同志对民主党派思想改造的鉴定是"大有进步，还有问题"，我觉得这就大致不差了，就"过得去"了，随着大家一起学习学习就行了。我既怕太落后，也没有勇气赶先进，于是就自甘中游，以为中游是"明哲保身"的办法。我满足于民主党派中"坐而论道"的"和风细雨"的方式，很少触及灵魂，不遵循毛主席所指示的改造途径，借口年老体弱，不参加劳动，不深入工农兵，顶多跟着政协去参观访问，"走马看花"。加之一向骄傲自满，狂妄自大，在1956年提高待遇以后，特别在1963年广州会议"脱帽加冕"以后，我就自以为自己是"劳动人民的知识分子"了，在政治和思想上都没有什么大问题了，改造也不用着急了，这实际上是抗拒改造，企图蒙混过关。这样我就辜负了党给我很多学习改造的好机会，改造来，改造去，还是在原地踏步。这次文化大革命给我一个猛烈的当头棒，使我从自我陶醉中清醒过来，认识到抱着"政治上过得去"的态度硬是过不去；要彻底改造，就必须抛弃这种错误的态度。

与知识分子问题密切相关的是"二百"方针问题。解放头几年由于功课重，我没有工夫写文章，政治面貌很丑，也很少有人找我写文章。资产阶级知识分子总是要顽强地表现自己的，惯于舞文弄墨的人搁起笔来不写，就觉得手痒气闷，这就是对新社会的一种不满情绪。1956年左右，"二百"方针的号召出来了，各方面都提倡大鸣大放，我就表示衷心的拥护。但是我所拥护的不是党提出"二百"方针的原意,而是我所曲解的"二百"方针。大鸣大放本来是一种意识形态方面的阶级斗争。从无产阶级来说,我不把"二百"方针理解为批判错误思想,这是通过批判资产阶级思想,来发展马列主义的一种途径;从资产阶级知识分子来说,这是接受教育改造的一种途径。我却把"二百"方针曲解为资产阶级的自由化,曲解为向资产阶级思想开放绿灯。我在1957年前后应报刊之约写过几篇关于"二百"方针的短文,其中特别反动的是在《文艺报》发表的《从切身的经验谈百家争鸣》那篇。在表面上我是在欢迎"二百"方针,说一家独鸣并不能解决思想问题;伊斯兰教主阿玛下令烧图书馆和秦始皇焚书坑儒,都没有能供异端邪说灭绝;我们的"百家争鸣"才是解决思想问题的最合理的方式。但是实际上我是在放毒泄怨。我咒骂"百家争鸣"的号召出来以前那种窒息的教条主义的气氛使我有五六年不敢写文章,还咒骂群众对我"群起而攻之","要封闭我的唯心主义",说"口是封住了,心里却是不服"。这股怨气是从哪里来的呢? 第一是我的解放前的著作遭到禁止,第二是我的反动思想不断遭到批判,第三是解放前头几年没有人找我写文章。这就说明了我还在坚持反动的立场,没有好好地体会毛主席所说的六条标准和"凡是错误的思想,凡是毒草,凡是牛鬼蛇神,都应该进行批判,决不能让它们自由泛滥"的教导,却抓住大鸣大放的机会来放毒泄怨。接着我就一方面在《中国青年》等刊物上大谈旧诗词,劝青年要"放",说防毒不能采取封闭疗法,要靠多读古典名著来培养健康的文艺趣味,我尽力引诱他们对写帝王将相,才子佳人的封建文艺产生兴趣,这样就使他们脱离现实生活和反映现实生活理想的新文艺。另一方面我又重新出版解放前译的克罗齐的《美学原理》,拼命新译和介绍西方资产阶级的论著,让各色各样的唯心主义纷纷出笼,替资产阶级思想向马列主义毛泽东思想争夺阵地。1956年以后的美学讨论也是在"二百"方针的旗帜之下进行的，我没有遵循毛主席的"坚持真理，纠正错误"的教导，经常流露旁人既不懂马列主义又不懂美学的口气，以骄横的态度对待旁人对我的批评，把坚持错误看作坚持真理，拒绝改正，对旁人的不同的意见却想一棍子打死，这就违反了"二百"方针的真正精神。

3. 关于"三面红旗"：我在全国政协不断地听到中央首长关于"三面红旗"的报告，接着报告就是反复学习讨论，结合学习又到全国各地工农业先进单位去参观访问，对于"三面红旗"的方针政策具体实施和伟大成就我是有些感性认识的。任何一个爱国者亲眼看到工农各业在全国范围的突飞猛进，全国人民斗志昂扬，干劲冲天的欢腾景象，都不能不感到欢欣鼓舞。特别像我这样从旧社会过来的人，饱看过旧社会的腐败情况，拿今昔作对比，更不能不庆幸自己能活到过这样太平盛世的日子。但是现在检查起来，我有时对"三面红旗"还是有些怀疑，头一点是怀疑革命步伐是否太快，是否有些冒进，总怀疑多快是否能好省。特别是在"八字"方针提出来之后，我在参观中看到许多基本建设都要要半途"下马"，就感觉到前此恐怕是有些冒进。第二点是怀疑冲天干劲是否与科学精神结合了起来，有些地方干部有浮夸风，虚报成绩，例如我听人说过某地区一亩地竟产红薯一百万斤，参观徐水人民公社时书记在报告中说不到几年后就可以进入共产主义，但是从实际和人民生活看来，这种过于乐观的估计是不符合实际的。毛主席经常教导我们要区分本质和现象，主流和支流，要抓住大方向，我就是经常混淆这些区别，认不清大方向，看到局部现象偶有新生事物在前进过程中所不可避免的缺点，就怀疑到本质，主流和大方向，原因不仅在片面看问题的形而上学的思想方法，而在对新生事物畏惧的反动立场。我一般是"事不关己，高高挂起"，对工农业大跃进，对人民公社，并不那么关心，而关心的主要是本岗位和自己发生直接利害关系的事。如果一种措施和切身利害发生冲突，我就有抵触情绪。举两个突出的事例,第一个事例是西语系师生订大跃进的教学计划。各级同学纷纷竞赛"抛纲",有些纲把西语系毕业时所应达到的业务水平举得比当时一般教师实际所已达到的还高得多,例如翻译一点钟就要译出四五百字,不但要忠实正确、流利,而且还要译出原文的风格。这一点我就做不到,心想要求这样高,我就没有资格教翻译了。于是我就认为这是浮夸,并且由此就怀疑到总路线的多快好省的原则,认为在学外文方面多快就很难好省。当时我还是受资产阶级教学的老框框的束缚,没有认识到抛纲是提出高标准的要求,破除迷信,解放思想,为教学上的大跃进创造条件。当时的毛病不在要求太高而在业务挂帅。另一个事例是学校大炼钢铁,我们老教师也要参加,有时天还没有亮,就从家里跑到工地。劳动组织得不好,往往停工待料,站在寒风里干等,有时呆上两三小时,一个人只推了几车土或燃料,原先陆平说,我们要炼出八百吨钢,后来听说我们实际炼的钢很少,而且大部分成了废品,我就认为这是浪费人力和物力。陆平对党的号召一向阳奉阴违,只做表面文章,敷衍公事,当时北大炼钢在做法上确实不认真,但是我的抵触情绪并不由于此,而是怕劳动,怕吃苦,没有认识到炼钢同时可以炼人。

三年困难时期是对"三面"红旗态度的一个考验。我有北大和政协两方面的特殊福利照顾,而且还买高价品,吃高级馆子,所以并没有感到什么困难。自己得到温饱,便不关心民间疾苦。在一般劳动人民都感到困难的时候,我还照旧过着奢侈的生活,这就暴露出我的剥削阶级的极端自私的阶级本质。对于所谓"三自一包",我听到了也当作耳边风,以为这还是"事不关己",没有表示赞成,也没有表示反对。但是并不能说我经受住考验。这也说明我对社会主义事业太不关心了。

# 三 对毛泽东思想的违背和歪曲

对毛泽东思想的态度是检验一个人是否革命的最重要的根据，所以我着重地检讨这方面的问题。

解放前由于国民党反动政权的封锁和自己立场的反动，我没有接触到毛主席的著作。解放后我才初次读到一些零篇的单行本，其中一切对于我都是崭新的，和我原来的封建思想和资产阶级思想是尖锐对立的，因此对我的思想起了猛烈的冲击作用。首先，毛主席的论著动摇了我的政治观点，使我初步认识到共产党和国民党之间有天壤之别，三次国内革命战争，抗日战争以及解放后的社会主义改造和社会主义建设都一个胜利接着一个胜利，这并不是偶然的，而是要归功毛主席的英明正确的领导，共产党的钢铁般的革命意志和全心全意为人民服务的精神以及广大群众的衷心爱戴和热烈拥护。我过去受了国民党反动宣传的蒙蔽，对这一点是毫不了解的。现在看到了，真有拨开云雾见青天之感，在开国典礼上，我听到毛主席在天安门楼上宣告"伟大的中国人民站起来了！"雄壮的呼声，心中也感到欢欣鼓舞，为做一个中国人而自豪。其次，接触到马列主义毛泽东思想之后，我逐渐认识到我过去所学的那套唯心主义的哲学观点和文艺观点是经不住马列主义一击的，是站不住脚的，因此立志要抛弃唯心主义，学习马列主义。这并不等于说我从此就和唯心主义划清了界限，十几年来的痛苦经验证明，在我脑子里扎根很深的唯心主义思想以及一般剥削阶级思想是不那么容易肃清的。

由于我的世界观没有转变，我学习毛泽东思想的动机和方法都是错误的。首先是学习动机的错误：我只把马列主义毛泽东思想当作能提高业务的一种理论知识。我搞美学，想学一点马列主义,以便成为马列主义的美学家,结果只能是用马列主义的词句来装帧和遮掩资产阶级唯心主义的美学观点。其次是学习方法的错误:我不深入工农群众,不参加生产劳动和阶级斗争,想单从书本上学好马列主义毛泽东思想,理论不结合实际,学习不落实到思想革命化和世界观的转变,这一切正是违反了毛主席关于知识分子学习和改造的指示。因此,我的学习只提高了我的抽象的,因而是空洞的认识,而没有把我这个人改造过来。

不但如此,对马列主义毛泽东思想的一点抽象的肤浅的书本子上的知识反而成为我的一种包袱。毛主席讲到一般知识分子学习马列主义的情况时说:"有些人读了一些马克思主义的书,自以为有学问了,但是并没有读进去,并没有在头脑里生根,不会应用,阶级感情还是旧的。还有一些人很骄傲,读了两句书,自以为了不起,尾巴翘到天上去了。"我正是这种情形。读了一些马克思主义的书,并没有懂,就自以为已是一个辩证唯物主义者,和唯心主义已划清界限了。于是尾巴翘到天上去了,把自己的思想改造放松了。这段弯路倒使我对毛主席的"虚心使人进步,骄傲使人落后"的教导有沉痛的体会。

这种骄傲自满的情绪和我在 1956 年以后陡然在文化教育界大出风头也有关系。正在 1956 年左右,陆平到了北大,周扬开始对我表示拉拢,我的社会地位就陡然提高,这就使我更狂妄自大起来,开始发表一些违背和歪曲毛泽东思想的言论,趁此应交代一下我与陆平和周扬的关系。

我和陆平的关系比较浅。1956 年以后我的活动在校外的比在校内的多。但是作为一个资产阶级教授,我是陆平推行修正主义教育路线的社会基础。我在北大属于高薪阶层,走的是白专道路,过的是精神贵族的腐朽生活,教的是资产阶级的陈腐的书本知识,用的是资产阶级的老一套教学方法。这一切都是和毛主席所制定的教育方针背道而驰的,可是这也正符合陆平黑帮的修正主义教育路线的要求,所以陆平对我还是相当器重,让我参加了文科学报的编委会和西语系的系委会,在这两个机构里出过谋划过策。所以在陆平黑帮的控制之下,旧北大之成为最顽固的资产阶级堡垒,其中也有我的一份罪过。

更重要的是周扬,他指使我再搞解放后就已丢开几年的美学,参加国内持续五六年的美学讨论,翻译莱辛和黑格尔之类西方资产阶级美学名著;后来他又和北大商量,把我调到哲学系工作,开西方美学史,指导美学组的青年教师和研究生;1961年他邀我参加了文科教材会议,由会议决定让我编写西方美学史的教材和资料附编;另外他还叫我代冯至主编北大西语系所编选的《西方资产阶级关于人道主义和人性论的资料》。在1956年之后十年之中,我的编写和翻译工作乃至教学工作,都是由周扬亲自插手安排的。这十年之中我所编写和翻译的总量在两百万字以上,我勤劳地忠实地执行了周扬所交给我的一切任务。过去我总以为他在文化界就代表党,靠拢他就是靠拢党,为他服务就是为人民服务。在这次文化大革命中,我从意识形态方面两条道路斗争的角度,来检查我和周扬的关系,才认识到周扬和我所走的都是资本主义的道路,在思想上很接近,例如把“二百”方针曲解为资产阶级的自由化;片面强调文化遗产继承而轻视批判,大吹西方古典名著对中国新文学的示范作用;重业务,轻政治,认为业务和政治可以分工;在教育方面片面强调智育,编教材应特别注重知识性,鼓吹青年应多向资产阶级老专家学习,接他们的班,如此等等,都是周扬常这样弹的老调,这些都是反毛泽东思想的,我听起来都很顺耳,因为我对自己也有类似的想法,发现他也这样看,就觉得自己的看法和党领导的看法是一致的,于是更有信心。因此,他和我是“物以类聚”,狼狈为奸。他看中了我过去的反动美学观点,看出我有条件做他推行修正主义路线的工具;我看中了他在思想上和我气味相投以及他在文化界的权势,想凭他作政治靠山,来猎取个人名誉地位,替资产阶级思想保持阵地。就是在周扬的庇护之下,我在编写和翻译方面散播了大量的资产阶级思想毒素,对周扬反对毛泽东思想推行修正主义路线,阴谋复辟资本主义的罪恶活动起了帮凶作用。

我在编写和翻译工作中犯了一些方向性和原则性的错误,有时违背了毛泽东思想,有时歪曲了毛泽东思想,主要的有下列四点:

1. 拿西方资产阶级的文艺思想来对抗和干扰毛泽东文艺思想:在为无产阶级政治服务的教育方针之下,高等学校文科根本不应开设西方美学史,研究文艺理论和美学的人首先要学习的是毛泽东文艺思想,特别是《在延安文艺座谈会上的讲话》,才可以抓住大方向,过去高等学校文科很少开设毛泽东文艺思想的专课,而周扬在文科教材会议上却规定开设西方美学史,还组织人大量翻译西方资产阶级和现代修正主义的文艺理论(《文艺理论译丛》和《现代文艺理论译丛》陆续出了几年)和美学论著。这显然不是要灭资兴无,而是要拿西方资产阶级的和现代修正主义的文艺思想来对抗和干扰毛泽东文艺思想,就像出版机关尽量压缩毛泽东著作的印数,而大量发行资产阶级和修正主义的书籍一样,为资本主义复辟作舆论准备。我所编写和翻译的一些货色正是为这种罪恶阴谋服务,这是最根本的方向性的错误。

2. 不面向工农兵而面向资产阶级知识分子,理论脱离实际,只在概念里兜圈子:毛主席在《新民主主义论》阐明,新民主主义文化是大众的文化时,说大众的文化"应为全民族中百分之九十以上的工农劳苦大众服务,并逐渐成为他们的文化"。我所编写的和翻译的东西既不能为工农大众服务,更不应成为他们的文化。我心目中根本没有工农大众,不关心他们的文化需要,而且我也拿不出什么东西可以适应他们的文化需要,我要服务的对象还是和我一样的资产阶级知识分子或精神贵族。

我不但脱离工农大众,而且也脱离文艺界的实际。我只学过一点文学,既不会绘画雕刻音乐舞蹈戏剧之类艺术,又不熟悉这些艺术在我国的现实情况和具体问题。像我这样一个空头美学家凭什么去研究美学呢?唯一的办法就是跟着我的外国的祖师爷们走经院派的老路,只管对抽象的问题进行抽象的推理,得出抽象的结论,从概念出发,最后还回到概念,这是完全违背了毛主席的教导,毛主席说:"看问题不要从抽象的定义出发,而要从客观存在的事实出发,从分析这些事实中找出方针、政策、办法来。我们现在讨论文艺工作,也应该这样做。"我却不这样做。许多读者反映说:"你们美学界的争论只是在概念里兜圈子,玄之又玄,我们看不懂,有啥用处?"写文章叫人看不懂,这就是目无群众,就是毛主席在《反对党八股》里所斥责的"无的放矢,不看对象",和"装腔作势,借以吓人"。不但如此,群众提了意见之后,我还不肯虚心接受,还照旧进行概念游戏,而且还以骄横的态度为自己辩护。这也是违反了"二百"方针精神的一种表现。

3. 片面地强调继承文化遗产,轻视批判,让剥削阶级的腐朽思想自由泛滥:过去我读列宁和毛主席的著作,最感兴趣的是关于文化遗产批判继承的一些指示,因为这两位伟大的导师都肯定了过去文化遗产还有值得继承的部分,还可以吸收到无产阶级文化里来。这话很合我的口味,因为我一生都在和文化遗产打交道,而且一直就靠这个行当吃饭,无产阶级既然还要继承文化遗产,我的这一行就还有用,还是一笔资本。至于列宁和毛主席都特别强调的批判和革新,我口头上也跟着讲,心里却不重视,认为介绍和批判可以分工,我负责介绍,批判可以让理论水平比我高的人去做,事实上旧文化部和旧中宣部也兴过一条规矩,译书和编书是一个人,而做序文批判却是另一个人。我还制造出一套荒谬的理论,说批判就是为着继承，不继承就用不着批判，"离开继承的批判是无的放矢"（《谈古为今用，外为中用》）。这就违反了毛主席的明确指示。毛主席说："凡是错误的思想，凡是毒草，凡是牛鬼蛇神，都应该进行批判，决不能让它们自由泛滥。"我们批判修正主义，就是要把修正主义打倒，在斗争中发展马列主义，并不是要继承修正主义。我否定离开继承的批判，就是要取消意识形态领域里两条道路的斗争，为资产阶级的意识形态保住阵地。

这种轻视批判的思想在《西方美学史》里表现得很突出。在《编写凡例》里我所定的指导原则之一就是"介绍先于批判"，"把重点摆在忠实介绍上"，我所介绍的一些美学流派的代表人物绝大多数属于唯心派，其中还有很多是反动的，对他们都把重点摆在介绍上而不摆在批判上，就是让毒草自由泛滥。我对唯心派美学家一般是加以美化的，估价过高的，与其说我对他们进行了批判，还不如说我替他们作了辩护。这也谈不上忠实介绍。关键在于我不但没有和唯心主义划清界限，而且对唯心主义还在留恋，所以不但没有能力批判它，也舍不得批判它。

4. 在修正主义影响之下，歪曲马列主义毛泽东思想，来牵就和遮掩资产阶级的唯心主义的美学观点：在美学讨论中我所提出的一个中心论点是"美是主观与客观的统一"。我现在认识到，这个论点既歪曲了反映论，又歪曲了唯物辩证法。先说歪曲反映论，毛主席说："一切种类的文学艺术的源泉究竟是从何而来呢？作为观念形态的文艺作品，都是一定的社会生活在人类头脑中的反映的产物。"这是反映论，这是马列主义的美学和文艺理论的奠基石，谁要想推翻这个奠基石，他就是从根本上反对马列主义的美学和文艺观点。我在表面上也赞成并且试图运用反映论，但又认为列宁在《唯物主义与经验批判主义》一书中所阐明的反映只是一般感觉和自然科学式的反映，一般不应夹杂主观成分，只适用于说明文艺如何接受"感觉素材"，而文艺在接受"感觉素材"之后还要有一个艺术加工阶段，这里就要加上马克思和恩格斯的"文艺是一种社会意识形态"的基本原则，因为社会意识形态式的反映属于上层建筑（前一种反映不属于上层建筑），是一种折光的反映，受到主观方面意识形态总和的影响，对所反映的事物在艺术加工中可以有所改变甚至于歪曲。这种区别是否存在还可以讨论，不过我当时很强调这种区别，是因为要突出主观方面意识形态（即所谓思想情感）总和在文艺创作中的作用。这就是资产阶级否认人类社会生活是文艺的唯一源泉，认为此外还有主观方向的思想情感一个源泉，这显然是和毛主席唱反调。

原来资产阶级学者一般都认为文艺是作者个人思想情感的表现。这就是所谓"表现主义"，依反映论，文艺的源泉是社会生活而个人的思想情感还是社会生活的反映；依表现主义，文艺的源泉不是社会生活而是作者个人的思想情感；前者重客观现实，后者从主观想象出发。这是两个对立的文艺观点，我却把它们拼凑在一起，来一个调和折衷。这样做，只能是用偷梁换柱的手法，用资产阶级的唯心主义的表现主义来偷换马列主义的反映论。所谓是客观的统一就是反映论与表现主义的调和折衷，我的提法是美既要有客观方面的自然条件，又要有主观方面的意识形态条件（包括阶级意识在内），因此我给美下的定义是"美是客观方面某些事物，性质和形状，适合主观方面意识形态，可以交融在一起而成为一个完整形象的两种特质"（《美学批判论文集》，93 页）。这个调和折衷的定义是否符合对立而统一的唯物辩证法（为我原来所设想的）呢？毛主席在《矛盾论》里把唯物辩证法说明得很透避，在矛盾（两对立面）的统一里，矛盾的双方不但要互相联系，互相依存，而且更重要的是要经过斗争和转化。我所理解的统一是适合和交融，主客双方仿佛偶然一碰即合，没有经过斗争和转化的辩证发展过程，这正是折衷主义或"合二而一论"。这一点在《克罗齐的美学批判》一文最后一段里暴露得最清楚（见《美学批判论文集》，210页）。这种合二而一论的目的就在要挽救克罗齐的表现主义和我过去所提的"情景交融"说。我在1963年为批判周谷城而写的《反映论和表现主义的基本分歧》里，自以为在坚持反映论，和表现主义已划清了界限。现在检查起来，认识到这是自欺欺人。我只批判了表现主义而没有批判隐藏着表现主义的主客观统一说，就还没有和表现主义划清界限。这是符合阶级意识的客观规律的。表现主义的文艺观点是从资产阶级个人主义出发的，是以创作家个人为中心的。如果没有改变资产阶级的世界观，就很难彻底抛弃文艺表现个人思想情感的观点。

此外，在《论美是主观与客观的统一》里，我还歪曲列宁所提的"人民性"，来偷运普通人性论，取消阶级观点。我说："列宁在论文艺标准时，于阶级性和党性之外，还提'人民性'。这个'人民性'实际上……也就近于人类普遍性。"这不但是歪曲了列宁的原意，而且也违反了毛主席的指示。毛主席说，"有没有人性这种东西？当然有的。但是只有具体的人性，没有抽象的人性。在阶级社会里就是只有带着阶级性的人性，而没有超阶级的人性"。列宁所了解的"人民"当然和毛主席所了解的"人民"一样，是和敌人相对立的，指的主要是工农大众，并不包括敌对阶级。列宁在《党的组织和党的文学》里说得很清楚，文学要为"千千万万劳动人民……服务"。所以他所说的人民性并不是凌驾于阶级性之上的"人类普遍性"。我后来结合意识形态领域的阶级斗争的实际，来仔细体会毛主席的"各种思想无不打上阶级的烙印"这个教导，认识上才有所提高，纠正了我原来关于人性论的错误的看法，在《西方美学史》里批判博克的生理学的美学观点（上卷，232页）和车尔尼雪夫斯基继承费尔巴哈的《人类学原理》的美学观点（下卷215—218页），都是从否定人性论出发的，特别在《西方资产阶级关于人道主义和人性论的资料》的序文里着重地批判了人性论。尽管如此,我把列宁的"人民性"歪曲为人类普遍性的那篇文章是在 1957 年写的,当时我已多次读过毛主席的《在延安文艺座谈会上的讲话》,还在为人性论辩护,这毕竟是罪不容恕的。

回顾我这一生,反动是一贯的,对人民犯下了许多严重的罪行,我心里感到万分惭愧和懊悔。我出身于剥削阶级,满脑子早就浸透了封建思想和资产阶级思想。自己还是青年时就以青年教师自居,向青年灌输了一套鄙视群众,鄙视政治,读书高于一切的反动思想,在大革命失败的时期,引诱青年安于反动统治,不要革命;抗战前我代表京派反动文人主编《文学杂志》,公开反对左联和革命文学,参加了反革命的文化"围剿"。由此发展下去,到抗战中我就又投靠了国民党,爬上了国民党中央监察委员的地位,做了蒋介石的御用文人,跟着他反共反人民。解放前夕,又跟胡适、雷海宗等人拼命挽救反动统治的垮台,破坏学运;到了国民党垮台已成定局了,我就摇身一变,参加了所谓"新路"的第三条路线,妄想仰仗美帝国主义的支援,拼凑一个由"民主个人主义者"们来执行资产阶级专政的傀儡政府,继续与人民为敌。这就是解放前我的大半生的反革命历史。

解放后,党对我不但给了宽大处理,而且给予很耐心的教育。我却辜负了党的恩情,在 1951 年受到批判之后,心里还感到有些冤屈,趁大鸣大放的机会在《文艺报》发表泄怨的文章,我的政治待遇和物质待遇都陡然提高了,在社会上渐出风头之后,这种冤屈感才逐渐消失,但是骄傲情绪又滋长起来了。我没有很好地体会党对知识分子团结改造的政策,只满足于团结而没有致力于教育改造。我以为党既然给我很高的政治待遇,这就是党对我的信任,我在政治上就没有什么问题了;在党的号召之下,我也从书本上学了一点马列主义毛泽东思想,公开批判了自己文艺观点的反动性,得到了领导上的肯定，我就自认为在学术思想上也没有问题了，由于这样骄傲自满，我就放松了思想改造，辜负了党所给予我的许多的最好的接受教育改造的机会。因此，我的"私"字当头的世界观没有转变，站的仍是资产阶级的立场，走的仍是资本主义道路。这样，我就有条件成为陆平和周扬等黑帮头子推行反革命修正主义路线的社会基础和帮凶，在学校里我是白专道路的榜样，无论在身教还是在言教方面对青年人都起了腐蚀作用。在文化界我在周扬的庇护之下，歪曲"二百"方针，把它作为放毒泄怨的护身符，在翻译和编写工作中大量地介绍西方资产阶级的腐朽思想而不加以严肃的批判。特别不能容忍的是打着马列主义毛泽东思想的幌子，来粉饰和遮掩资产阶级的唯心主义的文艺观点，竟对马列主义毛泽东思想加以曲解，甚至明目张胆地唱反调。这些都充分暴露了我的反动本质，并没有改变。

为以上所检讨的一切罪行，我要在这里向广大革命群众低头认罪，我知道我的认识还很差，请求对我进行深入的揭发和严厉的批判，把我从臭泥坑里挽救出来。

感谢这次文化大革命，对我给了一个猛烈的当头棒，使我在运动中初步学着带着问题活学毛主席著作，因而对自己和对形势都有了比过去较为清醒的认识，深知活路只有一条：痛下决心，彻底改造。回顾过去，我只有惭愧和懊悔；展望将来，我并没有丧失重新做人的信心和勇气。在战无不胜的毛泽东思想的巨大威力的阳光照耀之下生活了十七年，它在我身上毕竟也起了一些作用。毛泽东思想的教育使我认识到人是可以改变的，矛盾是可以转化的，错误是可以改正的，对反动派也是可以允许革命的。它还使我认识到革命要靠自觉，我决心今后把过去的自己当作敌人，对他进行毫不留情地斗争，革他的命，狠破"私"字，大立"公"字，死心踏地地照着毛主席所指引的道路走。

# 我的简历①

仅凭追忆,因年老记忆差,年份和某些专名细节可能小有出入。

## 一　高等学校读书时代和教中学时代

1918—1919　武昌高等师范学校国文系肄业。

1919—1923　伪教育部从全国五个高等师范学校考选二十名学生送香港大学学英文和教育学,我被录取,在香港大学文科学习了五年,后期开始写关于心理学的文章投上海报刊。

---

① 本简历写于"文革"刚开始阶段,约在 1966—1967 年间。——编者

1923—1924　上海吴淞中国公学中学部教英文,校长陈筑山属研究系,他派我出席过江苏省教育会,反对国民党的"党化教育"。江浙军阀混战,学校被打垮,秋季我转到浙江上虞春晖中学教英文,结交同事匡互生、丰子恺、朱自清、夏丏尊等人。跟匡互生等人反对校长经亨颐专制,闹了一阵风潮,和匡互生等至上海,筹办江湾立达学园,想实现资产阶级的"自由教育"理想。(匡互生是无政府主义的信徒。)在立达学园里教了半年的英文,同时在上海大学英文系兼课。

和夏丏尊、叶圣陶、章锡琛等人创办开明书店出中学教科书和中学生读物。

在上海时期听过李大钊、恽代英等同志的演讲。带同学参加过五卅运动。

## 二　1925—1933　留学时期

1925—1928　考取安徽省官费,到英国进爱丁堡大学文科,学英国文学、哲学和心理学。开始写《给青年的十二封信》,在开明书店的刊物《一般》(后改为《中学生》)发表。1929 年印成单行本。1928 年夏毕业。逢假期就到巴黎学法文,同时在法国巴黎大学注册。

1928—1931　转入伦敦大学学英国文学,开始研究美学,听课少,主要在大英博物馆里读美学书籍,写《文艺心理学》和《诗论》的初稿。译法国中世纪传奇《愁斯与伊瑟》。

1931—1933　转入法国斯塔市堡大学,写《悲剧心理学》作为博士论文。此书曾由斯塔市堡大学出版社出版。写《谈美》,交《中学生》零星发表,1932 年印单行本。

# 三　抗战前北大时期

1933—1937　1933 年秋回国，由武昌高等师范学校老同学徐中舒（当时任中央研究院历史语言所研究员，在北大兼课）介绍给胡适和傅斯年，任北大西语系教授。回国后头两年忙于备课和修改《文艺心理学》和《诗论》交书店出版（两书都在回国后不久出版，年份记不清），很少社会活动，后来逐渐应报刊之约写文章，主要是给《中学生》《大公报》和天津《益世报》写。写些什么文章已经记不清，只记得替《大公报》写的几篇星期社论中有一篇是讲思想自由的。另外还写过一篇《天津浮尸案》，指责日本秘密工厂完工后把中国工人尽投到河里，事后听说日本鬼子还为此文质问过北京市长《秦德纯》。但此文在哪个报纸发表已记不清。

1936 年　北京"京派"文人杨振声、沈从文等要创办一个《文学杂志》交商务印书馆出版，他们公推我主编。这个反动刊物是和上海左联唱对台戏的。我在《发刊词》里宣扬"文艺自由"两个口号。《文学杂志》销路很广，只出了两三期就因抗日战争停刊。抗日战争胜利后复原后曾复刊，到解放时结束。

# 四　1937—1946　抗日战争时期

1937—1938　抗日战争爆发，我应四川大学代理校长张颐（原任北大哲学系主任）之邀，到川大任文学院长。1938 年秋，伪教育部长任命 CC 系四大金刚之一程天放当四川大学校（缺"长"——编者注），我打着教育自由的幌子，带头反对程天放，闹了三个月风潮，失败了，想到延安。沙汀（成都文艺界的朋友，共产党员）把我的情况报告给延安，周扬就给我来信，约我到延安去参观。因为武汉大学外文系约我去,我就没有去延安,转到武汉大学当外文系教授。

1938—1946 武汉大学时期

1. 头两年只教课,到了 1940 年兼任教务长。伪教育部长陈立夫因为我反对过程天放,向武大校长王星拱施加压力,说我思想不稳,不宜当教务长,王星拱为着敷衍陈立夫,拉我入了国民党,不久就以教务长身份调到伪中训团受了八个星期的训(1943)(记得同期受训的有华罗庚、杨石先、杨钟健等人,赵毅敏同志当时以地下党员当大队长)。结束时,蒋介石召见过一次,同去的有十几个人。

2. 在我入国民党之前不久(大约在 1939 年),参加浙江大学张其昀主办的《思想与时代》(蒋介石出钱办的以学术讨论为名的刊物)的编委,我写过两三篇文章,只记得其中有一篇是《礼的精神和乐的精神》,宣扬封建思想,在伪中训团里用这篇文章作过"学术"演讲。

3. 我当武大教务长后不久(大约在 1941 年),在国民党政府代表武大阀势力的王世杰(当过司法部长和外交部长)推荐先当伪三青团监察委员,后来伪三青团中央合并到伪国民党中央,又推荐我当国民党中央监察委员,1946 年升为常务监察委员,我始终没有到过会,也没有执行什么监察的职务。

4. 国民党中央的机关刊物叫做《中央周刊》,有两三年间我不断地替《中央周刊》写关于青年修养和文学的文章,后来辑成《谈修养》和《谈文学》两个单行本。

5. 1945 年夏,校长王星拱生病就医,我代理校长,因校务和工学院长闹意见,我坚持撤他的职,我也辞去教务长职。

# 五　1946—1949　复原后解放前北大时期

抗战胜利后内迁的学校筹备复原,伪教育部长朱家骅接受副部长杭立武(我的同乡和留英同学)的建议,任命我当安徽大学校长,我不愿搞行政职务,辞了没有就,回到北大。

1. 任北大西语系主任。文学院长汤用彤于 1948 年赴美讲学,代理了一年文学院长。当时民主运动和学生运动都在蓬勃发展,北大民主广场是运动中心。教授会中有一部分人支持民主运动和学生运动,多数派是反对这些运动的胡适派,我和几个院长(法学周炳琳、理学院饶毓泰和三长教务长樊际昌、训导长贺麟、秘书长郑天挺)都属于胡适派。

2. 参加以胡适为后台老板的垄断全国白区报纸社论的“独立时论社”,我写了十篇左右社论,内容已经记不起,只记其中有篇批评“金圆券”,另一篇讲政治学英美民主,经济学苏联。

3.《文学杂志》复刊,仍由我主编,写过几篇文章,记得一篇《论游仙诗》。替国民党机关报《国民日报》编过文艺副刊,写了一些谈文艺的杂文章。替沈从文编的《大公报》文艺副刊写过几篇文章,其中有一篇《论陶渊明的诗》。

4. 参加国民党北京市委会办的由雷海宗主编的《周论》的编委会,我写过一篇攻击学运的文章。

5. 参加过钱昌照、吴景超、周炳琳等人发起组织的政经研究会,这是标榜第三条路线的文团组织,我替它的机关刊物用“蒙”或“蒙石”的笔名写过一篇小品文,用鸵鸟埋头的故事讽刺蒋介石不承认失败。

6. 在辽沈战役中,蒋介石由沈阳逃回北京,妄想安抚人心,请教育界二三十人吃饭,我也参加了。

7. 在北京被围时,参加过李宗仁和傅作义分别召开的各院校教授和政界人物的几次座谈会,谈和战问题,我和大多数人都主张和,理由是不要北京遭到毁坏。记得最后一次我和多数人都劝傅作义起义。

## 六  1949—现在  解放以后北大时期

1949 年

1. 国民党撤出北京时,陈雪屏力劝我到台湾,有些民主人士(其中有闻家驷)劝我不走,我看国民党已垮台了,就留下来了。接管后的北大撤了我的系主任职,但仍为教授。

2. 按照军管条例,公开声明脱离国民党,上缴伪党团证件。公安局没有正式宣告我受管制,但解放约五六个月以后,正式向我宣告取消管制。

3. 1949 年①冬参加北京各院校教师的西北土改参观团,在陕西长安县东大村住了一个月左右。

1950    1950 年左右译出哈拉普的《艺术的社会根源》。

1951    三反运动中我是北大重点批判对象之一。

1952    院系调整,我仍留北大,迁到海淀,教两班翻译课。

1956 年

1. 周扬通过何其芳约了我谈过一次话,他劝我再搞美学,译黑格尔《美学》。

2. 在《文艺报》发表《我的文艺思想反动性》。《人民日报》请客座谈"双百"方针。国内美学界持续几年的美学讨论从此开始。

3. 参加文联组织的西北参观团到了西安、延安、兰州、玉门、敦

---

① 　此次活动时间应在 1950 年底至 1951 年初。——编者

煌等地。写了一些旧诗载《光明日报》和《红旗漫卷西风》集里。

4. 参加民主同盟。被选为中央委员。

1957年　开始参加全国政协,列在教育组。

1. 列席了最高国务会议,听了毛主席《关于正确处理人民内部矛盾的问题》的报告;列席了中国共产党全国宣传工作会议,听了毛主席的讲话。

2. 参加了校内反右斗争。

3. 参加了作家协会批判丁、陈反党集团。

4. 改译克罗齐的《美学原理》,译完黑格尔《美学》第一卷。

1958年

1. 继续参加美学讨论。

2. 参加政协组织的河南参观团,到了三门峡、洛阳、郑州等地,参观工农业方面的大跃进。

3. 参加了校内大炼钢铁,参观徐水人民公社。

1960年　大约在这年左右有三件事。

1. 在这一年或稍前一点参加第三届文代大会,被选为文联的全国委员。

2. 大约在这年左右参加周扬召集的各高等院校教师约三十人的座谈会,谈重新合理安排工作,他说对我的工作也要和北大商量重新安排。不久冯至就告诉我要我转到哲学系工作,继续译黑格尔,替青年教师讲西方美学史,指导研究生,后来又在本科开西方美学史选修课。

3. 高级党校召开了一次美学座谈会,由康生同志主持,总结过去几年美学讨论的经验。最后康生回去建议让我在高级党校讲几次西方美学史,我去讲了两三个月,开始编西方美学史讲义。

1961年

1. 参加了周扬主持的文科教材会议,会议决定由我编写西方美学史教材和资料附编。

2. 参加了中央统战部领导的各民主党派召开的"神仙会"。由讨论《列宁主义万岁》三篇反修的文章,转到国内国际形势和文教界问题,回校后又在基层续开,前后花了四五个月。

3. 参加文联组织的《毛泽东选集》第四卷(出版不久)的集中学习,时间半个月,地点:西山万寿寺(或在1960年)。

1962年

1. 随政协组织的参观团赴广州、肇庆、湛江、海南岛、南宁、桂林等地参观工农业建设。

2. 由周扬指定我和钱钟书、缪灵珠三人赴上海参加复旦大学召开的座谈会,讨论伍蠡甫主编的《西方文论选》的选目。

1963年

1. 参加科学院哲学社会科学部门扩大会议,发言批判周谷城的美学观点,题为《反映论与表现主义的基本分歧》,在《文艺报》发表。会后荣幸地由毛主席召见,同时召见的有十余人。

2. 代冯至主编中宣部委托北大西语系编选的《西方资产阶级关于人道主义和人性论的资料》,写序文批判。

3. 参加政协组织的农村社会主义教育现场学习,在灞县煎茶铺公社住了半个月。

1964年　编完《人道主义和人性论的资料》。译完莱辛的《拉奥孔》。继续译黑格尔《美学》。

1965年

1. 参加政协组织的西南学习访问团,到四川成都、德阳、峨边、自贡市、重庆和贵州的娄山关、遵义、乌江等地参观成昆路建筑工程、轻重工业,了解第三战线战备情况,向解放军和工人学习活学活用毛主席著作的经验,访问红军长征经过的一些战略地点。

2. 参加过三次《哲学研究》和《新建设》召开的座谈会,谈文化遗产继承问题,有一次我作了发言,题为《谈古为今用,外为中用》,后在《内部未定稿》上发表(1965 年 4 期)。

1966 年　参加多次民盟召开的和《新建设》、《哲学评论》召开的座谈会,批判吴晗的《海瑞罢官》。四月里在学校里继续参加批判吴晗和三家村的座谈会和小组会。

附注:(1)因年老记忆差,年份和某些细节可能小有出入。

(2)解放前,我发表文章的报刊主要是《一般》(《中学生》)、《大公报》和文艺副刊,《国民日报》文艺副刊、《思想与时代》、《中央周刊》等。

解放后我发表文章的报刊主要是《新建设》、《光明日报》,北大《文科学报》,除搜集成书以外,没有留稿。此外也替《人民日报》、《文艺报》、《人民文学》、《中国青年》、《哲学研究》等刊物写稿。

# 亲属关系

奚今吾　妻　出生年月　1907 年 8 月　五十九或六十岁(编者按:据此判断此稿成于 1966—1967 年)。家庭出身:她的父亲是工商业者兼地主,民主同盟盟员,与民主同盟前主席张澜关系密切。因此曾被国民党捕禁过几个月。解放后曾任四川省委,不久就病故。她和我是在留法时代结婚的。她回国后多年没有工作,解放后才到人民教育出版社任数学编辑。政治面貌:民盟盟员。

朱陈　长子　年在四十二岁左右。安徽师范学院英文系毕业,曾在吉林大学和安徽师范学院当讲师。三年困难时期他用假购货证购买食品,被逮捕,劳动改造两三个月后受到宽大处理,分配到合肥中医学院教中文,有四个子女,过去我每月接济他三四十元,文化大革命开展以后我即通知他此后停止接济。他不久以前来过一封信,说他是站在造反派一边的。

朱世嘉　长女　1938 年出生。

朱世乐　次女　1942 年出生。

朱光澄　弟　（年在六十岁左右），上海立达学园毕业。南京黄浦军官学校毕业，在国民党军队里做了几个月的小军官。他不愿在军队里工作，就入上海同济大学学德文，后到日本东京工业大学学无线电。到抗战初期因参加留日同学的爱国运动，被日寇拘禁了两年左右。出狱后回到成都，在成都军官学校当无线电教官。约三年后（1943？）就转到广西的一个无线电器材厂当工程师。抗战胜利那一年国民党派陈仪去接管台湾，由于他的立达学园教师沈仲九（陈仪的亲戚）介绍，跟陈仪到了台湾，当一个无线电厂的厂长，后因故去职（他没有告诉我原因），不久就转到台中和朋友开一家五金电料商行。这是解放前的最后消息。解放后即断绝通信。他在同济当学生和日本时经费由我接济。

朱光泽　弟　年在五十岁左右。安徽大学农院毕业，留校当助教。他的岳父江澄伯，是安徽恶霸地主，他的妻子带来几十亩"陪嫁田"，也成了地主。解放后土改前夕江澄伯畏罪潜逃到南京，他陪送去，住在江的儿子江海寿、江海筹处（两人都在中央大学），不久他们都由公安局押解回籍，江澄伯被镇压。朱光泽被判处五年徒刑。后期转为劳动改造。他服刑期满后留在霍邱劳改大队新生农场当医生，来信告诉我他的情况，要求我寄点钱买医书，我寄给他两次钱（每次一二十元）。回信给他，要他吸取教训，努力改造重新做人，但是后来听家乡的人说，在 1957 年反右斗争中又犯了错误。他没有来信告诉我这件事，我也就和他断绝了通信。他的儿子在安庆读小学，曾来信要求我接济学费，我接济过两三次，毕业后他再来信要钱进中学，我就回信劝他入工厂当学徒，以后不再接济了。约在三年前我又突然接到朱光泽的一封信说他的问题已解决，仍当医生，想来京看我一次，我去信拒绝他来，此后就断绝了通信。

# 我的认罪书和决心书(一)

伟大领袖毛主席教导我们说,"什么人站在帝国主义封建主义官僚资本主义方面,他就是反革命派"。解放前我正是一个站在帝国主义封建主义官僚资本主义方面的反革命派。我出身封建地主阶级,从小就满脑子浸透了封建思想的毒素;后来又在英法受过长期的帝国主义奴化教育,满脑子又浸透了资产阶级的利己主义和主观唯心主义。为了争名争利,在当学生的时期我就写了几本小册子,贩卖资产阶级的颓废主义的文艺观和人生观,在当时青年中产生了麻痹革命意志的毒害作用。凭这套资本,我当上了北大教授,投靠了反动学阀胡适,继续作帝国主义的文化买办,大肆贩卖西方资产阶级反动思想。接着又凭我在教育界的地位勾结上蒋介石国民党反动派,当了伪三青团中央的监察委员,伪国民党中央的监察委员,在伪中央训练团受过训,成了蒋介石的"天子门生"和御用文人。抗战胜利后,蒋介石匪帮妄图夺取胜利果实,凭借美帝的支援,发动内战,一心要消灭共产党,屠杀人民,激起民怨沸腾,使国民党政权处于土崩瓦解之势。就在这个关键时刻,我死心踏地地扶蒋反共,跟在国民党反动派后面作垂死挣扎,披着"教授""学者"的外衣,镇压学运,制造反革命舆论;和一些反动教授在一起发表反革命宣言,打电报给杜鲁门请求美帝直接出兵帮助蒋介石打共产党,还参加"政治经济研究会"的反动组织,打出第三条路线的招牌,妄图在国民党垮台之后,以艾奇逊所寄托希望的"民主个人主义分子"的身份,乞求美帝的支援,成立另一个傀儡政权,使反动派可以借尸还魂,继续与共产党和人民为敌。为着维持地主资产阶级的反动统治,就扶持蒋介石,为着扶持蒋介石,就不得不卖国投敌,投靠美帝国主义。这就是我的反革命思想历史,我对共产党和人民的反革命罪行是极其严重的,是万死不能赎的。我在这里要向党和人民再一次低头认罪。

在过去反动统治之下,国民党抓到一个共产党乃至一个进步人士,不是下监狱,就是砍头。解放后共产党对我这样一个反革命罪行累累的国民党中央委员是怎样对待的呢?解放后我自动地向公安部门登记了我的反革命身份,只受过几个月的没有恐怖的管制之后,就解除了管制,恢复了公民权,成了人民内部的人。在党的领导和安抚之下,我不但还留在北大里任教,而且还享受到生活上的无微不至的照顾和很高的政治待遇,我参加过土改、三反五反、反右和四清一系列的伟大运动。我参加过民盟和全国政协,参加过文联和作协,因此我有机会经常听到党政首长关于形势和任务、党的各项政策和具体措施的报告,每年都要到全国各地各部门的先进单位参观学习,经常参加各种类型的学习会和讨论会。这样我一直不断地随时随地都在接受党给我的教育。

应该特别提到的是党和革命群众对我的批判和教育。在解放初期的思想批判运动中，我在北大是一个重点，党领导干部和革命群众夜以继日地辛辛苦苦地向我进行五六个月的教育。在最近的文化大革命中也是如此，为了帮助我一个人就不知道开过多少次的大大小小的政策讲用会，领导同志和革命群众还到我家里苦口婆心地向我交代政策，启发我的觉悟。在我这个过去与党和人民为敌而现在已属衰朽残年的人身上，党和革命群众竟付出那么多的心血，做过那么多的耐心细致的工作，真是仁至义尽了。

这一切都是为什么呢？还不都是为着贯彻毛主席的化消极因素为积极因素的英明政策？还不都是为着挽救我，教育我，促使我改造成为一个新人？二十多年来我一直都在体会到党和人民大力挽救我，耐心教育我的这种深情厚意，无论是表现在优厚待遇方面，严肃批判方面，还是在宽大处理方面。我对此只有万分感激。父母生了我，蒋介石国民党反动派拉拢并利用我，伟大领袖毛主席和共产党挽救了我，使我获得新生！若不然的话，我会堕落到底，被人民抛到臭狗屎坑里去，死无葬身之所的。

为着赎罪，为着感恩，为着不被历史前进的车轮碾碎，我都必须认罪服罪，学习到老，改造到老，服务到老，我今年已七十五岁了，身体还不算太坏，还不至于什么有用的事都不能做。剩下的岁月不多了，立功赎罪的机会不多了，我决心不让这不多的岁月和机会轻轻地滑过去，要抓紧它，尽量利用它。在我们这个伟大祖国里，废砖烂铁可以利用，污水毒气可以净化回收，对社会主义建设事业起它们应有的作用。我愿意做这种废砖烂铁和污水毒气，对社会主义建设事业做一点有用的事，哪怕是极其微细的事。

最后，我再一次感谢党和革命群众对我的耐心帮助，并且请求今后还不断地给我批判、教育。

# 我的认罪书和决心书(二)

　　从解放以来二十多年中,我经历过多次运动,不断地受到党和革命人民的批判、帮助和教育,自己也不断地学习,检查思想和进行思想批判,最触及灵魂深处的还是这次文化大革命。党和革命人民又一次挽救了我,给了我宽大处理。现在我的心情是很矛盾的:一方面对党和革命人民对我的耐心教育和宽大处理感到由衷的感激和喜悦,另一方面想到自己过去的反革命罪行,心里又万分痛悔和惭愧,这种罪恶感又使我产生了一种畏惧,怕的是余年无几,立不了什么功来赎罪,辜负毛主席的教导,辜负党和革命人民耐心挽救我的深情厚意。

　　在今天这个场合,我首先要做的还是低头认罪,向领导和革命群众汇报一下我现在对自己过去反革命罪行的认识,其次要汇报一下我对领导和革命群众在我这样反革命罪行累累的人身上落实毛主席对待旧知识分子政策的体会,最后也简单地说一说今后自己的打算。

我出身封建地主家庭,从小就满脑子浸透了封建思想的毒素,狂妄自大,一心一意要爬到反动统治阶层,骑在人民头上作威作福,青年时代我又凭封建关系考取官费留学,到英法受过长期的帝国主义的奴化教育,满脑子又浸透了资产阶级的利己主义和主观唯心主义先验论。为了争名争利,我在留学时期就埋头写了几本小册子,贩卖资产阶级的文艺观和人生观,在当时青年中产生了广泛的毒害作用。凭这套资本我一回国就当上北大教授,投靠了胡适,继续作帝国主义的文化买办,还纠集一些"京派"反动文人,创办了一种《文学杂志》,把矛头直接指向当时的进步和革命的文艺。这样我就明目张胆地参加了反革命文化"围剿",这样我也就获得了国民党反动派的赏识,应邀当了蒋介石出资办的《思想与时代》的编委,写些迎合蒋介石意旨的宣传封建文化的文章。这样我就开始成了蒋介石的御用文人。国民党反动派还看中了我在青年中的影响,发展我当伪三青团中央的监察委员,后来伪三青团中央合并到伪国民党中央,我又成了伪国民党中央的监察委员,我正式加入国民党是在1942年在我任武大教务长的时期,接着我就以教务长的身份被调到伪中央训练团受过训,成了蒋介石的"天子门生",受到他接见,抗日战争胜利后我"复原"到北大,在大约两年之中(1947—1949),由于国共斗争到了白热化,我死心踏地地要扶蒋反共,跟在国民党反动派陈雪屏吴铸人之后作垂死挣扎,反革命活动日益频繁,日益疯狂,主要是在镇压学运和制造反革命舆论方面(我所参加的反动组织有:(1)妄图和共产党争夺青年的"周论社";(2)垄断全国白区报纸社论,替蒋介石出谋划策和制造反革命舆论的"独立时论社";(3)军统分子唐嗣尧主持,为进行特务活动打掩护的"世界科学社"，以及打着第三条路线招牌，有美帝做背景，妄图以艾奇逊所说的"民主个人主义分子"的身份在国民党垮台之后成立另一个傀儡政权来抵抗共产党的"政治经济委员会"）。在这些反动组织里，我发表过一系列的反革命的文章，在一些反动教授宣言里签过名，乃至参加打电报给美帝头子杜鲁门，请求美帝直接出兵帮助蒋介石去打共产党，狗急跳墙，连投敌卖国也不顾了。总之，在抗战中期以后，我爬上了国民党反动派的统治阶层，使尽气力要维持这个垂死的反动统治，凡是国民党反动派对人民所犯的滔天大罪，其中都有我的一份。

毛主席一再谆谆教导我们说："一切勾结帝国主义的军阀、官僚、买办阶级、大地主阶级以及附属于他们的一部分反动知识界，是我们的敌人"，"什么人站在革命人民方面，他就是革命派，什么人站在帝国主义封建主义官僚资本主义方面，他就是反革命派。"

（这个敌我界限的划分是我常明确的，拿这个标准来衡量我自己，我是什么样的人呢？）我正是站在帝国主义封建主义官僚资本主义方面的反革命派，正是人民的敌人。我以这种身份，披着"教授""学者"的外衣，过去发表了那么多的反革命言论，参加了那么多的反革命组织，干下了那么多的反革命的罪行，无论在政治方面还是在文化教育方面，都对人民革命事业起过不可饶恕的危害作用（我与党和人民的矛盾在性质上是敌我矛盾）。在无产阶级专政之下，决不容许我这种人原封不动地存在下去，继续对人民革命事业起危害作用。我十分清醒地认识到我的这种地位，因而认识到自己理应是继续革命和继续改造的对象。本来是敌我矛盾而当作人民内部矛盾处理，我从此体会到处理是真正宽大的，我一直受到严肃的批判，也一直受到宽大的处理，但是无论是严肃批判还是宽大处理，形式虽不同，而实质都是对我进行的耐心教育，其目的也只有一个，帮助我逐渐达到彻底改造。

从解放到现在,我一直在努力学习,多少也逐渐得到一些改造,在程度上离当前形势的要求当然还很远,首先是毛主席的伟大思想和英明政策在我身上也发挥了它的威力。解放后我首次接触到毛主席的著作,给我的感觉为拨开云雾见青天。二十多年来一直在不断地学习和体会,尽管读了多遍,还是感到新鲜。特别是我曾经亲耳听到毛主席亲口讲的《关于正确处理人民内部矛盾的问题》和《在中国共产党全国宣传工作会议上的讲话》。这两篇光辉著作所着重阐明的党对知识分子的政策特别使我感到亲切。这是因为:(1)它描绘出我自己的面貌:"读了一些马克思主义的书,自以为有学问了,但是并没有读进去,并没有在头脑里生根,不会应用,阶级感情还是旧的";(2)它也解除自己在新社会里没有用处的顾虑:"知识分子,就大多数人来说,可以为旧中国服务,也可以为新中国服务,可以为资产阶级服务,也可以为无产阶级服务";(3)最重要的是向我指出应该走的光明大道:"为了充分适应新社会的需要,为了同工人农民团结一致,知识分子必须继续改造自己,逐步地抛弃资产阶级的世界观而树立无产阶级的共产主义的世界观。"

我体会到从解放到现在,党和政府对我的一切安排都是为了帮助我朝毛主席所指引的这个方向前进,在党的领导之下,我参加过土改、思想批判、四清一系列的伟大运动;我参加过民盟和政协以及文联和作协一系列的统一战线的组织。因此我有机会经常听到政府首长关于形势和任务的报告,到全国各地各个部门的先进单位参观学习,参加各种形式的讨论会和学习会。我亲眼看到全国人民意气风发,奋不顾身的英雄气概,农工兵商学各项事业不断突飞猛进的大好形势,回顾过去反动统治下的旧中国,来一个新旧对比,对我这个"过来人"来说,真是"换了人间",中国人民站起来了,中国的国际地位空前提高了,毛泽东思想所领导的世界人民革命正以排山倒海之势汹涌前进了，这些都是铁的事实，在这些铁的事实面前，我不能不感到幸福和自豪；饮水思源，我也不能不感激和衷心拥护伟大领袖毛主席和中国共产党。我把自己摆在这一派大好形势里，一方面感到太不适应，自惭形秽，一方面也更加深刻地感到自己不能自暴自弃，要急起直追地赶上去。

过去的包袱压不倒我，我要丢掉那个臭烂的过去，把眼光朝远看，朝前看。这些年来党和人民给了我优厚的待遇，在改造我这方面费了这样大的气力，决不是因为我过去是个国民党的中央委员，而是要落实毛主席的化消极因素为积极因素的英明政策，把我改造成为一个在新社会里还有可能成为一个像废砖烂铁一样多少有点用处的人。我今年七十五岁，虽然是老了，身体还不算太坏，还不至于什么有用的事都不能做。今后我决心继续学习，继续改造。如果党和人民觉得我还能做一点对社会有益的事，我决心听从领导的安排，努力做下去，这就是我今后的打算。

最后让我敬祝：

毛泽东思想胜利万岁！

中国共产党万岁！

毛主席万岁，万岁，万万岁！

# 在香港中文大学一次座谈会上的谈话

从我自己走过的曲折的道路和观察到的美学界现况来看,应该谈的主要有两点:一是"博学而守约",二是坚持科学的严谨态度。

所谓"博学",就是把根基打广些;所谓"守约",就是集中力量。先说博学,作为一个近代理论工作者,超码要有一番近代常识,不但要有社会科学常识,也要有自然科学常识。在自然科学方面,美学必须有心理学的基础。

美学所涉及的基本知识也包括对外文的知识。不准确的理解和翻译就会歪曲原意,害人不浅。生在现代,学任何科学都不能闭关自守,坐井观天,必须透过外文去掌握现代世界的最新的乃至最重大的资料。

学外文也并不是很难的事。再谈一点亲身经验,趁便也说明上面所提到的"守约"的道理。我在快六十岁的时候,才自学俄文,一面听广播,一面抓住契诃夫的《樱桃园》和《三姊妹》、屠格涅夫的《父与子》和高尔基的《母亲》这几本书硬啃。每本书都读上三四遍。这些工作都是在课余时间做的,做了两年之后,我也可以捧着一部字典去翻译俄文书了。可惜"文革"中耽搁了十多年,学到手的已大半忘掉了。

第二就是坚持科学的严谨态度。据我看,外因或外面的压力固然也起作用,但是起决定作用的还是内因。内因主要是自己的惰性和顽固性。其实这是两个同义词,都是精神服从物质,走抵抗力最低的路。怎么样才能不走抵抗力最低的路呢?那就要靠同时有比较强的力量来牵制和抵挡最低的抵抗力,逼它让路。

老化和僵化都是生机贫弱的表现。而病根正是"坐井观天","划地为牢","故步自封"。因此,我在做人和做学问方面都经常用朱熹的诗悬为座右铭:"半亩方塘一鉴开,天光云影共徘徊。问渠那得清如许,为有源头活水来。"关键就在"源头活水",这就是生机的源泉,有了它就可以防止污染,使头脑常醒和不断更新,一句话,要"放眼世界",不断吸收精神营养!

(本文节录自一九八一年的讲话)

# 怀感激心情重温《讲话》<sup>①</sup>

中宣部通知文艺界就毛主席《在延安文艺座谈会上的讲话》发表四十周年展开学习和座谈。我初次读到《讲话》是在一九四九年北京解放以后,就感到它是对自己唯心思想的当头棒。此后每年都要重温几次。特别是在一九五七年到一九六二年全国美学大讨论大批判中,日益认识到思想改造的必要,从此下定决心要钻研马列主义经典著作来改造自己的世界观和人生观,对历史唯物主义和辩证唯物主义有了初步认识。结合到全国文联和全国政协组织的到全国各地的参观学习,看到工农兵大众在各个范围内意气风发的精神及其伟大成绩,就认识到只有社会主义才能救中国,坚定了自己努力在文化方面参加社会主义革命的决心。这个决心在

---

① 这篇文章写于 1982 年 5 月 6 日,是朱光潜先生在中宣部召开的纪念毛主席《讲话》发表四十周年座谈会上的发言稿,因种种原因未能发表。

怀感激心情重温《讲话》 293

"四人帮"横行时代尽管关进牛棚，受过种种折磨，感到痛苦，也没有动摇过。就在那些年月里，我只要偷得闲空，就读马列主义经典著作，查对外文原文，开始写些笔记，从来没有起过自杀的念头。这毕竟还是毛选和马列主义经典著作挽救了我。所以现在我是怀着感激的心情重温《讲话》的。

"四人帮"打倒了，严重的后遗症还到处存在，在文化教育界也是如此，特别是我所接触到的一些中青年人中毒颇深，在学风和文风方面都暴露了出来，为此我也不免忧心忡忡。幸好在三中全会以来，新的中央领导人，费大力拨乱反正，大刀阔斧地调整经济结构，把国家扳上四个现代化的轨道上，铁面无私地严惩坏人坏事，重振党的领导和党的风纪，在不太长的时间经济已有明显的好转，官僚主义已成了过街老鼠。"事在人为"，我和一般老知识分子一样，对国家前途是充满乐观和信心的。

我年老昏聩，已无力写出领导要求的"研究性的文章"，只能就切身经验谈点实感，主要只谈"资产阶级自由化"这个谈虎色变的问题。我们都是毛泽东思想和马克思主义的信徒，应该理解而且牢记文艺是反映经济基础的意识形态这条基本原则。试问：有可能在经济基础上仍执行生产责任制和货币商品流通这种资产阶级制度残余的同时，希望根除文艺乃至一般文化教育方面反映出资产阶级自由化吗！社会主义革命并不是一朝一夕就会完成而是有不同阶段的。在现阶段生产责任制和商品流通都还不能废除，党中央在经济方面仍利用这两种经济发展的杠杆是英明决策，我是衷心拥护的。因此，我认为现在就谈在文艺方面乃至一般文化教育方面不要"资产阶级自由化"是为时过早，不符合历史唯物主义规律的，也不符合我们的宪法。我们刚制定的宪法要保障学术自由和文艺创作的自由，这种自由是哪个资产阶级"化"过来的吗？就丝毫不带资产阶级的色彩吗？

这问题涉及阶级斗争和政治标准两个重要问题。从私人谈话和报刊报导中可以看出近来有一种论调,说不要提阶级斗争了,过去强调阶级斗争,才引起"残酷斗争,无情打击",对统战和团结都不利,至于政治标准过去也强调太过,不免片面,危害到文艺创作。这话固然有些道理,是否就要取消阶级斗争,不提政治标准呢? 有人连"政治"两个字也不敢用,这种现象是值得警惕的。自有人类社会以来就有了阶级,也就有了阶级斗争,有了政治,而且在任何阶级统治下,政治标准也都是第一,这是毛泽东思想和马列主义都谆谆教导过我们的历史事实,就连我这几年在翻译的资产阶级祖师爷维柯在他的《新科学》里也不厌其烦地分析这种历史事实。我说讳言阶级斗争和政治的现象值得警惕,这是有鉴于斯大林过早地宣布苏联在 1935 年已不存在阶级,从那时以来苏联的政局演变的事实都已证明斯大林的错误,我们应引以为戒。难道阶级斗争就那么不好听,"文艺为人民服务"就比"文艺为政治服务"听起来较悦耳些吗?

乔木同志曾指出:"有些精神部门,存在着追求精神产品化的错误倾向,一切向钱看,……这对于助长资产阶级自由化思潮的泛滥起着不可忽视的作用。"这对于当前出版界弊端是一针见血的警告,对我们文艺界这批写书投稿的作者尤其是切肤之痛,我们正是要靠钱袋过活的人,能不要钱吗? 能免于对资产阶级自由化煽风点火吗? 我自己还忝居高薪阶层,过的还是中层以上资产阶级的生活,不过也还要盘算到生活费用和科研方面的资料费用。我还得请人抄稿,剥削他人的劳动,以商品买卖的方式计酬。我很清醒地认识到自己正处在"资产阶级自由化"的行列,不过也并不"自由",年过八十五,在衰老昏聩的情况下,还每天进行翻译维柯《新科学》的艰苦工作,还要处理无休止的来信来稿和来访,甚至还有不少人要求我替他们代买书,代投稿,作商品买办,不能完全满足要求,还要招来怨言。不过我并没有从此罢休,还坚持锻炼身体,还想多活几年,多做一点力所能及的工作,我在为人民服务,也在为自己服务。

　　我开头就说我只能谈些实感,以上就是我的实感。

一九八二年五月六日

# 还应深入地展开上层建筑与意识形态问题的讨论

关于意识形态同上层建筑的关系问题，我是在《西方美学史》序论里提出来的。对于这个问题过去有些曲解。最初我是在北京大学的一个讨论会上提出来的。反对的意见居多。这个问题的提出，我主要根据经典著作上的三处论述：一是马克思《政治经济学批判》一书中大家都熟悉的那一章，上层建筑同基础的关系；另外就是恩格斯致施米特的一封信和《反杜林论》；三就是斯大林的《马克思主义和语言学问题》。我当时有点疑问，就是上层建筑同意识形态的关系和分别。我认为马克思原来的用语并不是经济基础，而是"经济结构"，"现实基础"，在这上面竖立着上层建筑。这上层建筑包括两项：政治的、法律的上层建筑，也就是说政权结构及其措施，比方我们的公安部门、军队。这些都属于上层建筑。马克思、恩格斯提到政治观点、政治理论、政治思想的时候，同政治问题的提法是不同的。这是两个不同的提法,他们没有把两方面看作一回事。关于这个问题,我是把斯大林《马克思主义和语言学问题》上的一段话,同马克思、恩格斯、列宁所讲的加以比较后得出来的看法。我认为根据马克思、恩格斯、列宁的提法,特别是列宁的说法可以清楚地看到有三个部分:经济基础(原文是经济结构与现实基础),在这基础上竖立着上层建筑,而上层建筑一方面是法律的政治结构,另方面是意识形态。这一点我不怀疑,我看大家都不会怀疑,的确是那么回事。问题是马克思原来提的上层建筑无论政治方面也好,意识形态也好,都要适应基础。后来斯大林的提法就不同了。我想应对这个分别仔细加以考虑,这关系很大,问题的起因就是从这里来的。把《马克思主义和语言学问题》上的那段话仔细研究一下,再与马克思、恩格斯、列宁的话仔细比较,就可看出分别,不承认分别不行。这个问题的实质就是学术同政治的关系问题。现在大家提出学术、文艺要不要为政治服务,当然是要为政治服务,从古到今,不只是社会主义时代,学术、艺术一向都是为政治服务的,而且一向是为统治阶级服务的,向来如此。但是不是这两者就可以等同了呢?不能。这又回到马克思的英明论断,马克思认为,上层建筑,不论是政治的、法律的上层建筑,或是意识形态的上层建筑,都要为基础服务,这是很清楚的。但同时,它们究竟是两回事,不能等同起来。我主要讲的也就是这一点。文章发表后我看到过五篇文章,大部在北京,武汉也有,也接到一些私人来信,有赞成的,也有反对的。这问题我认为还没完全解决,问题在什么地方?原来我的提法,也有一些片面性,有的前后不太一致,不过基本是说清楚了的,政治也好、艺术也好,都同属上层建筑,但我有时说的话有点使人感觉好象学术、艺术、意识形态这些东西不属上层建筑,可能写文章的时候没有写清楚,这是我的错误,写的时候不够细心,这是一点。另一点是有些小毛病,有些错误,比如我把恩格斯的《反杜林论》说成是恩格斯的早期著作。这"早期"二字显然是错误的,有错误,就应承认错误。还有一点,提的分量比较重的是社会存在决定社会意识的问题。我当时头脑比较简单,认为象我们国家——人民共和国这么个结构,包括军队、警察,以及规章制度等等这一切,都应归入社会存在里。我看人家对我的批评,比较有力的就在这一点,说社会存在指的就是经济基础,就是经济结构,不过有一点对我来说也还是没有完全解决问题,如北京大学这么个学校,你说它就不是一个社会存在?我想不通。这还要进一步研究。所以我很感谢领导上让大家就这个问题展开讨论,参加讨论这个问题的人也都是相当认真的,使我感到对这个问题有重新考虑的必要。是不是完全解决了?没有完全解决,可以继续讨论下去。在我个人方面应怎么对待呢?两种态度:一种是屈从外来压力,承认错误,思想没有解决,我想这不是老实态度。我现在发现自己的提法有些不妥,有些片面,这是基于大家对我的帮助,我很感谢,但说这个问题完全解决我还不敢说,就是政治同学术、艺术的关系究竟怎么样,讨论来讨论去其实就是这个问题。美学范围以外,小说、戏剧经常讨论这个问题,究竟怎么解决,大家要进一步研究,我自己更要进一步研究。我想这是应取的态度。

关于意识形态和上层建筑能不能划等号,我的观点是不能划等号,不同意我的意见的文章只是说意识形态就包括在上层建筑里。这个问题我的看法是这样,我们过去学的都是形式逻辑,我自己也是这样,辩证逻辑是解放后才学的。形式逻辑很简单,A 同 B 同属于 C,那么 A = C,B = C,都是部分同整体的关系,这个部分不能脱离整体,形式逻辑就是这样。我是受了形式逻辑的影响的。不过这个问题是不是就要划等号呢?我看批评我的文章也没有明确的赞成划等号的,但都认为我是否定意识形态属于上层建筑,一般对我的矛头都指着这一点,刚才我说过,这有一部分是对的,有一部分是不是为辩论而辩论？所以我的思想在这一点上没通。

我知道这个问题国外也在讨论。其实斯大林时代就有过辩论，我们曾介绍过他们的讨论材料，比如苏联《哲学问题》杂志就发表过专论《论艺术在生活中的地位和作用》。这篇文章出来后就把不同意见压下去了，弄得鸦雀无声。所以这个问题没有深入讨论下去。要是深入下去，可能倒好些，可能当时在苏联也很难讨论下去，我不太清楚，不过那时的一些辩论文章我都看的，觉得当时是有压力。

我希望学术界对这个问题再展开深入的讨论，我自己暂时不打算再写文章，我想多研究些材料。我还想多看一点国外的出版物。我也经常看《学术动态》上登的材料，可以看出我国马列主义研究还是相当广泛的。无论赞成的、反对的，我是都看的。

（载《马克思主义文艺理论研究》第一卷，1982 年 6 月版）

# 胡愈之同志早年活动的片断回忆

　　说到胡愈老,我在幼年时对他就很景仰。当时我在家塾里阅读到的报刊都是商务印书馆出版的,胡愈老那时就已在商务印书馆工作,还不是编辑,而是打杂,境遇很苦。但我把他的工作当作我的理想,准备走他的道路。我曾通信投考商务印书馆的学徒,想趁此既可以学习又可以从事文艺活动,接触一些新思想,弥补乡村教育的贫乏。但是我没有被录取。

　　1923年我离开浙江上虞春晖中学,和匡互生、夏丏尊、丰子恺等人转到上海,与叶圣陶、胡愈之、周予同、陈之佛、刘大白、夏衍等商妥,成立了一个立达学会,在江湾筹办起立达学园。此后和胡愈老接触就日渐多起来,他给我的印象是刻苦耐劳,勤勤恳恳。我们这一批人对当时北洋军阀统治下的政治现实和教育情况都深为不满。

立达学园办起来之后,1925年我去欧洲留学,和胡愈老差不多同时出国。他到法国,进巴黎大学学习法文和法国文学。我赴英国,先后进爱丁堡大学及伦敦大学学习。英法只隔一个海峡,过海只要花几个小时,所以我同时在巴黎大学注册,时常过海听法语课并看望胡愈老和其他朋友。在这段时间里,我经常和他们在巴黎会面交谈。

胡愈老住在巴黎的拉丁区(大学区),在旅馆里租了一间很宽大的房子,房租每月约六百法郎。在当时的穷学生中这是很少有的,我住在巴黎郊区一位裁缝工人家里,每月房租只需三百法郎。胡愈老宁肯节省饭钱,往往到街头站着吃一种"鱼餐",那是炸小鱼和土豆(而正餐则要花好几元)。他在吃的方面极其节省,而使住房宽敞一点,便于上课及参加各种社会活动,接待巴黎文化界各国人士。

我每逢进城上课,都要去看胡愈老。当时和他住在一起的是陈诚的弟兄陈忠恕,此人也很勤奋好学,保持着书生本色。胡愈老待他很好,可惜陈死得很早。

在我的印象中,胡愈老的大衣口袋里经常塞满报刊,大半是国际政治活动动态或是世界语方面的报刊。世界语和国际政治这是他当时最关心的两件事。他在巴黎很活跃,同各国左派留学生接触较多,并且开始研究世界语。胡愈老是在中国最早提倡世界语的,对世界语在中国的发展功劳很大。当时胡愈老和共产党似乎尚无直接关系。他有个弟兄叫胡仲持,是共产党员,我是回国后才见到的。胡仲持对他可能有一定影响。

当时留法勤工俭学的学生大半都是无政府主义色彩。中法大学校长李石曾是勤工俭学运动的领导人,也是在北洋军阀统治下在中国传播无政府主义的重要人物之一。

先前我们同匡互生等在上海创办立达学园，名为"学园"，就是要把学校当作劳动基地，这也是受到无政府主义思想影响的。记得筹办立达学园时，我曾经陪匡互生跑到北京找过李石曾，并由他介绍见到了教育部长易培基、副部长黎锦熙，得到他们在经费和道义方面的支持。在立达学园之上还有上海江湾的劳动大学，这所学校的名称就把劳动生产的宗旨明白地标明出来了。

当时我们不满旧军阀统治下的旧教育，认为要推翻北洋军阀的统治，就必须改革旧教育制度，争取青年一代，所以还办了一个刊物叫做《一般》（即后来的《中学生》），由叶圣陶、夏丏尊主持。《中学生》至今由叶老的儿子叶至善任编辑，还在发挥教育青年的作用。胡愈老从立达学园创建开始一直到现在，都是立达学园这一系列活动的大力支持者。

胡愈老是我生平最敬佩的一位老友，我一直把他看做治学做人的榜样。他年纪比我还大一两岁，身体也比我稍差，可是工作头绪比我多几倍。他从容不迫地处理着多方面的繁重工作。我每逢想松劲偷懒时，一想到他的榜样，就提高了自己的勇气。

（载《文史资料》第八辑，1984 年 5 月）

# 我的答谢词

尊敬的港督兼校监尤德爵士先生阁下：

尊敬的黄丽松校长先生阁下：

朋友们、女士们、先生们：

此时此刻，我不知道用什么样的言词才能表达我对母校——香港大学的感激之情。我于1897年9月出生在安徽桐城乡下一个破落的地主家庭。父亲是个乡村私塾教师，我从六岁到十四岁，在父亲鞭挞之下背诵四书五经。以后进了所谓"洋学堂"的高小，1917年考入武昌高等师范学校中文系。除了阅点一部段玉裁的《说文解字注解》，略窥中国文学门径之外，一无所获。到了1918年，北洋军阀的教育部决定从全国四所高等师范考进二十名学生送到香港大学学教育，我报名应试，竟侥幸录取。

从 1918 年到 1922 年,我在香港大学就读。半个多世纪过去了,而当年在港大的学习生活至今犹念念不忘。我永远不会忘记讲授英国文学的沈顺教授,以及讲授英语语音学的雷德教授,是他们给了我知识和智慧。尤其不能忘却的是,我们这批官费生,由北京政府发给生活费和书籍费,但那时的北洋政府,全为军阀所把持,祸乱频仍,国家经费拮据。我们的官费为数本来就不多,后来竟然无以为继,全靠港大垫发。母校的厚爱,老师们的谆谆教诲,促使我勤奋读书。在港大四年,我花气力学了英国语言和文学,还学了教育学、生物学和心理学。这就奠定了我这一生教育活动和学术活动的方向。

　　半个世纪来,每当我在学业上取得成绩的时候,我总要想起母校对我的培育。母校也没有忘记我这位学生。1983 年 3 月,我应邀回母校访问,旧地重游,与相隔多年的老朋友重聚一堂,更有无限的感慨。

　　今天,母校授与我荣誉文学博士学位,我深感荣幸。这不仅是我个人的荣誉,也将促进北京大学和香港大学的文化交流与友好合作。我因健康关系,不能亲临母校感谢各位师长和朋友。但各位师长和朋友给予我的关怀、爱护和鼓励,我将铭刻于心。我愿将有限的残年余力再做点滴成绩,报答母校的恩情,奉献给人类的文化和教育事业。

　　谢谢大家。

(载香港《大公报》,1985 年 3 月 27 日)

# 老而不僵

  《中国老年》编辑部向我约稿，我愿借此机会，同老年朋友交换一些意见，谈谈我个人的看法。

  我今年八十八岁了，一生都在学习和研究学术问题，特别是关于美学问题，写过不少论文。我认为，人到老年，就要注意健康和长寿。有了健康的身体，才能有健康的精神。

  英国人说："健康的精神寄托于健康的身体"，这的确是至理名言。健康的身体来自锻炼，我每日坚持慢跑、打太极拳、做气功。我第二次"解放"后，重操起旧业。我这才发现脑筋也和身体一样，愈锻炼，效率也就愈高。仅1979年一年内，我就写了十三万字的文稿，搞了近百万字的书稿清样。关在牛棚时的那种麻木白痴的状态也根本消失了。据此经验，我劝老年朋友，离休退休之后，总要找点事情干,使脑筋和身体一样经常处于锻炼状态。

从锻炼成健康的身体中来锻炼出健康的精神,这是做一切工作所必须遵循的一条辩证唯物主义的准则。人总是要老的。老化和僵化都是生机贫弱的表现。要恢复生机,就要在身体上和精神上都保持健康状态。

老化可能带来僵化,但老化并不等于僵化。思想僵化的病根是"坐井观天"、"划地为牢"、"固步自封"。我们要使自己老而不僵。怎样才能老而不僵?我们的老祖宗朱熹有句名言:"半亩方塘一鉴开,天光云影共徘徊。问渠那得清如许,为有源头活水来。"关键在这"源头活水",活水是生机的源泉,有了它就可以防环境污染,使头脑常醒和不断地更新。这就要多接触社会,多接近群众,多读书看报。一句话,要"放眼世界",不断地吸引精神营养!

(载《中国老年》第九期,1985 年 9 月)

# 编校后记

　　此卷为朱光潜先生的散文随笔集,写作时间跨度较大,从 20
世纪 20 年代一直到 80 年代。其中大部分文章写于新中国成立之
前,涉及内容较宽泛,分散发表于各报刊杂志。此次收入本卷的
《我的简历》、《我的认罪书和决心书》(一、二)、《自我检讨》(二)写
于 20 世纪 60、70 年代,受当时政治形势影响,许多"自虐式"的自述
显然是一种自我保护的方式,且并无公开发表的意愿,今首次公诸
于众,主要是让读者了解,在那个特殊年代的知识分子的生存
状态。

# 本卷人名及书篇名索引

一、索引只收录本卷中所有以中文书写的人名及书篇名,不收以外文书写的人名及书篇名。

二、一页中同一人名出现多次者,只录一次页码。

三、索引采用笔画检字法编排。